KB275004

동시대 문학사
젠더

2

동시대 문학사 2

젠더

펴낸날 2025년 12월 18일

지은이 김미지 허윤 소영현 김미정 조연정
기획 조연정
펴낸이 이광호
주간 이근혜
편집 김다연 김필균 허단 윤소진 유하은 조아혜 최은지
마케팅 이가은 허황 최지애 남미리 맹정현
제작 강병석
펴낸곳 ㈜문학과지성사
등록번호 제1993-000098호
주소 04034 서울 마포구 잔다리로7길 18(서교동 377-20)
전화 02)338-7224
팩스 02)323-4180(편집) / 02)338-7221(영업)
대표메일 moonji@moonji.com
저작권 문의 copyright@moonji.com
홈페이지 www.moonji.com

ⓒ 김미지 허윤 소영현 김미정 조연정, 2025. Printed in Seoul, Korea

ISBN 978-89-320-4503-0 04800
ISBN 978-89-320-4501-6(세트)

젠더

동시대 문학사

1910 — 2020

김미지 | 허 윤 | 소영현 | 김미정 | 조연정

문학과지성사

〈동시대 문학사〉 시리즈를 펴내며

한국 근현대문학은 백 년이 넘는 역사를 축적해왔다. 근대 이후 문학의 역사를 기술하려는 노력은 '문학사의 불가능성'이라는 명제를 피할 수 없이 마주해야 한다. 한국문학의 집적물과 제도적 양상에 역사적 인과성을 부여하는 총체적 문학사는 더 이상 유효하지 않다. 거대한 동일성으로서의 보편적인 진보 이념으로는 개별 텍스트들이 생성하는 비동일적이고 비균질적인 사건들을 탐구할 수 없기 때문이다. 한국문학사는 하나의 일관된 사건이 아니며 여러 층위에서 발생하는 사건들의 '장소들'이다. 문학사는 단일한 이념과 역사적 필연성의 무게를 덜어내고 각각의 시간들을 내포하며 역동성을 드러낼 수 있어야 한다. 이 다층적인 문학사를 재구성하기 위해 이제, 문학사를 횡단하고 분절하면서 작은 계보학의 문학사를 재구축하려 한다. 이 작은 복수의 문학사는 지배적인 역사와는 다른 층위에서 불연속적으로 움직이는 문학사의 동인과 변이의 지점들을 보여줄 수 있을 것이다.

　'현대문학사' 대신 '동시대 문학사'라는 개념을 도입하는 이유는 무엇일까? '현대'라는 시간적 구획은 중세와 근대를 넘어선 선조적인 시간대를 의미하지만 '동시대'는 과거적인 것이 잔존하는 채로 '현대적인 것'이 발생하는 비균질한 시간대를 의미한다. '동시대' 안에서는 과거와 미래의 시간이 교차하고 경쟁하며 뒤섞인다. 그곳에서 우리는 '현재가 개입된 과거'와 '과거가 잔존하는 현재'라는 시간의 혼융을 만나게 되며, '동시대'라는 이름 아래 비동시성을 사유할 수 있다. 동일성으로서의 현재와 기원으로서의 과거, 그리고 미래라는 발전의 형상에 의지하지 않고 현시대 속의 틈과 불확실성을 고찰할 수 있다. 그것은 과거적 준거에도 의지하지 않고 미래의 약속에도 속박되지 않는 문학사의 잠재성을 찾아내는 작업이 된다. 이제 문학사적 실천은 '현대' 혹은 '현재'라고 부르는 시간 속에서의 다층적인 동시대성을 성찰하는 자리가 될 것이다. 어떤 기원도 특권화하지 않는 문학사적 실천은 도래할 문학사의 잠재성이다. 이러한 문학사적 수행은 문학사를 '열린 시제'로 쓸 수 있도록 한다. 우리는 이런 새로운 문학사 기획이 문학과지성사 창립 50주년을 맞아 시작된 것에 대해 작은 긍지를 가지며, 그 긍지를 독자 여러분과 나누고자 한다.

〈동시대 문학사〉 기획위원 일동

기획의 말

'난감한 차이'를 떠안기

2000년대 중반 이후 문학장은 물론 현실에서도 크게 주목받지 못했던 젠더 논의들은 2015년 '페미니즘 리부트' 이후 한국 문단에서 적극적으로 다뤄지기 시작했다. 이론과 실천, 혹은 창작과 비평이 상호 공명하며 활성화되는 상황 속에서 여성·퀴어 서사를 둘러싼 현장의 논의가 풍부해졌고, 동시에 기존의 남성·지식인·이성애자·비장애인 중심의 한국문학사 전반을 섬세히 해체하려는 작업이 응집력 있게 이루어졌다. 현실과 허구의 복잡한 관계에 대해서, 공적인 것과 사적인 것의 마주침에 대해서, 그리고 결국엔 재현의 윤리에 대해서 근본적으로 재사유하는 강력한 계기가 마련된 시기라 할 수 있다.

    '페미니즘 리부트' 이후의 수년 동안은 여성들이 처한 유형무형의 억압적 현실을 고려한 '운동' 혹은 '실천'으로서의 문학이 집중적으로 요청되었던 시기로 기억된다. 이는 그 이전 한국 문단의 페미니즘적 실천이 미학적 차원에서만 첨예하게 이루어졌을 뿐 현실의 다양한 실제적 억압에 대해서는 상대적으로 무관심했다는 반성에서 도출된 결과였다. 현실의 젠더 인식이 결코 충분히 진화하지 못했다는 사실은 다양한 백래시의 사례와 현실의 지표가 증명해주고 있다. 특히 최근 몇 년간의 한국 사회는 오히려 극단적인 젠더 갈등에 노출된 상태라 할 수 있다. 그럼에도 불구하고 지난 10년간 한국문학의 현장과 학계에 축적된 젠더 관련 논의의 성과는 분명하다.

젠더 프레임으로 그간의 한국문학·문화사를 재사유하고자 했던 발 빠르고 정확했던 작업으로는 『문학을 부수는 문학들』(민음사, 2018), 『#문학은_위험하다』(민음사, 2019), 『원본 없는 판타지』(후마니타스, 2020) 등의 앤솔러지를 들 수 있다. 이와 같이 남성 중심의 문학사를 해체하는 일에 골몰했던 연구들이 있었다면, 다른 한편에서는 여성 작가들의 작품을 차곡차곡 모아 '여성문학사'를 재구축하는 아카이빙 작업이 이루어지기도 했다. 2024년에 출간된 7권짜리 『한국 여성문학 선집』(민음사)은 여성 작가들의 작품으로 일종의 정전화를 시도해본 작업이라 할 수 있다. 『한국근대여성문학사론』(소명출판, 2002)의 저자 이상경이 1990년대 후반의 시점에서 여성문학 연구의 가장 시급한 문제로 여성문학에 관한 초보적인 자료 정리조차 제대로 안 되어 있다는 사실을 지적했음을 상기한다면, 20여 년이 지난 시점에서 한국 여성문학사의 기본 자료 구축을 시도한 이 선집의 성과도 뚜렷하다 할 수 있다.

이제 우리에게 남은 과제는 젠더 프레임으로 좀더 세밀한 관점을 적용해 문학사의 다종다기한 대안적 계보를 작성해보는 것이 되어야 한다. 문학과지성사가 창립 50주년을 맞아 새롭게 론칭하는 〈동시대 문학사〉 시리즈 중 '젠더'에 관한 기획인 이 책이 바로 그러한 시도들 중 하나라 할 수 있다. 〈동시대 문학사〉 시리즈는 특정 키워드를 중심으로 한국문학사를 관통하는 작업을 실행하면서 그것이 지금-여기 한국문학 현장의 문제의식과 어떻게 연동되는지를 탐색하고자 한다. '젠더'를 키워드로 하는 이 책은 다른 기획들과는 그 성격이 근본적으로 상이하다는 점을 강조하고 싶다. 남성·지식인·이성애자·비장애인 중심의 기존 문학사를 해체하기 위한 무수한 갈래의 대항 문학사는, 나아가 앞으로 씌어질 혹은 씌어지지 못할 어떠한 문학사도, 보편적 관점으로서 젠더 프레임을 요청할 수밖에 없기 때문이다.

*

이 책은 김미지, 허윤, 소영현, 김미정, 조연정이 각자의 관심사를 중심으로 한국문학사의 특정 국면들을 새롭게 이해해보고자 한 연구를 모은 책이다. 김미지의 「떠날 수 없는 삶—여성의 돌봄과 문학적 형식」은 근대문학이 '성숙한 남성'이라는 근대적 주체를 전제로 한 모험 서사를 중심으로 구축되어왔다는 사실을 비판적으로 검토하며, 이러한 근대문학의 규범이 여성 서사를 통해 어떻게 굴절되는지를 '성숙한 여성'의 자리에서 논해본다. 나혜석과 백신애로 시작하는 이 글은 "고학력 중산층 결혼 경험 여성들"에 의해 한국문학이 본격적으로 개화하기 시작했던 1970~80년대와 1990년대 초에 관심을 두면서 오정희와 김채원, 그리고 공지영과 이경자의 소설을 검토한다. 루카치식 근대소설의 전통 속에서 여성이 모성, 가족, 돌봄 노동이라는 젠더 규범에 묶인 피억압적 주체로 그려져왔다면, 이 글에서 다루는 인물들은 단순히 억압과 폭력을 호소하는 주체가 아니라, 재생산 노동의 역사성과 여성적 삶의 조건에 직면하여 가능한 삶의 방향을 치열하게 질문한 인물들이라는 점에서 주목을 요한다. 최근의 한국 문단에서는 젠더화된 친밀한 착취로서의 돌봄에 대한 문제 제기가 첨예한바, 김미지의 글은 이에 관한 다양한 질문이 선배 작가들의 고민과 맞닿아 있음을 확인하고 있다는 점에서 의미가 크다.

　　허윤의 「마주침의 문학사—페미니스트 시각으로 보는 한국 문학과 젠더, 군사주의의 얽힘」은 지구화와 군사화의 시대에 동시다

발적으로 발생하는 전쟁과 폭력의 양상은 물론, 전쟁과 문학의 역사적 관계를 재성찰하기 위한 주요한 관점으로서 '페미니스트 호기심'을 제안한다. 근대문학에서 전쟁은 "전선에서 싸우는 남성과 후방에서 위로하는 여성이라는 젠더 이분법"을 승인하고 강화하는 장이 되었으며, 동시에 그러한 젠더 규범이 교란되는 장소이기도 했다. 전쟁문학, '위안부' 문학, 기지촌 문학 등으로 분절된 채 논의된 텍스트들을 계보화하고자 하는 허윤의 작업은, "역사적 진보를 담지하지 않아서, 비평적 가치가 없는 대중소설이라서, 문학적 형상화가 미비한 자기 서사라서, 전문적인 작가에 의해 씌어지지 않은 소품이라서 등등의 이유로 배제되었던" 텍스트를 다양하게 소환하여 문학사에 재배치하려는 작업으로서도 의미가 크다. 이 연구는 도래할 문학사가 결국 "마주침과 연루됨의 사건"으로서의 아카이브 문학사여야 함을 확인하는 과정이기도 하다.

소영현의 「한국문학과 여성 범죄—문학으로 본 여성 범죄에 관한 시론적 사유」는 여성 범죄라는 키워드를 중심으로 한국문학사를 재검토하기 위한 흥미로운 작업의 시론에 해당되는 글이다. 이 글의 중요한 통찰은 여성 범죄의 범주 구성과 여성 범주의 구성이 서로 밀접하게 관련된다는 사실, 즉 여성 범죄가 사회적 위계, 젠더 규범, 재생산 이데올로기가 교차하는 지점에서 구성된다는 사실에 대한 확인이다. 특히 임신·출산하는 여성의 몸을 둘러싼 사회적 규율과 낙인이 여성 범죄의 범주 형성과 밀접하게 연동됨을 지적하며, 이를 분석하기 위한 방법론으로 '미혼모 현상'을 제시한다. 은희경과 박완서의 1990년대 작품들을 경유하여 이 글은 결국 재생산 미래주의가 '아이'라는 추상적 주체를 중심에 두고 실제 여성과 아동의 권리를 어떻게 배제해왔는지를 폭로하고, 나아가 여성 범죄를 통해 한국문학을 새롭게 읽을 가능성을 제시한다.

 '페미니즘 리부트' 이후의 문단에서 자기 서사 혹은 일인칭 서사에 관한 논의가 급부상했다는 것은 주지의 사실이다. 자기 서사에 대한 담론이 활성화된 것은, 그간 말할 권리를 누렸던 특정 젠더·계급·인종의 주체에 의해 한국문학장이 일방적으로 구성되어왔다는 사실을 비판적으로 고찰한 결과이기도 하다. 김미정의 「말하는 입에서 듣는 귀까지—'자기 서사' 문제틀의 재구성」은 '자기 서사'를 둘러싼 최근 한국 문단의 담론과 관련하여 '말하는 나'뿐만 아니라 '듣는 우리'의 중요성을 강조할 필요가 있다고 주장한다. 유구한 여성 혐오 구조 및 근대의 대표성 원리를 균열 내는 것으로서 자기 서사의 수행성을 살피는 일도 중요하지만, '자기'의 개념이 근거하고 있는 '소유적 개인주의'와 '주권적 자기'를 재검토하여 '자기'를 새롭게 구성하는 일 역시 요청된다는 것이다. "'여성'을 말하는 방식은 근대적 '인간'을 백인·(시스)남성·이성애자·비장애인 등으로 상정해온 규범의 원리를 반복하지 않도록, 인종·계급·장애·섹슈얼리티·국적 등 교차하는 축 위에서 다시 상상할 수 있어야" 한다는 것이 김미정의 주장이다. 이를 위해 '말하는 입'과 동시에 '듣는 귀'를 함께 사유해야 한다고 말한다.

 조연정의 「돌아오는 목소리—여성시와 정치성」은 공적 발화와 사적 발화의 관계를 새롭게 재편하는 여성시의 정치성에 주목한 글이다. 남성 중심의 비평 관행 속에서 여성의 언어가 늘 사적이고 사소한 것으로 축소되며 공적 발화의 지위를 획득하지 못했던 구조적 문제를 지적하면서, 나아가 '여성적 글쓰기'에 관한 담론이 오히려 성별 이분법과 젠더 위계를 강화해왔다는 사실을 문제적으로 검토한다. 최근 부상한 자기 서사 혹은 자기이론autotheory에 관한 논의는 한국 문단에서 재현의 주체가 다변화되고 있다는 사실을 보여줌과 동시에, 문학적 재현 혹은 공적 발화가 대의 불가능성을 어떻게 사유해야 하는지 고민하도록 한다. 공적 발화의 윤리는 발화자의 자리를 사유화하지 않는 방식으로 수행되어야 한다는 전제하에 이 글은 1980년대 고정희의 시적 발화와, 2000년대 이후 진은영의 시적 실천들을 교차시켜 검토한다. 나르시시즘적 자기 재현을 통제하는 자리에서 여성시의 정치성이 수행된다는 사실을 이 글이 확인하고 있다.

*

다섯 편의 글에서 공통적으로 강조하는 것은 그간 말할 권리를 포함하여 그 어떤 주체적 행위도 허락받지 못했던 여성의 자리에 관한 것이다. 다른 세계로의 모험이 허락되지 않은 자리에서도 여성들은 나름의 방식으로 성숙해갔으며, 특정한 젠더 수행을 강요받으면서도 견고한 젠더 체계를 해체하고 교란할 가능성을 개발해왔다. 이러한 미약한 수행들이 모여 현재 한국문학장은 여성들의 말하기와 글쓰기로 무성해지고 있다. 물론 그 무성한 말과 글 사이에서 언제나 서로를 사랑하고 지지하는 따뜻한 감정만 발견할 수 있는 것은 아니다. 주디스 버틀러는 "연합하기 위해 서로 사랑해야 하는 것은 아니"라고 말한다. "연합에 유일하게 필요한 것은 난감한 차이의 궁극적 해소를 고집하는 대신 그 차이를 떠안고 함께 행동하며 앞으로 나아감으로써 억압적 세력을 물리칠 수 있다는 통찰을 공유하는 일"이 되어야 한다고도 말한다(『누가 젠더를 두려워하랴』, 윤조원 옮김, 문학동네, 2025, p. 47). 젠더의 관점에서 한국문학사를 다시 돌아보는 일은 무엇을 의미하는가. "젠더는 취약성, 침입가능성, 행위주체성, 의존성, 질병, 사회적 인정, 기본적 필요조건, 수치심, 정념, 섹슈얼리티, 그리고 삶과 살아 있음의 다양한 조건들과 함께 나타난다"(p. 40). 우리는 이러한 복잡성을 어떻게 살아낼 수 있을 것인가. 이 책을 읽은 독자들이 한국

문학사에 대한 명쾌한 앎보다도, 오히려 한없이 복잡한 현실의 삶을
살아낼 용기를 얻게 된다면, 그것만큼 뿌듯한 일도 없을 것이다.

기획위원 조연정

문학사에 대한 명쾌한 앎보다도, 오히려 한없이 복잡한 현실의 삶을
살아낼 용기를 얻게 된다면, 그것만큼 뿌듯한 일도 없을 것이다.

기획위원 조연정

차례

떠날 수 없는 삶

─ 여성의 돌봄과 문학적 형식

김미지

1. '천진한' 청년 여성의 좌절된 모험

우리의 근대 여성문학이 나혜석의 「경희」(1918)로부터 시작되었다는 것은 하나의 사실로서 받아들여지고 있다. 공부는 관두고 시집갈 것을 종용하는 아버지 앞에서 "남편의 그 밥을 그대로 얻어먹는 것은 우리 집 개나 일반"[1]이라고 외치며 당당히 맞서던 열아홉 살의 경희는 말할 것도 없이 나혜석의 청년기 페르소나였다고 할 수 있는데, 이 경희로부터 약 20년 뒤인 1937년에 나이 들어가는 여성을 앞세운 소설 「어머니와 딸」이 씌어졌다는 사실은 그보다 덜 주목받았다. 나혜석의 마지막 소설이라 할 이 짧은 작품은, 결혼을 거부하고 문학 공부를 원하는 딸과 남편의 밥을 먹는 것만이 여성의 행복이라고 주장하는 어머니 사이의 극심한 갈등을 옆에서 지켜보는 중년 여성 작가 '김 선생'의 곤란한 심경을 담고 있다. 이 모녀의 여관에서 밥값을 내며 글을 쓰는 신여성 김 선생의 작품 활동은 어머니인 주인 여자에게 '신선놀음'이라는 비아냥거림의 대상이 될 뿐으로, '잘난 여성은 이혼한다' 고로 '잘난 여성은 불행하다'는 명제를 철석같이 믿는 주인 여자의 주장으로 보건대 김 선생은 이혼하고 홀로 집을 나온 여성으로

---

1.   나혜석, 「경희」, 『나혜석 전집』, 이상경 엮음, 태학사, 2020, p. 169.

읽힌다.

　　결혼과 출산 그리고 이혼으로 이어진 나혜석의 생애에 비춰 김 선생을 작가의 중년기 페르소나라고 할 수 있다면, 이 소설에서 김 선생이 취하고 있는 입장은 꽤 의미심장하다. 그녀는 '남자만 믿고 살 세상이 못 된다'며 주인 여자에게 딸을 교육시킬 것을 설득하지만, 또 한편으로는 결혼이 안정된 삶을 보장한다는 점과 공부 대신 택할 수 있는 여성의 선택지가 결혼 외에 딱히 없다는 사실을 부인하지 않는다. 그녀는 '김 선생이 자신의 딸을 버려놨다'는 주인 여자의 노여움과 악담에 노출된 채 '남의 일에 구설이 무서워' 입을 닫으며, 결국 소설은 "아ᄉ[아] 천진난만한 청년이여"[2]라는 김 선생의 한 마디를 끝으로 마무리된다.

　　경희와 김 선생 사이에 놓인 20년이라는 세월 동안, 작가 나혜석이 얼마나 고된 싸움을 홀로 계속해왔는지 그리고 어떻게 비난받고 내몰리며 패배해왔는지를 잘 아는 우리에게 김 선생의 저 탄식은 복합적인 감정을 불러일으킨다. 아주 오랫동안 여성을 제약했던 집(가정) 밖의 세계로 나아가 독립적인 한 인간으로서 자신을 오롯이 세우겠다는 경희의 당차고 벅찬 선언은, 20년 동안 전혀 바뀌지 않은 세상에서 결국 '천진한' 젊은 날의 외침으로 남겨질 수밖에 없음을 「어머니와 딸」이 암시하고 있기 때문이다. 청년 여성의 홀로서기가 결혼·임신·출산·이혼 등을 거치며 좌절된 뒤 그 과정을 뒤로하고 먼 길을 돌아온 '성숙한' 여성들에 의해서나 다시 선언될 수 있다는 점은, 1990년대 공지영의 『무소의 뿔처럼 혼자서 가라』가 상징적으로 보여준 바 있다.

　　이렇게 문학사에서, 특히 20세기 여성문학에서 경희와 같이

2.　　나혜석, 「어머니와 딸」, 『삼천리』 제9권 제5호, 1937, p. 50.

희망과 기대 그리고 용기와 다짐으로 충만한 청년 여성을 만나는 것은 쉽지 않은 일이다. 물론 우리에게는 여성의 글쓰기 자체가 사건이던 백 년 전에 드넓은 세계를 향해 위험한 모험에 나섰던 한 여성 작가가 있었다. 결혼 이후 남편과 함께 유럽 도시들을 유람했던 나혜석의 경우와는 달리 홀로 거칠고 낯선 세계로 거침없이 나아갔던 백신애가 그 주인공이다. 안락함은 나의 거처가 될 수 없다는 듯 양갓집 딸과 규수 자리를 박차고 시베리아로 칭다오로, 또 도쿄로 상하이로 종횡무진하다 지병이 악화해 요절한 그녀는 한국 소설사의 첫 여성 탐험가였다고 할 수 있을 것이다. 그러나 그녀는 자신의 그러한 모험과 방랑을 오래도록 서사적으로 구현하지 못하고 마음속에 품은 채, 데뷔작이자 『조선일보』 신춘문예 당선작인 「나의 어머니」(1929)에서 여성의 떠남이 자유로운 방랑 또는 탈출일 수 없음을 절절히 웅변하는 것으로 글쓰기를 시작한 바 있다. 대신 이후의 여성문학에서 그 좌절된 빈 공간을 채운 것은 주로 결혼을 경험한 여성, 그리고 이와 결부된 출산 또는 이혼을 겪은 여성들이었다.

　　　나혜석 이후 떠올릴 수 있는 여성 작가들의 작품에서 여성 주인공이나 서술자의 대개가 가정 내 존재라는 젠더 위상을 벗어나기 어렵다는 점은 과장이 아니다. 극빈이라는 조건에서 파괴되거나 부정되는 모성을 다룬 「모자」(1935), 「지하촌」(1936) 등 강경애의 소설들, 가부장의 교체 및 부재 등의 상황에서 마주한 모성의 욕망과 모성 이데올로기의 모순을 다룬 「지맥」(1939), 「인맥」(1940), 「천맥」(1941) 등 최정희의 소설들, 그리고 신여성과 바람 난 남편에 의해 가정에서 축출되어 정신병원에 유폐되는 구여성의 광기를 다룬 백신애의 「광인수기」(1938) 등이 그러하고 이는 이후 강신재, 박경리, 박완서, 오정희 등에서 더욱 뚜렷한 형상으로 나타나게 된다. 한국 여성소설에서 결혼이라는 조건 또는 어머니 되기의 문제가 오랫동안 주요

테마로 다루어지고 '가부장제' '모성' '주부' '일상' 등이 핵심어로 제시되었던 것은 자연스러운 일이었다.

가정에 붙박인 여성의 성역할을 흔히 신경증, 히스테리, 강박, 불안 등의 언어와 결합시키는 것도 매우 익숙해진 이야기이다. 젠더가 작동하는 근본 구조는 변함없는 상태에서 전형적인 성역할을 거부하는 여성은 처벌받고 지나치게 수용하는 여성은 병든다는[3] '진리'를 우리는 지난 백 년의 문학사에서 숱하게 목격해왔다. 이들 소설 속 여성들은 가부장제와 공모하는 동시에 그를 교란하는 존재로서[4] 이해되기도 했으며, 흔히 가면을 쓰거나 변신을 수행하는 방식으로[5] 삶의 조건이나 젠더 질서를 돌파해내기도 한다. 여기서 중요한 점은 한국문학사의 여성들을 억압과 박탈로 인해 탈출하지 못한 존재들 또는 모험과 탈주의 가능성을 빼앗긴 존재들로만 내버려둘 수 없다는 것이다.

여성의 문학적 전통을 "감금과 탈출의 이미지, 미친 분신이 온순한 자아의 반사회적인 대리인으로 기능했던 환상, 얼어붙은 풍경과 불길에 싸인 실내에 나타난 육체적 불편함에 대한 은유 〔……〕 거식증, 광장공포증, 폐소공포증 같은 질병의 강박적 묘사"[6]로 설명해낸 『다락방의 미친 여자』는 일찍이 여성문학의 시작을 효과적으로 가시화했으나 수십 년의 세월이 지나는 동안 무수한 비판에 직면한 바 있다. '감금되고 억압된' 여성들의 광기와 증상들을 남성 중심 문화에 대한 대항으로 읽어온 시간들을 거치는 동안 이를 본질주의, 인종주의, 이성애주의, 남근 로고스 중심주의 등으로 비판할 수 있는 시

---

3.   필리스 체슬러, 『여성과 광기』, 임옥희 옮김, 위고, 2021, p. 182.

4.   심진경, 「'모성'의 탄생 ── 최정희의 「지맥」, 「인맥」, 「천맥」을 중심으로」, 『한국학연구』 제36집, 인하대학교 한국학연구소, 2015, pp. 415~35.

5.   장영은, 『변신하는 여자들 ── 한국 근대 여성 지식인의 자기서사』, 오월의봄, 2022.

6.   샌드라 길버트·수전 구바, 『다락방의 미친 여자』, 박오복 옮김, 북하우스, 2022, p. 19.

각 또한 마련되었기 때문이다.[7] 필요한 것은 억압되거나 억압되지 않았다고 주장하는 것이 아니라, 감금과 탈출의 이분법을 넘어 여성이 글쓰기를 통해 수행해온 역사를 거듭 되짚어보는 일이 될 것이다.

이 글은 한정된 세계(고향)를 벗어나 다른 세계를 향해 물리적 또는 정신적 모험을 떠나는 근대문학의 문제적 개인들, 소위 루카치가 말한 '성숙한 남성'들과 달리 그러한 선택지가 주어진 적이 없거나 주로 좌절되었기에 완전히 다른 방식으로만 가능했던 '성숙한 여성'의 세계를 문학사적으로 탐색해보기 위한 시도이다. 이는 2000년대 이후 우리 문학 연구에서도 본격화한, 문학사를 젠더 형성의 역사로 다시 쓰는 작업 그리고 활발하게 전개되고 있는 페미니즘 문학비평의 성과에 힘입은 것이다. 근대문학의 개인은 어디까지나 젠더화한 주체[8]라는 낸시 암스트롱의 말을 빌리지 않더라도, 우리 근대소설이 '성을 재현하려는 투쟁'의 장이라는 점은 여성소설에서 보다 첨예하게 드러날 수 있다. 이때 여성은 억압당하고 침묵당한 소수자일 뿐만 아니라 젠더 정치의 수행자 및 담지자가 됨으로써 '재현되는 현실과 해방의 전망 사이의 모순'[9]을 계보학적으로 사유하고 돌파할 수 있게 하는 새로운 현실이 될 것이다.

나혜석의 첫 소설과 마지막 소설로 문을 연 이 글에서 본격적으로 초점을 맞추고자 하는 것은 떠나는 대신 남아서 나이 들어가는 또는 나이 듦이라는 상황에 직면하게 되는 중년 여성들의 서사이다.

7.　이러한 인식은 이 책의 개정판 서문에서 저자들 스스로가 밝힌 바 있다. 이후 이 책의 저자들은 최근작 『여전히 미쳐 있는』(류경희 옮김, 북하우스, 2023)에서 20세기 후반부터 21세기에 이르는 여성 작가들의 글쓰기와 삶을 통해 여성주의 운동의 역사와 페미니즘 정치의 역동성을 아우르는 작업을 수행했다.

8.　낸시 암스트롱, 『소설의 정치사——섹슈얼리티, 젠더, 소설』, 오봉희·이명호 옮김, 그린비, 2020, pp. 22~24, 55 참조.

9.　이상경, 「한국 여성문학론의 역사와 이론」, 『여성문학연구』 제1집, 한국여성문학학회, 1999, p. 34.

그것은 오빠와 남편 같은 이 땅의 아들들이 소위 "내면성이 지니는 고유한 가치를 알아보려는 모험"[10]을 위해 박차고 떠나버린 자리 또는 세계의 불가항력에 이끌려 내던져짐으로써 비워진 자리를 지키는 여성들의 서사이면서, 떠나기 또는 홀로서기라는 지연된 과제가 다시 사유되고 재개될 수 있는 가능성의 순간을 포착하는 여성들의 서사이기도 하다. 이를 위해 이 글에서 주로 살펴볼 작품들은 고학력 중산층 결혼 경험 여성들에 의해 한국문학이 새로운 경지를 열어젖혔던 1970~80년대 그리고 1990년대 초의 소설들이다. 이는 1990년대 이후 본격적으로 비–주부·탈–가부장제를 지향한 여성문학 그리고 2000년대 이후 만개한 여성 청년 서사의 시대를 잇는 여성문학사의 한 중추를 되짚어보기 위한 것이기도 하다.

　　이를 위해 이 글은 먼저 근대 여성문학의 계보를 염두에 두면서 20세기 초 백신애의 소설이 갖는 문학사적 의의를 젠더적으로 되짚어보는 것으로 시작한다. 백신애의 삶과 문학은 결혼 및 출산과 같은 관습적인 여성 성역할의 경로를 자발적으로 이탈해 남성들과 똑같이 '세계를 향한 모험과 방랑'을 추구했던 여성의 초상인 동시에, 소설이 그 좌절된 모험을 실패로부터 구원하는 양식임을 증명하는 현장이기도 하다. 그리고 이어서 20세기 후반 결혼–이혼과 출산 및 돌봄이라는 삶의 테두리 또는 굴레를 수용한 여성들에게 모험의 불가능성이라는 조건이 사유되는 방식을 살펴 '불가능한 모험의 양식이 그리는 젠더적 가능성'으로 나아가고자 한다.

10.　　게오르크 루카치, 『소설의 이론』, 반성완 옮김, 심설당, 1998, p. 97. 소설의 구조적 특징을 내면성과 모험의 분리라고 쓴 루카치는 내면성을 영혼과 세계 사이의 적대적 이원성의 산물, 심리와 영혼 사이의 고통스러운 간극의 산물로 정의한다.

2. '가냘픈 잠자리'의 젖은 날갯짓이 남긴 유산[11]

근대 초기의 선구적인 여성문학에서 여행이나 유학 등의 활동을 통해 이루어진 세계로의 이동은 그리 낯설지 않은 소재라고 할 수 있으나, 백신애는 순전한 '방랑', 심지어 밀항을 실제로 감행하고 또 기록했다는 점에서 분명 독보적인 경우에 속한다. 백신애의 평생의 꿈은 문학하며 살기 그리고 방랑자의 삶을 살기였다. 그녀는 「청도기행」(1939)의 첫머리에서부터 자신은 방랑하는 삶을 꿈꾸었음을 고백한 바 있고, 「나의 시베리아 방랑기」(1939)에서도 "내 생활의 전부인듯이 생각"되던 세계지도를 보며 "허용될 수 없는 모험에 가슴을 콩닥거리며, 훌쩍훌쩍 울며 길러온 꿈을 향해 정신없이 달려 나갔다"[12]고 썼다. 20세기 초반이면 '세계로 떠나는 꿈'이 이미 지구 구석구석에까지 보편화되었던 때이므로[13] 경북 영천 시골 출신인 1908년생 백신애에게도 그리 먼 이야기만은 아니었던 것이다. 백신애가 태어나기 10여 년 전 경남 의령 산골에서 태어나 19세의 나이에 서간도 너머 유럽으로 향한 이극로가 "나는 소년시대에 방랑객이 되려고 늘 꿈을 꾸었다"[14]라고 고백했던 것을 생각하면, 영천 시골집에 세계지도가 붙

---

11. 이 제목은 백신애의 글 「나의 시베리아 방랑기」(『원본 백신애 전집』, 이중기 엮음, 전망, 2015) 중 작가가 자기 자신을 "울보 잠자리" "페르시안 고양이" 등으로 표현한 것에서 따온 것이다. '2. '가냘픈 잠자리'의 젖은 날갯짓이 남긴 유산'은 김미지의 「백신애 문학과 이동, 재현, 젠더의 정치」(『어문론총』 제85호, 한국문학언어학회, 2020, pp. 189~214)에서 일부를 수정하여 반영한 것임을 밝힌다.
12. 백신애, 같은 글, p. 579.
13. 제국주의 시대를 거쳐 19세기 말에는 일본에서 세계 일주 붐이 시작되었고 이제 동아시아에서도 세계 일주의 꿈이 현실화되기 시작했다. 1910년대 세계 여행(유라시아 루트)의 상상에 대해서는 김미지의 『우리 안의 유럽, 기원과 시작』(생각의 힘, 2019, pp. 171~77) 참조.
14. 이극로, 「(나는 무엇이 되려고 했나)방랑객」, 『조광』 1939년 8월호, p. 11. 인용 시 필자가 현대어로 수정.

어 있는 장면이 특별히 이상할 것도 없다. 이렇게 보자면 너르고 큰 세계를 향한 방랑객의 꿈은 소년이나 소녀나 다를 바 없어 보인다.

> 북극, 오로라만이 아니라 레나강도 찾아내었고 바이칼호도 우랄산도 나의 아름다운 꿈속에서 동경의 대상이 되어버렸다. 〔……〕 내 머리 속은 공상의 즐거움으로 가득했다.[15]

> 나는 어릴 때 북극의 오로라의 빛을 동경하여 외롭고 끝없는 방랑자가 되어보고 싶어 했었다. 낯 설은 이국의 거리를 외로히 걸어가며 언어조차 한 마디 붙여볼 수 없이 가다가 피로하면 히미한 가등 아래서 잘 곳을 찾어 방황하고, 발끝 향하는 대로 어데던지 흐르고 또 흘너 가리라고 늘 꿈꾸었던 것이다.
>
> 방랑자! 방랑자! 이 얼마나 나에게 매력적 어구語句이었던가.[16]

남자든 여자든 부모나 가형의 손에 다시 붙들려 올 각오를 하고 야반도주를 해야 하는 점이야 다를 바 없었지만, 그녀의 이동은 결코 '마음대로 돌아다니며 형형색색으로 사는 인류를 구경거리로 삼는'[17] 방랑이 될 수 없었다. 그녀는 그것이 허용될 수 없는 모험임을 애초부터 뚜렷이 자각하고 있었기 때문이다. 백신애는 원산에서 배로 웅기까지 가는 동안 짧은 단발머리를 볼품없이 틀어 올려 변장을 하고 변소 안에 숨어 다섯 시간, 선실 아래 짐칸에 숨어 열 시간을 견딘 뒤에야 블라디보스토크에 닿게 된다. 말 그대로 밀항인 것이다. 이는 한편

---

15.   백신애, 같은 글, p. 576.

16.   백신애, 「청도기행」, 같은 책, p. 547.

17.   이극로, 같은 글. "세계는 너르고 크니 마음대로 돌아다니어 보았으면 속이 시원하겠다는 생각뿐이었다. 형형색색으로 사는 인류는 나를 가장 유쾌하게 하는 구경거리로 생각한 까닭에 방랑객을 꿈꾸었다." 인용 시 필자가 현대어로 수정.

으로는 나혜석의 구미 만유와도 비교될 만한 것인데, 여행을 통해 나혜석이 획득할 수 있었던 '주체의 욕망' '시선의 힘'은 분명하지만,[18] 나혜석 특유의 '자기화의 열정'이 가능했던 그곳은 첨단 세계의 중심 '유럽'이었으며 그 시절 그녀의 옆에는 남편이라는 '보증인'이 함께하고 있었다. 동일한 시기에 글을 썼던 이선희의 소설에 나타난 '이동에 대한 자유로운 상상력' 역시 중산층 여성으로서 누리는 '스위트 홈'이라는 조건을 간과하고는 이해하기 어려울 것이다.[19] 백신애는 이 모두를 결여하고 있었다는 점에서 여성과 이동에 관한 또 다른 상상과 가능성의 지대라 할 수 있다.

　「나의 시베리아 방랑기」나 「청도기행」(1939)과 같은 기행문이 대변하듯 그녀의 인생을 '방랑자'의 그것으로 그려내는 것은 흥미롭고 매력적인 일이다.[20] 또한 북방의 접경지대를 배경으로 조선인, 고려인, 중국인, 러시아인의 교차를 보여준 소설 「꺼래이」(1934)를 그녀의 방랑 체험이 녹아 있는 결과물로 이해하는 것도 그릇되지 않다. 그러나 그녀의 방랑이 결국 유럽으로 건너가 독일에서 박사학위까지 받은 이극로나 "정신적 시야를 넓혀 주는"[21] 새로운 망명지를 찾아 도쿄와 상하이를 누볐던 주요한처럼 망명객을 자처하며 세계로 나아갔던 남성들의 그것과 등가로 취급될 수 있는 것일까.

　백신애의 첫 소설 「나의 어머니」 그리고 결혼 후 약 5년의 공백 이후 「꺼래이」에 이어 발표한 「낙오」(1934) 등의 작품들은 나혜석의 '경희'와 유사하게 뜻을 품고 가출하려는 딸들의 이야기를 다루고

18.　손유경, 「나혜석의 구미 만유기에 나타난 여성 산책자의 시선과 지리적 상상력」, 『민족문학사연구』 제36집, 민족문학사연구소, 2008, pp. 170~203.

19.　노지승, 「장소애 없는 향수병── 이선희 소설에 나타난 이동과 공간의 상상력」, 『구보학보』 제24집, 구보학회, 2020, pp. 9~55.

20.　백신애의 방랑의 여정에 대해서는 이중기의 『방랑자 백신애 추적 보고서』(전망, 2014) 참조.

21.　주요한, 『주요한 문집 새벽』 I, 요한기념사업회, 1982, p. 27.

있다. 그런데 이 소설들은 모두 그 출분의 과정이 얼마나 험난한 것인지 보여주며, '앞으로 나아가려는 열정과 용기'가 대부분의 여성들에게는 한갓 꿈으로 그칠 뿐임을 역설하고 있다. 여성의 현실과 여성의 글쓰기가 이루어져온 역사적 맥락을 고려한다면, 여성에게 '방랑'이나 '이동'이 결코 젠더 중립적으로 쓰일 수 없는 말임이 명백해진다. 이는 달리 말하자면 여성소설은 '영혼과 세계 사이 적대적 이원성의 산물'로서 내면성의 형식이라는 루카치의 명제를 일탈할 수밖에 없는 양식임을 의미하는 것이기도 하다.

열아홉의 나이에 야반도주하다시피 감행한[22] 블라디보스토크 ─ 시베리아행이라는 매우 독보적인 소재에도 불구하고, 작가로서 백신애가 처음 쓴 것은 여성의 외출과 노동, 귀가라는 일상의 행위 및 그 여정의 기록이었다. 「나의 어머니」는 청년회 문예부의 책임자로서 연극 연습을 주도하는 여성 서술자 '나'가 '집으로부터의 탈출 → 바깥에서의 (비생산적인) 사무 → 귀가와 어머니의 잔소리'라는 구조를 반복하는 이야기이다. 'ＸＸ사건으로 감옥에 간 오빠' '보통 학교 교원으로 있다가 여자 청년회를 조직했다는 이유로 권고사직을 당한 나' 등, 인물 설정에서부터 자전적 표식이 두드러지게 드러나는 소설이기도 하다.

어머니(또는 아버지)의 기율과 규범에서 완전히 탈출하지도 또 그것에 완전히 굴복하지도 못한 채 갈등하는 신여성은 '경희' 이래로 반복되어왔다. '보이지 않는 험한 길'을 스스로의 몸으로 찾아 떠나겠다고 외치는 '경희'처럼, 백신애의 이 청년기 분신 또한 자신의 길

---

22.   백신애, 「나의 시베리아 방랑기」, 같은 책, pp. 576~77. "이 이상한 여자애에게도 시간은 흐르고 세월은 쌓여 열아홉 살의 봄을, 아니 열아홉 살의 가을을 맞이했다. 〔……〕 밤중에 고향을 떠나올 때, 병든 친구의 임종을 지키기 위해서라고 난생처음 어머니에게 거짓말을 했다."

은 어머니의 만족이 아닌 집으로부터의 탈출에 있음을 암시한다. 다른 점은 그녀의 마지막 외침이 "가엾슨 나의 어머니"에게로 향하고 있다는 사실이다.

> 아! 어머니! 가엾슨 어머니! 〔……〕 그러면 나는 무엇으로 어머니를 편케 할가요! 그러나 아! 그러나 나의 어머니여 나는 어머니가 조화하시는 김가에게도 이 몸을 밧치지 안흘 것임니다. 또 래일 밤도 쌔지지 안코 가야함니다.
>
> 　　　가엾슨 나의 어머니여.[23]

공연스레 밤중까지 쏘다니는 딸에 대한 걱정과 근심으로 어머니는 늘 괴로워하고, '나'는 '계집애가 어디 밤중에 그런 델' 다니느냐는 어머니의 지청구에 담긴 애달픔과 슬픔을 그냥 지나치지 못한다는 데에 비극이 있다. 평범한 일상으로부터의 거리(괴리)와 그 일상의 공고한 견인력(어머니의 소망으로 대변되는)이라는 두 가지 삶의 축이 만드는 긴장은 이 소설의 창작 동기라고도 할 수 있는데, 이러한 긴장은 남성 작가들의 소설이라고 예외는 아니다. 그 대표적인 예라 할 박태원의 「소설가 구보씨의 일일」(1934)에서 구보의 어머니가 아들에게 바라는 것은 오직 결혼, 가정, 직업과 같은 것들로 이루어진 평범한 일상의 행복이다. 집으로부터의 탈출과 귀가 그리고 어머니와의 대면을 똑같이 그리고 있는 이 두 작품은, 작품 속 화자가 자신의 삶과 일상에 드리워진 관습과 도덕의 그림자를 쉽게 걷어내지 못한다는 점에서도 동일하다. 즉, 여성 작가들뿐만 아니라 남성 작가들의 문학에서도 어머니의 존재는 묵직한 무게감을 지닌다.

23.　　백신애, 「나의 어머니」, 같은 책, p. 37.

남성 작가들의 작품에서 어머니가 '창작의 핵심 좌표'로 인식되는 경우 그것은 어머니가 대변하는 세계가 전근대·통속적 일상으로서 모던한 남성 작가들이 지향하는 세계와는 대척점에 있다고 여겨져왔기 때문이다.[24] 그러나 오히려 '어머니(가정 여성)의 세계'라고 규정된(또는 재현된) 젠더 정체성의 질서, 즉 돌보고 거두고 살피는 여성의 질서는 집 바깥으로 나서는 남성의 이동 – 방황 – 일탈 – 귀환까지의 모든 과정을 안전하게 보증해주는 역할을 한다. 따라서 구보가 결국 어머니의 욕망을 물리치지 않더라도 소설가로서의 또 남성으로서의 권위와 권리는 침해되거나 포기되지 않는 것이다. 「소설가 구보씨의 일일」은 아무리 생산적으로 보이지 않는 일을 하더라도, 하루 종일 시내를 돌아다니다가 늦은 밤 귀가해서 다시 책상 앞에 앉더라도, 그것이 더없이 가치 있는 일이 될 수 있음을 보여주는 소설이다. 거리를 이리저리 쏘다니고 그것을 두서없이 기록하는 것만으로도 너끈히 소설이 될 수 있음을 실증함으로써, 어머니의 세계(일상)와 애써 대면할 필요도 투쟁할 필요도 없는 남성 지식인 소설가의 세계를 대표하게 된 것이다.[25] 이것이 '구보'와 백신애의 '나' 사이 가장 큰 차이다.

가정을 상호 보완적 젠더 대립의 공간으로 표상하게 된 근대 소설은[26] 이렇게 젠더 역할을 둘러싼 가정 내 갈등을 의뭉스러운 포

---

24. 류보선은 「이상李箱과 어머니, 근대와 전근대——박태원 소설의 두 좌표」(『상허학보』 제2집, 상허학회, 1995, pp. 55~84)에서 박태원 문학의 핵심 좌표로 근대를 표상하는 시인 이상과 전근대를 표상하는 어머니라는 두 개의 이항 대립적 축을 제시한 바 있다.

25. 이 작품을 포함하여 박태원 초기 소설들인 「피로」(1933), 「거리」(1936) 등에서 남성 주인공들은 대체로 가부장의 성역할과 책임을 거부하고 회피하고 싶어 한다는 공통점을 갖고 있다. 그런데 자신의 호(필명)를 제호에 내세운 「소설가 구보씨의 일일」에 이르면 그러한 성역할의 회피가 갖는 정치적, 문화적 또는 문학적 의미에 대한 문제 제기의 시효는 끝나게 된다. 즉, 더 이상 그것을 묻는 일은 어떤 이유에서든 문제가 되지 않는 것이다.

26. 낸시 암스트롱, 같은 책, p. 43 참조.

즈로 봉합함으로써 젠더화의 형성 과정이나 젠더 구별의 역사성을
은폐하게 된다. 반면 젠더 질서와 성역할의 수용으로는 갈등이 봉합
되지 않는 「나의 어머니」(를 비롯한 대개의 모녀·여성 서사)는 그 젠
더 질서 자체와 대면하는 것이 서사의 주요 임무이자 목적이 되면서
이동의 권리도, 그 이동(탈출, 배회)을 쓸(기록할) 자유도 지연 또는
유보된다. 백신애가 「나의 어머니」 이후 5년에 가까운 시간 동안 몸
소 겪은 일련의 탈출(일본 유학 등) 시도와 강제 귀환(결혼)의 여정이
그녀를 글쓰기의 공백 상태로 밀어 넣었다는 점도 같은 맥락에서 설
명할 수 있다. 그녀에게 가능한 이동은 자유로운 활보나 주유가 아니
라 어디까지나 탈출일 수밖에 없었고, 그 탈출의 실패는 젠더 질서로
의 복귀, 즉 "무지의 행복"[27]을 의미했던 것이다.

　　백신애는 블라디보스토크에 당도한 배 안에서 검문을 하러 올
라온 게베우(비밀경찰)의 시끄러운 구두 소리를 회고하며 "총살 5분
전에 구출된 도스토옙스키의 운명을 이어받"[28]고 싶은 욕망을 이야기
한 바 있다. 여성의 신체가 맞닥뜨린 이 '갈 곳 없음'의 기록은 상상적
환각 속에 "십수 년간 혼자 훌짝거리며 깊어간 꿈"[29]이 이뤄진 아름답
고 달콤한 현실로 재구성된다. 이제 '방랑하기'가 불가능해진 그녀 앞
에 남은 것은 '문학하기'뿐이었던 것이다. 이렇듯 여성의 '방랑'은 문학
으로써만 가능했는데, 이는 여성의 이동이 허구의 세계에서만 가능
하다는 뜻이 아니라 남성의 그것과 같은 방식으로 재현되는 것이 불
가능함을 증명함으로써 재맥락화된다는 의미이다.[30] 그런 점에서 보

27.　　백신애, 「사섭」, 같은 책, p. 531.

28.　　백신애, 「나의 시베리아 방랑기」, 같은 책, p. 579.

29.　　같은 글, 같은 책, p. 583.

30.　　남성이 인간의 기본 값으로 설정되어 있는 사회에서 여성은 여성이라는 정체성을
　　　　바탕으로 특수하게 정의되고, 그렇기 때문에 완전한 시민권을 가지기 위해서는 이중의
　　　　제약(여성으로서의 규범과 시민으로서의 의무)을 통과해야 한다. 그러나 가부장제는 이를

자면 시베리아 방랑 이후 5년 만에 쓴 「꺼래이」가 단지 시베리아에서의 이동 – 추방 체험을 바탕으로 꺼래이(고려인), 쿨리(중국인), 얼마우자(얼치기 노국인), 러시아 군인들 간의 만남과 공감, 연대를 통해 민족 경계를 초월한 접경의 공간을 창출한 소설인 것만은 아니다. 그보다는 남성의 방랑 서사에서 주로 볼 수 있는 그럴듯한 무용담이나 투쟁의 기록과는 거리가 있는, 백신애 문학의 출발점이라 할 '불가능한 월경'에 대한 알레고리적 서사로 읽어봄 직하다. "까물거리는 한 개의 '삶'이란 그것만을 단단이 안고 무인광야를 가듯" "쩔룸쩔룸"[31] 걸어가는 것이라는 발견은 그녀의 문학 전체를 관통하는 출발점이다.

불가능한 방랑 이후에 놓인 유일한 가능성이 '문학하기'라고 한다면, 무모하고도 위태로운 일련의 모험이 그녀의 소설 쓰기에도 고스란히 드러나리라는 점은 그저 그녀의 삶으로부터 선험적으로 판단할 문제가 아니라 텍스트 내재적으로 규명되어야 할 문제이다. 백신애 소설의 한 특징은 엘리트 신여성의 자아상을 투영한 작품군과 극빈층 여성이나 청년의 생활을 다룬 작품군으로 크게 양분된다는 점이다. 게다가 신여성에게 빠진 남편에게 버림받고 정신병원에 감금되는 조강지처 구여성의 광기 어린 고백인 「광인수기」와 같은 작품은 백신애라는 여성 작가의 위상을 보다 독보적으로 만들고 있다. 그간 지적되어왔듯이 백신애 소설에서 중요한 것은 리얼리티나 핍진성, 전형성, 계급적 전망과 같은 문제라기보다 인물과 상황의 아이러니라고 할 수 있는데, 이는 낭만주의적 경향 또는 세련된 위장술이라기보다 그녀의 '문학하기'에 필연적으로 내재하는 자질이라고도 볼 수 있다.

불가능하게 만든다. 젠더 규범의 핵심은 규범이 작동하는 영역을 분할한다는 데 있다. 권김현영, 『늘 그랬듯이 길을 찾아낼 것이다』, 휴머니스트, 2020, pp. 256~57 참조.

31.　　백신애, 「꺼래이」, 같은 책, p. 39. 개작(1937)하기 전 애초의 판본에서는 이 대목이 "무인광야를 것는 것가티 어려붓는 이 몸 하나 외에는 아모 생각도 나지 안엇습니다"로 되어 있었다.

　　「광인수기」에서 정신병원으로 그리고 거리로 내몰린 구여성의 신들린 목소리의 향연을 '여성의 좌절된 욕망'이나 '신여성에 대한 비판'으로 읽는 것만으로는 충분치 않다. 그보다는 이 작품을 남편, 시어머니, 시누이, 아이들, 심지어 연적인 신여성과의 관계 속에서 여성(들)이 수행했던 복잡하고 다양한 역할과 그 역사가 기입되어 있는 텍스트로 읽어본다면, 젠더 투쟁의 장으로서 여성소설이 가진 보다 풍부한 시대적 의의가 살아날 수 있게 된다.

> 내— 이눔 하느님아. 에이 비러먹을 개새끼 가튼 하느님아, 네가 분명 하느님이라면 왜 그 악하고 악한 도독놈의 연놈을 그대로 둔단 말고. 당장에 벼락 천동을 내려 연놈을 한꺼번에 박살을 시킬 일이지……. 아니올시다. 아이 무서워. 아니올시다. 거짓말이올시다. 일부러 하는 말이올시다. 그 연놈이 죄가 잇슬 리 있는기요. 다— 내 팔자지요. 부대부대 벼락은 치지 말고 잘 살두록 해주시소.[32]

신에 대한 저주("이눔 하느님아")와 회개("용서하시소")를 오락가락 반복하는 그녀의 발화는 표면적으로는 그녀의 '광인됨'을 증명하는 것처럼 보인다. 그러나 자기 삶의 궤적과 타인들과의 관계를 구구절절 고백하는 내적 목소리(신에게만 발화되는)로 오롯이 채워진 이 소설은 그녀를 '광인'으로 취급하고 몰아낸 것이 전적으로 처분의 권력을 가진 가부장과 근대 제도의 폭력임을 증명한다. 궁극적으로 소설이라는 장치를 통해 육화한 그녀의 '독백'은 주의자(전향자), 가부장, 모성, 부덕(婦德), 신여성과 구여성, 신성함 등에 대한 어떠한 보편적 윤리도 무화하며 따라서 신여성이나 구여성에 대한 재현의 적실성(옳

32.　　백신애, 「광인수기」, 같은 책, pp. 225~26.

고 그림)이라는 문제 또한 비틀고 있다. 이 점은 백신애가 일본어로 쓴 산문 「인텔리 여성의 집」(1934)의 다음과 같은 대목과 대응한다.

> 우리들 이중삼중의 고통 하에 있는 조선의 소수 인텔리 여성은 여성들의 형型을 파괴하더라도 이 과도기를 현명하게 지내야 한다고 생각합니다. [……]
>
> 무학無學 부인은 태어나면서 삼종지도에 따라 부모의 전제專制로부터 시어머니의 전제로 시집가서 일가의 주부로서 그 가정의 모든 고통을 일신에 받고 게다가 남편으로부터는 이혼이라는 고뇌를 떠맡겨져 있으면서도 그녀들은 모두 숙명이라고 조용히 자기를 한탄하고 있는 것입니다.
>
> 이러한 그녀들의 고뇌야말로 진정 여성의 고뇌이고, 과도기에 있는 여성의 고뇌인 것입니다.[33]

백신애는 '신여성과 구여성'이라는, 적대적으로 또는 가치적으로 이분화하여 부여된 정체성을 거부하며(그녀는 단지 '인텔리 여성'과 '무학 여성'으로 구분하고 있을 뿐이다) 그녀들 모두의 고통이 과도기 여성의 고뇌라는 점에서 한데 엮이고 있음을 지적한다. 그런 점에서 교원 시절의 경험을 바탕으로 배움의 최전선을 향해 나아가는 신여성을 그린 「낙오」 역시 같은 맥락으로 읽을 수 있다. 이 소설에서 '경순'은 학교와 부형에 대한 도리와 책임 때문에 탈출의 꿈을 감행하지 못한 채 우물쭈물하는 인물이고, '정희'는 결혼식 전날 모두를 감쪽같이 속이고 당돌하게 도쿄로 탈출을 실행하는 인물이다. 「낙오」는 경순의 시선에서 정희의 야반도주를 기록하는데, 경순의 눈에 정희가 "뜨

---

33. 백신애, 「인텔리 여성의 집」, 같은 책, pp. 569~70.

레쓰를 뀌여 입고 턱 버티고"[34] 서 있는 모습은 '개선장군'으로 표현될 만큼 늠름하게 비추임에도 경순은 정희의 무책임함과 무심함, 당돌함을 기꺼이 받아들이기 어렵다. 소설은 저 멀리 앞을 걸어가는 정희의 그림자를 느끼는 경순의 한탄으로 끝나지만, 이것은 선망이나 감탄 그 어느 것도 아닌 순전한 '인정(認定)', 받아들임이다. 왜냐하면 정희의 탈출은 '숨겨둔 애인과 결혼 전날 야반도주한' 신여성이라는 오명을 쓴 채 쉽사리 신문 지면에 오르내리고 가십으로 소비된다는 것을, 남겨진 경순은 또렷이 목격하게 되기 때문이다.

> "발서 신문에까지 낫나보다!"
>
> 〔……〕
>
> "아마도 연인이 잇섯는 거야."
>
> "연애꾼 없이 갑작이 그럿케 도망할 리가 잇나."
>
> 제각금 제가 젠 척하기 쉬운 추칙을 사실같이 떠들고 잇는 것이엿다.
>
> "알지도 못하고 떠들지 마서요. 정히는 참으로 용감한 여자라오. 꼭, 연애하는 사람이 잇서야만 부모가 함부로 정한 결혼에 반대하는 것일가요. 남의 불행한 일이라면 걸어지가 떡이나 본 것 같이 떠들면서 조곰도 그 사실을 리해하려고 하지 안는 당신들과는 인간이 다르답니다. 앞으로 나아가려는 열정과 용긔가 눈앞의 안일에만 만족하는 당신들이나 나와 같은 무리들과는 레벨이 틀닙니다."
>
> 경순이는 몹시 흥분하여지며 소리를 높여 한숨에 배앗터 던 것다.[35]

---

34.   백신애, 「낙오」, 같은 책, p. 111.
35.   같은 글, 같은 책, p. 113.

경순이 자신조차도 못내 공감할 수 없었던 정희의 행동을 도리어 옹호하며 정희를 비난하는 이들을 향해 분노를 토하는 이 지점에서, 성격도 판이하게 다르고 가는 길도 윤리의식도 다른 두 여성 사이의 연대가 가능해진다. 여기서 경순과 정희는 백신애라는 작가 또는 당대의 신여성들 안에 내재한 여러 분신의 이름이며, 탈출을 감행할 것인지 여부 또는 탈출의 성패를 초월한 자리에서 여성들이 자신에게 그리고 서로에게 내미는 우정의 손길을 암시한다. 이것이야말로 소설을 통해 비로소 가시화되는 '성숙한 여성의 깊은 통찰'[36]이라 부를 수 있지 않을까.

3. 막다른 길의 어귀에서 돌아본 여성의 운명

백신애의 소설이 보여주듯, 20세기 전반기의 여성들은 야반도주를 감행하거나 밀항을 통해서야 진정한 의미의 '방랑'을 꿈꿀 수 있었으나 그 가냘픈 날갯짓이 맞닥뜨린 바람의 풍속은 결코 그것을 쉽사리 허용하지 않았다. 이제 젊은 날의 탈출이 상처로 남을 뿐이란 걸 알아버린 채 '나이 들어가는' 여성들은 어떤 선택을 할 수 있을까. 특히 지금과 같이 결혼과 출산이 선택의 영역이라는 인식이 확고해지기 이전, 결혼하면 출산하고 출산하면 주부이자 어머니가 되는 것이 대다수 여성들의 정해진 생애 경로였던 시절이라면. 사실 불과 10여 년 전 『82년생 김지영』(민음사, 2016)이 보여주었듯이 여성의 경력 단절과 가정으로의 공간 축소는 오랜 과거의 여성만이 마주해야 했던 현실

---

36.   루카치는 다음과 같이 쓴 바 있다. "소설의 객관성이란, 의미는 결코 현실에 침투할 수 없지만, 현실 또한 의미가 없으면 아무런 본질도 지니지 않는 무로 붕괴해버리리라는 것을 꿰뚫어볼 수 있는 성숙한 남성의 깊은 통찰이다"(게오르크 루카치, 같은 책, p. 96).

은 아니다. 이런 가운데 여성소설이 가정 내 존재로서의 여성을 내세우는 것은 불가피하면서 필연적이었다고 할 수 있는데, 이때 가정주부들은 꺼질 듯한 포말의 모습으로 존재하는 위태로운 가정과 주부의 위치를 부서지지 않게 지탱하거나(박완서, 「포말의 집」, 1976), '절반의 실패'를 부르짖으며 집 밖으로 나가 '무소의 뿔처럼 혼자서' 가는 두 가지 선택지 앞에 놓이게 된다.

1990년대 여성소설은 1980년대 운동권 문화에 대한 비판적 후일담과 겹쳐지면서 가정 내 여성이 맞닥뜨린 곤경과 좌절을 때로 주류 남성 지식인들의 위선 문제로 풀어낸 적이 있다. 예컨대 이경자는 단편소설 「가면」(1990)에서 '민중의 벗'으로 추앙받으며 심지어 여권주의자로 행세하는 남편의 폭력과 폭언 속에서 분노·불쾌·울분·조바심·설움·두려움·모멸감을 느끼는 가정주부의 빈사 상태를 그려내며 지식인 남성의 위선과 치졸함을 적나라하게 폭로한다. 가정 안과 밖의 이분법을 넘기 어려웠던 젠더질서하에서 이 집의 손님이자 가정 밖 여성인 잡지사 여자 차장은 "어둡고 억눌린" 이 집의 노예를 향해 "생존기반에 이해관계가 걸렸을 때 여자는 무조건 공범자일 수밖에 없으리라"[37]는 인식을 드러낼 뿐이다. 공지영의 『무소의 뿔처럼 혼자서 가라』 또한 1980년대 운동권 출신으로 1990년대 성공한 지위를 차지한 남성들을 향한 비난으로 가득하다. 주인공 '혜완'의 남편 '경환'은 아이가 사고로 죽자 혜완을 '아이를 죽인 여자'로 몰아세우며, 기혼자인 그녀가 남자 동창들 앞에서 '웃고' '말했다'는 이유로 구타하고 강간한다.[38] 혜완의 친구 '영선'의 남편 역시 운동권 출신이며 성공한 영화감독으로 거듭나지만, 모든 것을 포기하고 자신을 뒷

---

37. 이경자, 「가면」, 강석경 외, 『가면 안개 너머 청진항2 밤과 요람 부르는 소리 한계령 밤길』(창비 20세기 한국소설 38), 창비, 2006, p. 52.

38. 공지영, 『무소의 뿔처럼 혼자서 가라』, 문예마당, 1993, pp. 81~82 참조. 이 소설이 나온

바라지한 영선을 결국 우울증과 알코올중독, 의부증, 정신병으로 몰아가 죽음에 이르게 한다. 그 밖에도 20여 년 뒤 소위 문화예술계 성폭력 사태를 예견이라도 하듯, 운동권 출신 문인들과 출판계 인사들의 '비행(외도, 성희롱 등)'이 이 소설 속 여성들이 겪는 경험의 주된 내용을 구성한다.[39]

남성과 여성의 세계를 철저하게 구분하고 차별적 젠더 구조에 무감각한(심지어 그를 향유하는) 당대의 지식인 남성들을 적대시하는 이 1990년대 초반 소설들에는 '1980년대 이후'라는 나름의 사회문화적 맥락이 존재한다. 그런데 그보다 주목할 만한 것은, 이러한 서술 방식이 주류 남성 질서를 공격하기 위해 젠더 이분법 체계를 적극적으로 활용한다는 점이다. 젠더 이분법 체계가 가진 폭력성의 구조를 역으로 이용하여 서사의 추동력으로 삼음으로써[40] 여성 해방이라는 어젠다를 통과한 새로운 시대의 여성들의 공감과 호응을 극대화할 수 있었던 것이다. 그런데 이러한 '젠더라는 가공품을 활용한 역할 놀이'[41] 대신 보다 절실한 과제는 리타 펠스키가 지적한 대로 '현실에 대한 우리의 감각을 창조하거나 새로운 성적 관계의 언어를 고안'[42] 하는 일이 될 것이다. 그런 점에서 가정 내 존재로서 자기를 부정하거나 그로부터 이탈하는 선택지 대신 여성이 걸어온 길 그리고 여성이 수행해온 역할을 깊이 성찰하는 과정이 필수적으로 요청된다. 그 역

1990년대 초 한국은 법 체계 안에 친족 성폭력이라는 개념도 없었다. 성폭력특별법이 제정되어 존속 고소와 친족 간 성폭행의 제3자 고소가 가능해진 것은 1994년 무렵부터이다.

39.   『무소의 뿔처럼 혼자서 가라』의 서사 전략에 대해서는 김미지의 「『82년생 김지영』(2016)과 겹쳐 읽은 『무소의 뿔처럼 혼자서 가라』(1993) —— 페미니즘과 소설의 전략」(『현대소설연구』 제85호, 한국현대소설학회, 2022, pp. 5~35) 참조.

40.   이분법으로서의 젠더는 오랫동안 서사를 추동하고 경험을 형성하는 반복적인 힘으로 작동해왔다. 캐롤라인 레빈, 『형식들』, 백준걸·황수경 옮김, 앨피, 2021, pp. 218~20 참조.

41.   리타 펠스키, 『페미니즘 이후의 문학』, 이은경 옮김, 여성문화이론연구소, 2010, p. 123.

42.   같은 책, p. 28.

할을 본격적으로 담당하게 된 것은 1970~80년대 여성소설, 즉 20세기 전반기 극소수 선구적 엘리트들의 여성문학과 1990년대 이후 활발해진 해방적 여성주의 문학 사이에 존재하며 주로 고학력 중산층 여성들에 의해 개화한 소설들이라고 할 수 있다.[43]

여기서 주목할 만한 것은 가정 내 존재로서 여성이라고 할 때 반드시 기혼 여성 또는 출산 경험 여성만을 지칭하는 것이 아니라는 점이다. 대표적으로 오정희의 소설에서 가정 내 존재는 대체로 결혼과 출산을 경험한 여성인 가정주부지만, 「저녁의 게임」(1979)에서처럼 그러한 경험에서 비껴나 있는 여성 인물을 그린 경우가 있다. 이 작품은 병들고 늙어가는 아버지와 나이 들어가는 딸의 기묘한 동거이자 속고 속이는 게임을 보여준다. 이 소설을 아버지의 부재 및 그와의 결별이라는 남성 서사의 대척점에 놓고 부의 현전 속에서 스스로를 쾌락의 주체로 세우는 여성 서사로 읽는 독법도 있지만,[44] 이 글에서 주목하고자 하는 것은 홀로 돌봄을 떠안은 여성의 삶의 방식이다. 「저녁의 게임」에서 딸이 아버지의 돌봄을 전적으로 담당하게 된 데에는 몇 가지 이유가 있다. 우선 어머니는 아버지에 의해 정신병원에 유폐됐고 오빠는 집을 훌쩍 떠나버려 소식이 없다. 다른 말로 하자면 어머니는 아버지에 의해 미친 여자로 규정된 채 정신병원에 감금되어 죽었고, 오빠는 "침몰하는 선체에서 구명조끼를 입고 결사적으로

---

43. 1960년대 후반부터 여성 교육의 확대, 생활 수준의 향상, 대중적 담론장의 성장을 기반으로 대도시 중산층 여성들이 본격적으로 문학계에 진입하게 된다. 한경희는 여성들의 문학 행위가 '주부'라는 자본주의 산업사회의 여성 구성원으로서의 종속적 지위 수용을 전제로 한 것임을 박완서 문학을 통해 밝혔다. 한경희, 「박완서 작가 연구 — 대중·민중·여성문학장에서 주부의 발화 위치를 중심으로」, 서울대학교 박사학위논문, 2021. 한편 '대도시, 중산층, 이성애자, 고학력, 비장애인' 여성들은 우리 사회가 수용 가능한 '여성다운 여성'을 대표하는 이들이기도 하다(정희진 외, 『양성평등에 반대한다』, 교양인, 2016, p. 11).
44. 손유경, 「젠더화된 세대교체 서사를 패러디하기」, 『한국현대문학연구』 제58집, 한국현대문학회, 2019, pp. 373~74.

탈출하듯"[45] 그렇게 달아나버렸다. 그럼 나이 들어가는 여성인 '나'는 왜 떠나지 못하고 "인과(因果)의 보이지 않는 손에 의해 한없이 돌아가는 지옥의 연자맷돌"(p. 129)처럼 어제와 다름없는 오늘을 반복하고 있는 것일까. 오빠는 가족이라는 이름으로 벌이는 '더러운 게임'을 견디지 못해 나가버리고 세 사람이 붙들고 있던 줄의 한끝을 놓아버렸건만 '나'는 '오빠처럼 훌쩍 나가버릴 수 있을까' 자문해볼 뿐 아무런 답을 내리지 않는다. 아니, 오히려 답은 내려져 있다고 할 수 있는데, 훌쩍 떠나버리는 선택지를 '나'는 이미 손에서 내려놓은 채다. 그렇다면 '나'에게 남겨진 패란 무엇인가.

「저녁의 게임」에서 '나'는 "낡고 너덜너덜해진 각본으로 끊임없이 연극을"(p. 140) 하는 것으로 부녀 관계를 묘사한다. 매일 저녁 '나'가 아버지와 서로의 패를 빤히 들여다보는 무의미한 화투 놀이를 이어가는 이유는 그 이면에 공범 의식과 '언제든 준비되어 있는 배반감'이 도사리고 있기 때문이다. 즉 '나'는 탈출을 할 수 없어서 못 한 것이 아니라 언제나 배반할 준비를 마음에 품고서 탈출하지 않은 것이며, 아버지에 의해 미친 여자가 된 어머니에 대한 죄의식을 스스로 미친 여자 시늉—밤마다 아버지 몰래 집 밖으로 빠져나가 창부가 되는—을 하는 것으로 보상한다. 어머니와 오빠가 부재하는 집에서 '나'가 돌봄을 떠맡는 것은 자의든 타의든 불가피하며, 따라서 '적의와 친밀감'을 동시에 수반한다. 자신을 꺼내달라는 비명을 지르다 죽은 어머니와 아이를 재우느라 매일 밤새 서성이는 윗집 여자를 대신해 '나'는 친밀한 배반을 수행하는 것으로 돌봄이라는 굴레에 틈새를 만들고자 하는 것이다. 이렇게 본다면, 이 소설은 성적 지배의 구조가

---

45.   오정희, 「저녁의 게임」, 『유년의 뜰』, 문학과지성사, 1998, p. 143. 이하 이 작품의 인용은 본문의 괄호 안에 쪽수만 표시한다.

불변하는 한 돌봄이라는 일 또는 문화가 언제나 '친밀한 착취'[46]라는 점을 도발적 상상력으로 제기한 소설이기도 하다.

2010년대 이후 최근 소설들에서 싱글 중년 여성의 돌봄이 젠더화한 착취를 넘어선 상호 돌봄, 즉 여성 연대의 가능성으로 다양하게 상상되고 있는 것에 비춰 보면,[47] 약 반세기 전에 나온 「저녁의 게임」 속 싱글 중년 여성의 돌봄은 홀로 미친 여자 되기라는 상상의 수행으로써만 자율성을 확보할 수 있는 것으로 읽히기도 한다("붉은 리본을 달기에는 너무 나이를 먹었어", p. 143). 따라서 집이라는 공간에서 이루어지는 아버지와 딸의 공존 또는 공모는 지금은 매우 활발해진 질문, 즉 어떤 활동이 돌봄으로 간주되는지, 누가 그것을 책임지는지, 누가 돌봄을 받을 자격이 있는지와 같은 매우 정치적인 물음들이[48] 은폐되어 있는 현장이기도 하다. 어머니는 왜 가족의 돌봄으로부터 철저히 소외되었으며 아버지는 왜 딸의 돌봄을 당연하게 받고 있는가, 오빠는 왜 돌봄의 책임 또는 수혜에서 자유로운가와 같은 문제들 말이다.

그렇다면 이와는 또 다른 지점에서 떠날 수 없는 또는 떠나지 못하는 기혼 유자녀 중년 여성들의 서사는 어떠한가. 오정희는 「저녁의 게임」 전후에 쓴 소설들에서 집 밖으로 자유롭게 주유하는 남편과 달리 집 안 그리고 동네를 서성이는 여성 캐릭터를 반복해서 등장시킨 바 있다. 「꿈꾸는 새」(1978)에서 교수의 아내인 주부 '나'는 남편이

---

46. 젠더 불평등으로 점철된 돌봄의 구조, 자본주의하의 돌봄 이데올로기에 문제를 제기한 책으로 알바 갓비의 『친밀한 착취——돌봄노동』(전경훈 옮김, 니케북스, 2024)이 있다.

47. 조연정, 「'자기돌봄'과 '서로돌봄'이 교차하는 자리——2010년대 이후 소설에 나타난 중년의 싱글 여성과 '돌봄'의 문제」, 『한국문예비평』 제85집, 한국현대문예비평학회, 2025, pp. 69~106.

48. Rachel Adams, *Love, Money, Duty-Stories of Care in Our Times*, Columbia University Press, 2025, p. 34. 이 책은 소설을 포함한 다양한 내러티브 양식과 매체가 의존성과 돌봄 노동에 대한 지배적인 이해와 문화적 편견을 재형성하는 데 어떻게 개입하는지 탐구한다.

학생들과 출장을 떠나 집을 비울 때마다 아이를 들쳐 업고 골목길을 걷다 귀가하는 일을 반복한다.

> 허위허위 올라온 길들은 꼬리를 잘라 흔적을 없애는 도마뱀처럼 재빨리 집들 사이로 숨어버렸다. 대신 연민과 증오와 욕정과 무관심으로 녹여버린 애정이, 지나간 시간들이 눅눅한 공기 속에서 숨쉬고 있었다.
>
> 앞으로의 모든 날들이 그러할 것이다.
>
> 내 앞에 놓인 끝없는 시간들이, 전혀 믿지 않는 것을 믿는 체하며 행복하게 살아야 할 그 지루한 나날들이 함성이 되어 숲을 흔들었다.[49]

"앞으로의 모든 날들이 그러할 것"이라는 예감, 아니 확신은 그녀를 이내 공포에 휩싸이게 하는데, 그것은 자신의 삶에 대한 절망감 때문이 아니라 자신이 남편과 아이를 '흘려버릴 것 같은 두려움' 때문이다. 이런 비슷한 두려움은 「비어 있는 들」(1979)에서도 반복된다. 아이를 향한 본능적인 애정으로 목이 메면서도 아이에게 이상할 만큼 차가워짐을 느끼는 소설의 서술자 '나'는 '당황' 이외에 이 상태를 표현할 언어를 찾지 못한다. 「꿈꾸는 새」의 '나'는 결국 다시 아이를 들쳐 업고 띠를 동여매고 비탈을 내려오는 것으로 자신이 현재 감당해야 하는 책임을 환기하며, 아이와 남편을 죽은 사람 생각하듯 바라보려 하는 스스로를 달랜다. 관계와 윤리의 체계로서 돌봄이 갖는 복잡한 맥락을 고려할 때 이를 단지 모성 강박으로만 읽을 수는 없을 것이다. 소설을 비롯한 다양한 서사가 돌봄이라는 친밀한 교환 아래 도사린

---

49. 오정희, 「꿈꾸는 새」, 같은 책, p. 169.

수치심, 원망, 적대감, 지루함 그리고 불협화음, 긴장, 파열 등의 문제에 넓은 스펙트럼으로 접근해왔다는 사실은[50] 여성문학에 국한되는 것은 아니지만, 주로 여성이 전적인 돌봄 제공자였던 20세기 후반에 가정 내 존재와 돌봄의 체계, 윤리, 관계 및 심리 등이 여성문학의 중요한 시발점이 되었다는 점은 강조될 가치가 있다.[51]

가정주부로서 '길들여지지 않겠다는 마음'은 저 하염없이 반복되는 서성임과 지루한 나날들의 함성 속에 오롯이 살아 있다. 이러한 무의미해 보이는 반복과 소리 없이 혼자 듣는 함성이 그려지고 말해질 때, 즉 소설의 언어로 가시화될 때, 랑시에르를 빌려 말하자면 한국 현대문학은 여성의 현실에 대한 또는 젠더 구조에 대한 새로운 감각으로 나아가며 우리를 지배했던 감각의 분배 질서를 다시 사고하게 한다. 여성문학이 리얼한 재현의 문제를 넘어 필연적으로 모더니즘적 실험의 형식이 될 수밖에 없다는 점은 일찍이 버지니아 울프가 보여준 바 있다. '머리로 알고 몸으로 느끼는 모든 것들'을 '어떤 형식'으로 아울러야 할 것인가를 끊임없이 고민했던[52] 그녀는 페미니스트이자 모더니스트였던 것이 아니라, 페미니스트였기 때문에 글쓰기의 혁신가가 되어야 했고 될 수 있었던 것이다. 이런 점에서 여성들의 글쓰기 방식 자체를 문제 삼으며 한국 여성문학의 역사를 모더니즘적

---

50.   Rachel Adams, *op. cit.*, p. 10.

51.   근래 들어 중요한 사회 문화적 의제로 대두한 '돌봄'의 문제를 다룬 문학 연구가 매우 활발하게 전개되고 있다. 조연정의 앞의 글 외에도 정은경의 「2010년대 여성담론과 그 적들——'돌봄'의 횡단과 아줌마 페미니즘을 위하여」(『대중서사연구』 제24권 제2호, 대중서사학회, 2018, pp. 97~125), 김미영의 「박완서 소설 속 돌봄 인식 방식 연구」(『국어문학』 제72집, 국어문학회, 2019, pp. 195~229), 민가경·정은경의 「돌봄 노동과 윤리에 관한 시론——2020년대 한국소설을 중심으로」(『열린정신 인문학연구』 제25집 제2호, 원광대학교 인문학연구소, 2024, pp. 175~208), 그리고 김건형의 「가족, 사적 돌봄, 국가의 공모 그 이후」(『실천문학』 2019년 봄호, pp. 137~53) 등 참조.

52.   버지니아 울프의 1933년 4월 25일 일기 중에서. 버지니아 울프, 『3기니』, 김정아 옮김, 문학과지성사, 2021, p. 355 참조.

실험이라는 관점에서 다시 읽어내고자 하는 최근의 연구는 의미 있는 시도라 할 만하다.[53]

　　낸시 암스트롱은 여성 작가들의 작업을 가부장적 기준을 전복하는 동시에 순응하는 것으로만 읽는다면 여성의 글쓰기를 남성들에 의해 정해진 지배적 제도 안에 국한시키는 것이라고 비판한다. 나아가 여성의 글쓰기에서 억압되고 은폐된 욕망을 읽는 데 머물 게 아니라 욕망이 글쓰기를 통해 만들어진다는 점이 강조되어야 한다고 역설한 바 있다.[54] 이를 염두에 두자면 여성의 탄생과 나이 들어감이라는 운명을 현재와 과거의 파편들로 엮어낸 오정희의 「옛우물」(1994)과 '나이 들어가는 여자의 떨림'을 글쓰기로 육화하는 과정을 보여주는 김채원의 「겨울의 환」(1989)을 새삼 주목하게 된다. 두 소설의 서술자는 각각 마흔다섯 생일에 '여느 날과 마찬가지'인 하루를 맞이한 여성, 그리고 서른둘의 나이에 이혼을 하고 어머니의 집으로 돌아와 마흔셋에 이른 여성, 즉 '나이 들어가는' 중년 여성이다.[55]

　　「옛우물」은 45년의 생을 보낸 한 여성의 출발점("가엾은 한 여자의 가랑이에서 피투성이가 되어 태어난")과[56] 현재("만성적인 편두통

53.　노민혜, 「1970-80년대 한국 여성주의 모더니즘 소설 연구」, 서울대학교 박사학위논문, 2025. 이 연구는 1970~80년대 여성 작가의 소설이 중산층 주부의 정체성 탐구 또는 하위 주체로서 프롤레타리아 여성의 글쓰기 발굴이라는 양분된 관점에서만 조명되었던 편향을 바로잡고, 1970~80년대 여성문학을 바라보는 시야를 확장할 필요성을 제안한다.

54.　낸시 암스트롱, 같은 책 참조.

55.　일찍이 성민엽은 오정희 소설 속 중산층 중년 여성 인물들을 "존재의 진실에 가닿는 데에 보다 유리한 조건"으로 이해하며 "허무의 심연"을 다루는 그녀의 소설들이 사회적 인간으로 환원되지 않는 실존적 인간을 추구했음을 지적한 바 있다(「존재의 심연에의 응시」, 『오정희 깊이 읽기』, 우찬제 엮음, 문학과지성사, 2007, pp. 118~29). 젠더적 읽기는 이러한 사회/ 실존이라는 이분법을 넘어설 뿐만 아니라 '실존'이라는 개념을 보다 울퉁불퉁하고 불투명한 것으로 되비춘다는 데에도 의의가 있다.

56.　오정희, 「옛우물」, 『불꽃놀이』(오정희 컬렉션), 문학과지성사, 2017, p. 13. 이하 이 작품의 인용은 본문의 괄호 안에 쪽수만 표시한다.

과 임신 중의 변비로 인한 치질에 시달리는 중년의 주부”, p. 14)를 보여주며 표면적으로는 ‘기나긴 습관의 미덕에 기대어’ 조금은 무력하게 일상을 받아들이는 여성의 이야기이다. ‘나’는 “삶이 도태시킨 가능성에 대해 별반 아쉬움도 없이 잠깐 생각해”(p. 15)볼 뿐 “결혼을 하자 재빨리 모성의 자리로 옮겨 앉은”(p. 41) 가정주부로서의 삶에 크게 회한이나 후회 따위를 드러내지 않는다. 남편과 아들로 둘러싸인 삶 사이로 삐져 나오는 배반과 환멸과 분노를 충실한 관습과 질서의 힘으로 싸안고 잠재울 뿐이다. 하지만 이 소설이 가정주부가 된 여성의 자기 인식과 정체성의 서사로 그치지 않는 것은, ‘나’의 눈에 짙게 포착되는 그러나 세상은 아무런 관심도 주지 않거나 무시하는 생의 흔적들 때문이다. ‘나’는 “보이지 않는 끈에 매어 있는 것처럼 언제나 집 주위를 맴돌며 일을”(p. 40) 하는 동네 연당집의 바보 청년을 혼자만의 공간에서 몰래 내려다보는 일을 반복하고, 동네 목욕탕의 여자들에게서 첩첩이 쌓인 러시아 마트료시카 인형의 이미지를 떠올리며 “한 늙은 여자 속에 얼마나 많은 여자들이 들어 있는 것일까”(p. 41) 생각해본다. 그리고 그에 앞서 오래전 동생이 태어나던 날의 풍경을 회상하며 그때의 생생한 감각들—어머니의 신음 소리, 움찔움찔 떨리는 언니의 어깨, 나의 훌쩍이던 울음소리—를 기억한다. 게다가 시장을 보러 나간 길거리에서 “파마머리를 봉두난발로 불불이 세우고 〔……〕 불붙이지 않은 담배를 서너 개비 한꺼번에 물고 〔……〕 교통정리를 하는”(p. 18) 미친 여자의 형상을 누구보다 유심히 눈에 담는다. 이 모든 파편들이 말해주는 것은 무엇인가. ‘나’는 이만큼의 시간을 살아오는 동안 될 수도, 갈 수도, 펼칠 수도, 쓸 수도 있었을 무수하고 아득한 가능성의 세목을 하나씩 세어본다.

나는 창세기 이래 진화의 표본을 찾아 적도 밑 일천 킬로미터의 바다를 건너 갈라파고스 제도로 갈 수도, 아프리카에 가서 사랑의 의술을 펼칠 수도 있었으리라. 무인도의 로빈슨 크루소도, 광야에서 외치는 선지자도 될 수 있었으리라. 피는 꽃과 지는 잎의 섭리를 노래하는 근사한 한 권의 책을 쓸 수도 있었을 테고 맨발로 춤추는 풀밭의 무희도 될 수 있었으리라. 질량 불변의 법칙과 영혼의 문제, 환생과 윤회에 대한 책을 쓸 수도 있었을 것이다. 납과 쇠를 금으로 만드는 연금술사도 될 수 있었고 밤하늘의 별을 보고 나의 가야 할 바를 알았을는지도 모른다. (pp. 13~14)

인간의 역사와 소망과 환상 그리고 욕망이 담긴 이 목록들이 의미심장한 것은 가지 않은 길이나 이루지 못한 꿈에 대한 회한 때문이 아니다. 이는 창세기 이래, 적도 밑 1천 킬로미터의 바다를 건너고 무인도와 광야를 건너는 연금술사의 아득한 시간, 즉 인간의 역사에서 한 번도 주인공이었던 적이 없는 여성의 역사를 되비춘다. 다시 말해 여성의 것이거나 여성의 가능성이라고 여겨져본 적 없는 일들을 나열하는 이 대목에서 기존에 부여된 배치의 구조를 재배열하고 교란시키는 불일치dissensus[57]의 장을 만나게 되는 것이다. 그리고 이는 결국 루카치가 말한 '영혼과 세계 사이 적대적 이원성의 산물'로서 '내면성이 지니는 고유한 가치'로 나아가는 것이 아니라, 피투성이를 낳느라 피투성이가 된 엄마, 목욕탕의 늙은 여인들, 길거리의 미친 여자 그리고 어릴 때 우물에 빠져 죽은 친구 '정옥', 금빛 잉어의 이야기를 들려준 할머니에게로까지 거슬러 올라간다. 그렇다면 금비녀를 우물에 빠뜨린 각시가 상심해 죽고 금비녀는 금빛 잉어로 변했다는, 증조할

---

57.   자크 랑시에르, 「불일치를 사고하기 ─ 정치와 미학」, 김상운 옮김, 『말과활』 2015년 8-9월호.

머니가 들려준 옛이야기의 함의는 무엇일까. 금빛 잉어를 찾아 비녀가 아닌 자신의 몸을 우물에 던진 정옥이의 죽음은, 그리고 꿈속에서 조그만 계집애로 옛 우물가에 서서 눈물 흘리는 '나'의 울음은.

「옛우물」에서 '나'는 금빛 잉어 이야기를 떠올리기 전 '그'의 죽음을 신문 부고란에서 발견하고 "오랜 세월 길들여진 관습과 관행이 한순간에 깨진"(p. 43) 자신의 얼굴을 발견한다. 이렇게 실체가 모호한 누군가에 대한 하염없는 기다림과 절절한 그리움은 앞서 「비어 있는 들」에서도 표현된 적이 있다.

> 나는 늘 기다렸다. 깊은 밤 어두운 하늘을 보며 살별이 떨어져 내리기를, 가슴에 흘러들기를, 이승에서는 결코 이룰 수 없는 그리움처럼 그를 기다려왔다.[58]

"지옥까지 가겠노라고, 빛과 소리와 어둠의 끝까지 가보겠노라고"(p. 56) 마음속으로 답하게 한 사람인 '그'가 누구인지는 확실치 않다. 이 그리움은 「비어 있는 들」에서 '절박하면서도 만성적인'이라는 기묘한 불일치의 감각으로 말해지고 있다. 그건 잃어버린 첫사랑, 우연히 만난 외간 남자 등 집 밖 어딘가에 존재하는 누군가일 수도 있지만 그 정체는 중요하지 않다. "이승에서는 결코 이룰 수 없는 그리움처럼" 기다린다는 표현은 그것이 결국 생이 지속되는 동안 끝나지 않을, 죽음에 이르러서야 끝날 마음임을 암시한다. 머리를 틀어 올린 여성의 이루지 못한 꿈 또는 이루어질 수 없는 탈출에의 소망은 '어찌해볼 수 없는 운명'을 공유했던 어머니와 할머니 그리고 증조할머니로 거슬러 올라가 깊은 옛 우물 속에서 금빛 잉어를 만나는 상상으로 되돌아

---

58.   오정희, 「비어 있는 들」, 『불의 강』, 문학과지성사, 1998, p. 189.

온다.[59] 갓난아기에게 젖을 물리는 동안 '그'와 함께 강을 건너 깊은 계곡을 타고 올라갔던 기억을 불러내는 아슬아슬한 순간들이 '다시 내 자리로 돌아오'게 만드는 힘이 되는 것처럼. 이렇게 「옛우물」은 앞서 살펴본 오정희의 여느 소설들처럼 가정 내 존재로서 여성이 은밀하게 품은 일탈의 욕망을 그리는 한편 어머니와 할머니, 자매와 친구라는 관계와 연결의 문제로 여성의 몸과 존재를 사유하는 데까지 이르고 있다.

이렇게 여성의 삶이 단지 한 개인에게만 귀속되지 않고 면면히 흐른다는 발견은 김채원의 「겨울의 환」에서도 등장한다. 이 작품은 이혼을 하고 돌아와 어머니와 안락하면서도 불편한 동거를 해온 여성이 '자궁을 가진 여성'으로서 '나이 들어감'에 천착하며 이를 글로 풀어가는 과정을 보여준다. '나'는 마흔세 살이 되도록 "한 번도 스스로 여자라고 느끼지 못했"었다고 고백하며 자신이 여자의 흉내만 내고 있었다고 스스로를 규정하는 여성이다. 그리고 이러한 자기 인식이 촉발된 것은 '당신'이 "나이 들어가는 여자의 떨림을 한번 써보라"[60]고 말했기 때문이다. 나이 들어가는 여자의 떨림이란 무엇이며, 그것을 글로 쓴다는 것은 또 무엇을 말하는가. 표면적으로는 '당신'이 숙제처럼 던진 이 물음에 '나'가 스스로를 응시하는 것으로 이 소설은

---

59.   우찬제는 '옛 우물'의 '창조적 기억'을 두고 "텅 빈 충만의 우주적 허무의 세계에서 삶의 심연을
       성찰하게 하는 진정한 문학혼"이라 쓰기도 했는데(『불안의 수사학』, 소명출판, 2012, p. 277),
       본고가 주목하고 싶은 것은 그 성찰과 응시의 가능성이란 여성 삶의 계보와 얽힘이라는
       전제에서 가능하다는 점이다. 양윤의 역시 이와 유사하게 '옛 우물'이 "지금 '나'의 삶에
       수많은 중첩된 흔적을 남겨놓는다"고 쓴 바 있다(「여성과 토폴로지」, 『현대소설연구』 제69호,
       한국현대소설학회, 2018 참조). 한편 이 작품을 "인간의 몸과 욕망의 한계를 탈구축하고
       신화적 상상력으로 재영토화하"는 과정으로 읽은 연구로 주지영의 「오정희의 「옛우물」에
       나타난 젠더 탈주의 계보학」(『구보학보』 제24집, 구보학회, 2020)이 있다.
60.   김채원, 「겨울의 환」, 김채원 외, 『겨울의 환』(1989년 제13회 이상문학상 수상작품집),
       문학사상, 1989, p. 11~12. 이하 이 작품의 인용은 본문의 괄호 안에 쪽수만 표기한다.

시작되지만, 사실 이 글쓰기는 '당신'의 권유에 대한 응답인 것만은 아니다. 길거리에서 우연히 마주친 이래 3년 동안 나를 만나오면서도 앞으로도 '이런 식으로'만 '나'를 만나겠다는 '당신'의 선언은 '발광이 날 지경으로' 당신을 그리워하며 매일매일 노력해온 나의 자존심에 상처를 입힌다. 그러니 이 글쓰기는 배반당한 자신의 조바심과 그리움, 즉 사랑이라고 믿었던 시간에 대한 성찰이며 그 배반감을 딛고 어떻게 나이 들어갈 것인지에 대한 자기 해답이라고 할 수 있다.

이 소설에서 선명하게 주조된 몇 가지 장면들, 예컨대 할머니의 산소에 성묘를 갔다가 낸 불로 산을 집어삼킬 듯이 타오르는 불길, 전쟁통에 집 나간 아들을 기다리느라 홀로 남아 피란 가는 가족들을 떠나보내며 주먹밥을 싸 주던 할머니, 새까맣게 떨어져 내리는 하얀 눈과 이와 대비되게 더럽고 구겨진 새댁 시절의 버선, 할머니와 어머니의 함경도 사투리, 망나니 아들을 너끈히 이기고 산악처럼 버티고 선 '순쟁', 어린 시절 살던 실향민촌의 판잣집과 같은 것들은 '나'에게 운명이 한줄기로 이어져 있는 듯한 감각을 가능하게 해준 것들이다. 결국 나이 들어감의 떨림이라는 질문에 대한 답이 찾아지는 과정은 바로 어머니, 할머니와 같은 여인들의 삶이 자신에게 드리운 운명과 같은 힘을 발견해가는 과정이며, 그것은 그들의 삶과 그들과의 관계를 글로써 풀어내는 것으로 가능해진다.

'남편에게 떳떳한 음식을 내놓아야 한다는 과제'에 실패하고 돌아온 '나'는 어머니와 '나'에게 동일한 운명으로서 "밥상을 깨부수는 힘"(p. 21)이 있을지도 모른다는 공포에 사로잡힌다. 어머니는 남편을 섬기는 여자도 아니었고, 어머니의 밥상에는 늘 생명과 같은 부분이 꼭 빠져 있었으며 그런 기억은 '나'를 갈증과 반감에 휩싸이게 했던 것이다. 그러나 나이 들어가는 사십대 여성인 '나'는 소멸해가는 어머니를 담당하는 것을 운명이라 생각하기로 하며 어머니와 함께 산다는 것을 '속박당함'이 아닌 '내가 사는 것'으로 능동화한다. 이제 '나'는 '따뜻한 밥상에 대한 갈증'이 있었다는 자각을 어머니의 탓으로 돌리지 않고, 어머니가 할머니를 돌보기를 포기한 선택까지도 이해하기로 한다. 이것은 어떻게 가능했을까.

> '밥상을 차리는'과 '싸리문 여잡고 기다리는' …… 이 두 개의 영상을 끌어내기 위해, 지난밤 새 진통을 하며 이 많은 말들을 쏟은 것 같습니다. 저는 삶의 열쇠를 찾은 기분입니다.
>
> 나이 들어가는 사람의 떨림이 아니라 나이 들어가는 여자의 떨림으로, 저의 성을 찾아 여기에 서는 일은 이리도 힘이 든 일입니다. 〔……〕
>
> 이 글을 시작할 때까지만 해도 더한 조바심 속에 있었습니다만 그런 모래시계 속에 저를 가두고 싶지 않아요. 저는 이제 그런 힘을 얻었습니다.
>
> 누구인가 제게 뜨뜻한 밥상을 차려주고 끝까지 기다려주었으면 하는 저의 소망의 마음을 이제 제 편에서 누군가에게 해주는 사람으로 자리 잡은 때문입니다. (pp. 71~72)

'나'는 일견 상반되게 살아온 할머니와 어머니 삶의 핵심—밥상을 차리는 여자와 밥상을 깨부수는 여자—으로 파고들어봄으로써, 싱글 중년 여성이 맞닥뜨린 돌봄의 과제와[61] 기다림의 상태 그리고 그리움이라는 정서가 빚는 정동을 섬세히 들여다보게 된다. 그리고 이

---

61. 김채원 소설을 '돌봄'의 윤리로 다룬 연구로는 정우경의 「김채원 소설에 나타난 돌봄의 가역성」(『인문학연구』 제36집, 인천대학교 인문학연구소, 2021, pp. 37~59)과 김미라의 「김채원 소설에 나타난 '성숙한' 돌봄인의 '더러운' 몸」(『한국현대문학연구』 제66집, 한국현대문학회, 2022, pp. 449~87) 등 참조.

과정에서 결국 '나'를 정체성과 독립성의 주체로 구성하는 대신, '간절한 염원 혹은 한 들이 뭉쳐서 이루어지는 운명' 속으로 밀어 넣는다.

　　이 소설이 '당신', 즉 어머니의 굴레로부터 '나'를 구원해줄지도 모르는 남성에 대한 은밀하고도 강렬한 그리움을 반복해서 드러내며 '밥상을 차리는 것'과 '싸리문을 여잡고 기다리는' 두 가지 행위—할머니의 삶의 열쇠—에 대한 수긍으로 마무리된다는 점은 오랫동안 지적되어왔듯 문제적이다. 일견 "젠더 규범에 순응하는 제스처"[62]로 보이는 화자의 스탠스를 재검토할 필요성을 최근의 연구는 제기했거니와, 여기서 새삼 고민해볼 것은 그것이 그저 제스처 또는 위장술에 지나지 않는 것인가 하는 점이다. 칠십대 노모를 돌보는 그 일방적인 작업을 수용하기로 결심한 사십대 딸은 자신의 어머니와 할머니 세대뿐만 아니라 '당신을 비롯한 모든 사람이 실향민'이라는 감각을 이 성찰과 글쓰기 과정 속에서 얻게 된다. 그리고 무엇보다도 '이 글을 시작할 때의 조바심의 모래시계 속에 나를 가두지 않는 힘'을 얻게 되었다. 그렇기에 '나'는 '당신'에게 원할 때 언제든 돌아오라는 마지막 인사를 건넬 수 있는 것이다. 이는 탈출과 구원을 향한 허기와 기다림에 지쳐 조바심치던 '나'와의 결별을 의미하는 것이며, 성숙한 여성의 떨림이 한 개인의 경험에 그치지 않는 것임을 암시한다. 이것이 모계의 서사로서 의미 있는 것은 생의 버거움을 웅변하는 어머니의 존재감이 '오직 무(無)인 아버지'와 정확히 대응되고 있기 때문이다. 그래서 '모두가 실향민'인 이 세상에서 무가 아니라 유로 존재하는 어머니에게 돌봄의 손길을 내미는 것은 속박이 아니라 운명이 된다.

62.　　노민혜, 같은 글, pp. 103~104 참조. 해당 논문은 이러한 순응의 제스처를 "규범에 대한 일탈의 욕구를 은근하게 숨겨놓는 서술상의 트릭"이라고 해석한다. 이 역시 타당하고 설득력이 있으나 본고에서 주안점을 두고자 하는 것은 결국 모계로부터의 이탈 욕망이기보다 그 역사와 계보의 인정과 수긍이라는 것으로 모아진다.

4. 다시, 성숙한 우리들의 양식을 기다리며

지금까지 살펴본바 20세기 한국의 여성소설들은 내면성의 모험을 찾아 떠나는 일을 박탈당했거나, 그에 실패하고 돌아왔거나, 스스로 그 선택지를 봉인했으되 탈출의 가능성을 언제나 품고 있는 여성들의 계보를 뚜렷이 보여준다. 떠나거나 사라진 아버지와 오빠와 달리, 한국 근대문학 속의 수많은 여성은 남아서 자리를 지키며 때로는 돌봄을 떠안고 그리움에 몸부림치며 골목 안을 서성이는 것으로 사라지지 않는 욕망을 잠재운다.

이 글은 나혜석의 「경희」와 「어머니와 딸」의 간극에서 출발하여 세계로의 모험을 꿈꿨던 선구적인 방랑자 백신애를 거쳐 20세기 후반 여성소설들로 시선을 옮겨가며 여성이 글쓰기를 통해 이룩한 성숙한 여성의 세계를 탐사해보고자 한 것이다. 이 작품들은 21세기도 사반세기가 지난 지금의 시각에서 보자면 가부장적이고 성차별적이며 이성애 중심적인 젠더 질서와 모성 신화적 가족 이데올로기를 수용하지 않을 수 없었던 시절의 산물 또는 몸부림으로도 읽힌다. 그러나 중요한 것은 그것이 억압에 대한 희미한 울부짖음이나 억눌린 욕망의 은밀한 분출에 그치는 것이 아니라, 여성의 몸으로 전해진 오랜 재생산의 역사와 삶의 필요 불가결의 요소로서 돌봄 노동에 대한 인식을 내장한 채 자기 자리에서 가능한 삶의 방향성을 소설이라는 운명의 글쓰기를 통해 치열하게 묻고 있다는 점이다. 근대소설이 철저하게 젠더 질서의 기반 위에 서 있는 양식이라는 점에서 보자면 그 질서에 내재한 무수한 오해와 원망, 친밀성과 적의, 갈등과 욕망을 첨예하게 드러내고 질문하는 소설들을 '성숙한 여성의 양식'이라고 불러도 좋지 않을까.

지금 이 시대 21세기의 작가들은 이 선배들의 지난 경험, 고민,

글쓰기를 밑거름으로 나아갔으되 이를 딛고 보다 도발적이고 전복적인 서사의 세계를 펼쳐 보이고 있다. 특히 젠더화된 돌봄 노동의 고착화와 사랑·희생 등의 가치로 버무려진 돌봄 신화 등의 문제에 대해서는 근래 더없이 진지하고 활발한 논의가 이어지고 있으며, 이를 가족 내 관계를 비롯해 노년·장애·퀴어 등 여러 차원에서 해부하고 또 상상하고 있다. 지난 세기 우리 여성소설과 문학이 견고하고 완강해 보이기만 했던 그 모든 벽을 흔들고 틈을 만드는 일을 힘겹게 해왔다면, 앞으로의 문학은 그 동시대성을 안고 또 그를 넘어 다른 가능성의 세계로 나아갈 수 있기를 기대해본다.

마주침의 문학사
— 페미니스트 시각으로 보는 한국문학과 젠더,
군사주의의 얽힘

허윤

‘사건’의 기억은 어떻게 해서든지 타자, 즉 ‘사건’ 외부에 있는 사람들과 함께 나누어 갖지 않으면 안 된다. 집단적 기억, 역사의 언설을 구성하는 이는 ‘사건’을 경험하지 않은 살아남은 사람들, 곧 타자들이기 때문이다. 그들과 그 기억을 공유하지 않으면 ‘사건’은 없었던 일로 되어버린다. 일어나지 않았던 일이 되어버린다. 그 ‘사건’을 경험한 사람들의 존재는 타자의 기억 저편, ‘세계’의 외부로 밀려나 역사에서 잊힌다.

— 오카 마리, 『기억·서사』에서[1]

1. 들어가며

사람들은 ‘그런’ 문학사는 이미 해체되고 없다고 말한다. 한강이 한국인 최초로 노벨문학상을 수상하고 ‘젊은’ 여성 작가들이 주요 문학상을 휩쓸며 활약을 펼치는 시대에, 한국 문단이나 한국문학사의 성차별적 면모에 대한 비판만큼 고루한(혹은 ‘낡은’) 것이 어딨겠냐고 한다. 2015년을 전후로 한 한국 사회의 페미니즘 리부트는 각종 문예

---

1. 오카 마리, 『기억·서사』, 김병구 옮김, 교유서가, 2024, p. 111.

지의 편집위원 자리에 '젊은' 비(非)남성들의 이름을 올려놓았다. '#문단_내_성폭력' 말하기 운동을 비롯한 미투 운동과 '신경숙 표절 사태' 이후 한국문학장에 대한 반성은 성폭력과 표절을 가능케 한 한국 문단 제도의 혁신으로부터 시작해야 한다는 지적이 있었기 때문이다. 이제 페미니즘 리부트로부터 약 10년이 지나, 성폭력 가해자가 출소하여 2차 가해를 이어가는 백래시의 시대가 도래했다. 그러하기에 '우리'는 다시 질문해야 한다. 페미니즘 리부트라는 사건을 경험한 2025년에 읽고 쓰는 한국문학사는 어떤 것이 되어야 하는가?

　　　문학에 관한 역사 기술의 일종으로서 문학사는 한국 사회의 변화와 밀접하게 연결되어 있다. 분단 체제의 고착이나 해금, 민주화 등은 문학사에서 분명한 분기점이 되었다. 그러나 하나의 역사를 기술한다는 것은 그 역사 안에 포함되지 않은 다른 이야기/들을 낳는다는 의미이기도 했다. 문학사에 등재될 수 없는 문학은 무엇인가에 대한 질문은 한국문학을 바라보는 미학적·비평적 가치 기준에 대한 논의로 이어진다. 한국문학장이 역사적 진보나 사실적 재현, 미학적 가치를 중심으로 텍스트를 평가해왔다면, 무엇을 진보 혹은 정의, 미학으로 규정할 것인가를 되묻는 것이다. 제도적 민주주의 달성과 현실 사회주의 몰락, 자본주의(신자유주의) 확산과 그에 대응하는 운동이 다원화되어 일어나면서 정전화된 문학사에 질문을 던지고 새로운 문학사 기술의 필요성을 강조했다. 서발턴 문학사, 노동자 문학사, 문화사 등이 거대 문학사를 대리 보충 하는 방식으로 등장했으며, 이러한 흐름 속에서 여성문학사 역시 본격적으로 기술되었다.

　　　1990년대 여성문학(사)은 남성 – 엘리트 – 민족주의 중심의 한국문학사를 비판하면서 강경애, 박완서, 오정희 등을 소환하고, 여성 작가들의 계보를 써 내려갔다. 가부장적 가치 체계 때문에 묻혔던 여성의 문학, 글쓰기를 복원한 것이다. 여성 작가를 재발견함으로써 그들의 문학작품을 재발굴하고 재해석했으며 이를 통해 여성 글쓰기의 역사적 연속성과 의의를 드러냈다.[2] 이 과정에서 강조된 것이 여성의 경험과 언어, 여성 특유의 문학적 양식과 형식이다. 여성적 글쓰기, 젠더, 포스트페미니즘 등 다양한 키워드가 여성문학사를 기술하는 데 동원되었다. 이는 복수의 문학사/들의 시대가 왔음을 보여주는 것이기도 했다. 『문학사 이후의 문학사』는 "초국가적 현대문학의 유통 체계와 현대적 대중 예술, 그리고 그보다 더 거대한 문화사의 흐름 속에서 생장해온 '네트워크로서의 한국문학사'"를 말하며, 특히 "민족주의-남성-엘리트 중심의 문학사가 배제한 '문학들'을 새롭게 조명"하고자 하였다.[3]

그러나 이 복수의 문학사/들 역시 페미니즘 대중화를 기점으로 전면적으로 심문되었다. '한국문학은 곧 남류 문학'이라는 비남성-독자들의 평가로 인해 문학사를 기술하고 비평하는 주체의 권위가 해체됐다. 기존에 담론을 형성해왔던 평론가·연구자가 아니라 독자가 텍스트를 수용하며 스스로의 가치 판단을 중심으로 문학을 평가했다. 문단과 학계가 중심이 되어 다시 쓰고 고쳐 쓰기를 반복하던 한국문학사는 독자를 중심으로 한 전회에 맞닥뜨렸다. 김미정이 지적한 것처럼 문단 내 젠더 문제에 대한 고발은 "주변적이거나 '관용'의 대상이었던 여성(퀴어)의 문제의식과 그 예술을 가시화"했다. 이들은 "기존 언설 체계 안에 적극적으로 목소리를 기입하며 문학의 의미를 보충하고 조정해가고 있다".[4] 『문학을 부수는 문학들』은 이러한 페미니즘 리부트의 산물이다. 새로운 문학사를 쓸 때, 페미니스트 시

---

2.   일레인 쇼월터, 『페미니스트 비평과 여성 문학』, 변용란·홍한별·신경숙 옮김, 이화여자대학교출판문화원, 2004, pp. 12~30.
3.   천정환·소영현·임태훈, 「책머리에」, 『문학사 이후의 문학사』, 푸른역사, 2013, p. 8.
4.   김미정, 『움직이는 별자리들』, 갈무리, 2019, p. 33.

각이 "'한국 문학사'를 지탱하는 텍스트 해석 원리, 제도적 조건, 권력 네트워크를 근본적으로 비판하는 준거"[5]가 되기 때문이다. 『문학을 부수는 문학들』은 여성문학사가 아니라 '페미니스트 시각으로 본 문학사'를 통해 한국문학의 토대와 미학을 질문하는 '입장'을 탐침하여 한국문학사를 내파할 것임을 천명한다.

> 우리가 탐구하고 싶었던 것은 기존 한국문학(사)에서 '문학적인 것'과 '비문학적인 것', '남성적인 것'과 '여성적인 것', '정치적인 것'과 '비정치적인 것' 등을 가르는 기율들이 구성되는 원리였다. 그 원리가 여성과 성소수자를 비롯한 타자(성)에 대한 모종의 배제와 위계화를 경유·승인함으로써 성립해 온 것이라면, 새 세대 문학주체들에 의해 도래할 새로운 '문학(성)'은 그런 낡고 비민주적인 상상력을 반복하지 않기를 바랐다.[6]

권위 있는 거장 한 명이 기술하는 문학사가 아닌 다종다양한 '네트워크' '아카이브'의 합산으로 이야기될 문학사/들의 시대에, 저마다의 문학사는 한국 사회의 중핵을 무엇으로 설정할 것인가에 따라 문제의식을 예각화한다.

이 글은 페미니스트의 시각으로 전쟁과 문학을 톺아보는 작업의 긴요함을, 군사주의에 대항하는 문학사의 필요성을 주장한다. 비가시화된 목소리를 기록하고 기억하는 것이 문학의 정치라면, 동시대의 문학사는 탈냉전 이후 심화되고 있는 전쟁의 현장을 바라보아야 하기 때문이다. 2025년 현재, 팔레스타인 가자 지구에 이스라엘이

---

5.   차승기, 「몰락 이후—신성할 것 없는 문학사」, 『문학과사회 하이픈』 2019년 봄호, p. 17.
6.   오혜진, 「서문을 대신하여」, 권보드래 외, 『문학을 부수는 문학들』, 민음사, 2018, p. 9.

폭격을 이어가고 있으며, 유엔 안전보장이사회의 이사국인 러시아가 우크라이나를 침공하여 전쟁을 지속하고 있다. 중국이나 대만, 일본 등 아시아 지역의 상황 역시 녹록지 않다. 한국이 휴전 상태의 국가임은 말할 필요도 없다. 스톡홀름국제평화연구소SIPRI 보고서에 따르면, 전 세계의 군사비 지출은 10년 연속 증가세이며 2024년 세계 군사비는 사상 최고액인 2조 7180억 달러를 기록했다.[7] 한국은 아시아에서 네번째로 거래량이 많은 무기 거래국이며, 이스라엘을 비롯하여 러시아–우크라이나 전쟁에도 무기를 수출하고 있다. 'K-방산'은 새로운 수출 산업으로 주목받는 한편, 민주화를 요구하는 여러 나라의 시위 진압에 한국산 최루탄과 물대포가 사용되고 있다. 지금이야말로 일상화된 군사주의에 반대하고 적극적으로 평화를 이야기해야 할 시점인 것이다.

　　전쟁은 군사주의에 기대어 수행되며 이를 위해 국민의 범주를 조형한다. 국가를 위해 기꺼이 죽을 수 있는 국민을 만들어내는 것이 국민국가의 성립에 필수적이었으며, 여기에는 문학 역시 중요한 역할을 수행했다.[8] 군사주의는 군사적 가치들(위계질서와 복종, 무력 사용에 대한 신념)을 더 중요하게 여기며, 군사적인 해결 방식을 효율적이라고 생각하고, 군사적 태도로 접근하는 것을 최선으로 여긴다. 군사주의를 연구하는 신시아 인로는 "세계적으로 일어나고 있는 가장 유력한 경향인 지구화와 군사화의 연관성을 이해하기 위해 오늘날 사용하는 주요 수단"[9]으로 페미니스트 호기심을 말한다. 페미니스

7.　　Xiao Liang et al., "Trends in World Military Expenditure, 2024", *SIPRI Fact Sheet*, Stockholm International Peace Research Institute, 2025.

8.　　사카이 나오키, 「다민족국가에서의 국민적 주체의 제작과 소수자의 통합」, 『총력전하의 앎과 제도 1933~1955』 1, 이종호 외 옮김, 소명출판, 2014, pp. 27~30.

9.　　신시아 인로, 『군사주의는 어떻게 패션이 되었을까』, 김엘리·오미영 옮김, 바다출판사, 2015, p. 22.

트 호기심은 이러한 군사화의 영향하에서 여성의 조건을 질문하고, 여성 사이의 관계를 비롯해 여성과 남성의 관계에 관해서도 묻는다.[10] 지금 여기에서 벌어지는 일을 사유하는 통로로서 군사주의에 대한 페미니스트 호기심을 요청하는 것이다. 문학사 역시 이러한 페미니스트 호기심을 바탕으로 다시 씌어질 수 있다.

2. 전쟁이 직조하는 규범과 길항하는 여성들

노벨문학상을 수상한 스베틀라나 알렉시예비치의 『전쟁은 여자의 얼굴을 하지 않았다』(문학동네, 2015)는 사회주의 혁명 전쟁에 참여했던 여성들을 찾아간다. 사격수·조종사·의료원·제빵사 등 전선에서 필요로 하는 일은 많았고, 사람은 부족했다. 많은 여성이 전선에 직접 참여했지만, 그들의 이야기는 좀처럼 기록되지 않았다. 아무도 이 여성들에게 전쟁에 대해 묻지 않았다. 여성이 전쟁에서 하는 역할은 선전과 위안일 뿐이라고 치부해버리거나 전쟁은 여성답지 못한 일이라고 여기기 때문이다. 여성의 전쟁 이야기는 군사주의가 구조화한 젠더화를 통해 비가시화된다. 전선에서 민족국가를 수호하는 남성과 후방에서 그들의 보호를 받는 여성이라는 젠더 규범은 군인이 될 수 있는 남성을 숭배하고, 여성을 차별하는 문화를 정당화했다. 여성은 자주 전쟁의 피해자로만 소환되었으나, 실제로는 노동자·간호사·'위안부' 등 다양한 형태로 전쟁에 동원되었다. 전쟁과 여성이 맺는 관계가 그리 단순하지 않은 것이다.

이인직의 신소설 『혈의 누』(1906)는 청일전쟁이 발발하고 평

---

10. 같은 책, p. 35.

양이 함락되던 날로 시작된다. 집에만 머무는 존재였던 여성들은 전쟁이 초래한 사회 변동으로 인해 길을 나선다. 주인공인 옥련은 부모와 함께 피난을 떠났다 뿔뿔이 흩어져 고아가 되는데, 총상을 입은 채 일본군 소속 의사에게 발견되고 그의 양녀가 되어 오사카로 건너간다. 근대소설의 출발점에 여행이 있다면, 옥련은 전쟁을 경유해 근대인이 된 것이라 볼 수 있다. 전쟁이 나지 않았다면 그는 양반집의 딸로서 부모의 사랑을 받으며 성장하다 결혼했을 것이며, 미국 유학 또한 가지 않았을 것이다. 옥련은 전쟁과 가족의 부재라는 극단적인 상황에서 신여성이 될 수 있었다. 이는 여성들이 기존 질서가 붕괴된 전쟁이라는 상황에서 자신의 행위성을 발휘할 기회를 가질 수 있었다는 의미이기도 하다.

　　여성들은 때로 프로파간다의 전면에 나서서 애인이나 아들을 전쟁에 참여하도록 고무하는 역할을 맡았다. 아시아태평양전쟁 당시 여성 작가들은 전쟁 참여를 독려하고 후방의 질서를 강조하는 소설과 연설을 발표했다. 최정희는 학도병을 동원하고 후방의 여성들을 격려하는 임무를 맡아서 공론장에 섰다. 식민지 조선에서 징병 제도가 실시된 것을 기뻐하면서 아들을 전쟁터에 내보내는 어머니가 되는 것이 "사람값"을 하는 일이라 말했다. 이는 "남을 위해서 나라를 위해서 살아본다는"[11] 것과도 통한다. 그가 일본 여성들을 찬양하는 맥락도 역시 마찬가지다.

11.　　"5월 9일. 이날 우리 반도에도 징병제도가 실시되었습니다. 다시 말씀한다면 우리 반도 청년들도 병정이 되어 어깨에 총을 메고 나라를 위하여 싸울 수 있게 되었다는 말씀입니다. 얼른 생각한다기보다 잘못 생각한다면 전쟁에 나갔다는 일이 무서울지 모르지만 두 손을 가슴에 얹고 생각한다면 이에서 더 기쁜 일이 없고 이에서 더 영광스런 일이 없습니다. 정말 이로부터서야 우리도 사람값을 하게 되었고 이제로부터서야 세상에 나온 보람이 있다고 할 수 있게 되었습니다. 우리가 언제 남을 위해서 나라를 위해서 살아본다는 귀하고 착하고 높은 정신을 가져본 일이 있습니까"(최정희, 「5월 9일」, 『반도의 빛』 1942년 7월호(「[기획] 발굴──최정희의 친일문학 작품」, 『실천문학』 2004년 겨울호, p. 194에서 재인용)).

이분들은 내지에서 나서 내지에서 사십니다. 우리들과 눈, 코, 입이 똑같이 생겼는데 어쩌면 그처럼 훌륭한 생각을 가지고 사는지 모르 겠습니다. 그러기에 이분들을 '일본의 어머니'라 부르는 것입니다. 이 분들의 난 곳, 사는 곳은 대도시도 아닙니다. 산을 넘고 물을 건너고 골을 지나야 하는 벽촌과 작은 섬에서 사는 분들입니다. 그렇지만 훌 륭한 마음씨를 가지고 사는 탓으로 오늘에 있어서 '일본의 모(母)'라 는 이름으로 만인에게 불리게 되지 않았습니까.[12]

최정희는 「군국의 어머님들」과 「군국모성찬」(1944)에서 다섯 명의 일본인 어머니를 소개한다. 모두 아들을 전쟁터에 내보낸 여성들이 다. 여성은 건강한 아들을 낳아 전쟁에 내보낼 때 기록되고 기념되는 존재가 된다. 하지만 이러한 프로파간다에 따르면, 여성은 전쟁 중에 죽거나 상이군인이 된 아들과 직면할 수밖에 없다. 궁극적으로는 아 이러니하게도 모성이 불가능한 상황에 놓이게 되는 것이다.

　　해방 이후 한국전쟁 시기에도 비슷한 장면이 펼쳐졌다. 최정희 를 비롯해 장덕조, 윤금이 등이 종군작가단으로 활동했으며, 군복을 입고 군부대를 방문했다. 이는 직접 전투에 나설 수 없었던 여성들이 비국민이 되지 않는 유일한 길이기도 했다. 한국전쟁 시기에는 훼손 된 신체로 돌아온 남성들을 희생과 사랑으로 감싸 안는 부덕(婦德)의 여성들이 주목받았다. 육군종군작가단의 기관지 『전선문학』에서 여 성들은 주로 수필이나 소설 등 독자들의 감수성을 자극하는 장르의 글을 전담하고, 남성들은 권두언이나 특집 등을 맡았다. 아들이나 연 인을 전쟁터에 보낼 수 있는 여성이 되어야 한다고 주장하는 장덕조

12.　　최정희, 「군국의 어머님들」, 『반도의 빛』 1944년 2~4월호(같은 책, p. 196에서 재인용).

의 소설 「선물」은 연인과 아들을 따라 종군 간호부대를 결성하는 젊은 여성과 어머니를 등장시킨다. "전선에서는 간호원이 더 필요해. 따뜻한 어머니 손길이 더 필요할꺼야" "자식을 죽이는 부모의 마음, 그러나 자식은 내놔야한다"[13]라는 결말은 전쟁에 낭만적 이미지를 씌운다. 여성들의 전쟁 프로파간다는 일제 말기의 총후부인 담론을 반복한다. 나라를 위해 기꺼이 아들을 바칠 수 있는 '군국의 어머니' 담론에는 공론장에서 생존하고자 하는 행위성 역시 자리 잡고 있었다.

장덕조의 「군인과 여성」은 후방 여성들에게 새로운 미덕을 부여한다. 나라를 위해 싸운 상이군인과 결혼하는 일이 여성들에게 전쟁에 참여하는 일과 동일한 의미의 행위라는 것이다. 이 글에서 장덕조는 정신적 쾌락과 육체적 쾌락 사이에서 "정신적 유열"을 강조하며, 상이군인과의 결혼이 "인생의 의의를 깨달은 여인들"만이 할 수 있는 "수난의 길"[14]이라고 설명한다. 이렇듯 한국전쟁을 전후하여 한국사회는 '젊은 여성들'에게 상이군인과 결혼하여 그들을 위안하고 책임질 것을 요구했다. 여성들은 국가 사회부조 시스템을 대신해 복지를 담당했다.

상이군인의 결혼을 그린 염상섭의 소설 「감격의 개가」는 전쟁에서 훼손된 남성성이 결혼을 통해 회복되는 과정을 그린다. 육군 중위 출신의 상이군인 준구와 그의 약혼녀 정원은 전쟁으로 인해 헤어

---

13.   장덕조, 「선물」, 『전선문학』 제4집, 1953, pp. 88~89.

14.   "많은 어머니나 아내나 누이가 그 사랑하는 청년의 주검을 앞에 놓고 부득이 사념에 이르는
       것과는 달리 최초부터 희생과 불행을 결정하고 들어가는 일군의 젊은 여인들이 있다. 곧
       상이군인과의 결혼을 자원하는 여성들이다. 순수한 인간성과 그렇게 하는 것이 진실로 나라를
       위하는 길이라는 신념이 있는 사람이었다. 진정한 애국자만이 즐겨 그 몸을 산화(散華)시킬 수
       있듯이 참으로 인생의 의의를 깨달은 여인들만이 또한 스스로 이 수난의 길에 나갈 수 있다.
       그들은 육체상의 쾌, 불쾌, 호, 불호를 찾는 것이 아니라 솟아나는 인생의 우물에서 그 황홀한
       진미만을 담담히 길려고 하는 것이다. 정신적 유열(愉悅)을 희구하는 것이다"(장덕조,
       「군인과 여성」, 『전선문학』 제2집, 1952, p. 28). 인용 시 필자가 현대어로 수정.

졌다가 어렵사리 피난지인 부산에서 재회한다. 소설은 광복동이나 중앙동과 같이 화려한 후방 부산이 아니라 쓸쓸한 영주동 거리와 군 인병원, 정양원을 배경으로 한다. 전선에서 한쪽 다리를 잃은 준구는 쌍지팡이를 짚고 군복에 파카를 입은 초라한 행색이다. 학원 앞에서 그를 기다리는 정원에게는 두 살 난 준구의 아들이 있다. 그러나 애타게 준구를 찾아 헤맨 정원과 달리 그는 냉랭하다. 다리가 없는 자신은 제대로 가족을 건사할 수 없기에 후회하게 될 것이라며 결혼을 거부한다. 그러나 미군 부대에서 타이피스트로 일하는 정원은 준구와 정식으로 결혼식을 하고, 당당히 친구들도 초대해 피로연을 열겠다고 다짐한다.

> 「그이두 그런말을하드군요마는 그사람은싸움에용사뿐만아니라 살아가는데도용사일것입니다. 지금두 절대루 독신생활을한다는거애요. 날더러 두번후회할일말라고 자기의진정을 털어놓구얘기하는걸 들으면 인제야그이를참으로안것같애요. 다시는오빠신세안짓구주위에 끼아치거나걱정시키지않구살게되겠죠」 고마운남자의마음 — 좀처럼 한용기와 성실이없이는 그만한생각을가질수없는 남자의깨끗하고애정에찬 그마음을붙들었다는 감격에정원은속이 쓰릴만큼준구가안탁갑게생각나서 눈물이글성하여졌다[15]

거세된 남성의 콤플렉스를 봉합하는 순정한 사랑은 둘 사이의 아들로 인해 가능하다. 소설은 이 두 사람의 결혼이 두 살 난 아들 봉이의 존재 덕분에 성립되었다고 전한다. "이 혼인의 누구보다 소중한 공증인"인 봉이는 상이군인인 아버지를 가장으로 재위치시키는 역할을

---

15. 염상섭, 「감격의 개가(凱歌)」, 『희망』 1953년 5월호, pp. 64~65.

한다. 정원과 준구의 성대한 결혼식은 그렇게 친지, 동료, 그리고 상이군인 들의 축복하에 이루어진다. 상이군인의 전후 적응과 복귀는 부계 혈통을 정상화함으로써 가능해지는 것이다.

정원으로 대표되는 여성들이 상이군인의 남성성을 회복시켜 사회의 질서를 정상화하는 한편, 후방의 여성들은 전쟁의 혼란을 틈타 자신에게 주어진 사회적 규범으로부터 해방되기도 했다. 그들은 돈을 벌기 위해 시장에 나가 물건을 팔았고 장사를 시작했다. 가장 없이 가족을 먹여 살리기 위해서 경제적 주체로 거듭나는 것이 새로운 시대의 부덕이 되었다. 이러한 변화는 젠더 규범의 교란으로 이어진다. 1948년 처음 결성된 여성 국극단은 한국전쟁을 거치면서 1950~60년대 중반까지 엄청난 인기를 누렸다. 이성애 규범성을 위협하는 '왕자 임춘앵'은 설화와 전설을 바탕으로 재창작된 여성 국극의 무대에서 대사, 제스처 등의 연기와 과감한 애정 표현, 여역 배우와의 포옹 및 키스 신으로 남역 배우의 대명사로 떠올랐다. 무대 위 왕자님 역할을 위해 그/녀는 걸음걸이나 포옹하는 방법 등 남성의 규범을 익혔고, 칼싸움 연습에 매진하기도 했다. 그/녀들이 연기하는 이몽룡이나 마의태자는 남자보다 더 용맹하고 더 남자다웠다. 이들의 세련된 매너와 기사도는 전후 한국 사회에서 불가능했던 상상계적 남성성을 무대 위에 불러냈다. 남성성 혹은 여성성이 신체 그 자체가 아니라 수행performance에서 비롯된다는 점을 드러내는 젠더 수행성은 여성 국극을 통해 비로소 그 몸피를 입게 된다. 이들은 전쟁으로 훼손된 현실의 남성과 달리, 무대 위에서 상상되는 남성을 과잉 수행하여 연출함으로써 젠더 규범을 의문시하게 만들었다. 남역 배우들의 인기가 올라갈수록 남성 주인공을 영웅화하는 플롯과 칼싸움, 춤 등의 요소가 부가되고, 남역 배우 중심으로 커플링이 이루어짐으로써 과감한 애정 연기를 상연하기도 했다.[16] 동성 배우들과 관객은 철저한 이성애 각본을 연기하고 즐겼다. 김지혜는 여성 국극의 성별 정치학을 분석하면서 1950년대를 전통과 서구적 근대화의 욕망이 혼재한 채 경합하고 있었으며 가부장적 규범이 해체됨에 따라 성별 지형이 재구성되던 시기로 접근한다. 이에 따르면 여성 국극의 남장 연기는 여성의 사회적 지위 향상을 바탕으로 등장할 수 있었고, 성별 교란에 대한 불안과 유희가 공존하는 분위기 속에서 대중적으로 수용될 수 있었다. 이때 핵심적으로 거론되는 것은 성별 경계 넘기와 동성애적 매혹을 통한 저항 가능성이다.[17]

1950년대 발간된 모든 출판물에는 '죽음으로써 나라를 지키고, '강철같이' 단결하며 백두산을 정복하자'라는 「우리의 맹세」가 수록됐다. '대한민국'은 외부의 적인 공산 침략자와 제국주의의 야망을 포기하지 못한 일본으로 인해 상시적 위험에 노출되어 있기 때문에, 이를 선취하여 외부 공간을 정복함으로써 민족을 번영시켜야 한다는 생각을 바탕에 깔고 있었다.[18] 그러나 아시아태평양전쟁과 한국전쟁이라는 대규모 전쟁과 민간인 동원, 학살을 경험한 한국 사회는 헤게모니적 남성의 위기에 직면할 수밖에 없었다. 남성들은 죽거나 다쳤

---

16. 이화진, 「여성국극의 오리엔탈 로맨스와 (비)역사적 상상력」, 『한국극예술연구』 제43집, 한국극예술학회, 2014, p. 190.

17. 김지혜, 「1950년대 여성국극의 공연과 수용의 성별 정치학」, 『한국극예술연구』 제30집, 한국극예술학회, 2009, pp. 247~80; 「1950년대 여성국극공동체의 동성친밀성에 관한 연구」, 『한국여성학』 제26권 제1호, 한국여성학회, 2010, pp. 97~126.

18. 1949년 7월 문교부가 제정한 「우리의 맹세」는 국방부 장관 이범석이 만든 「국군 3대 선서」를 수정한 것이다. 「국군 3대 선서」는 "(1) 우리는 선열의 혈적을 따라 죽음으로써 민족국가를 지키자 (2) 우리의 상관, 우리의 전우를 공산당이 죽인 것을 명기하자 (3) 우리 군인은 강철같이 단결하여 군기를 엄수하며 국군의 사명을 다하자" 등이었다. 이를 일반 국민이 지켜야 할 규범으로 제시하면서 "(1) 우리는 대한민국의 아들 딸, 죽음으로써 나라를 지키자 (2) 우리는 '강철같이' 단결하여 공산침략자를 쳐부수자 (3) 우리는 백두산 영봉에 태극기를 날리고 남북통일을 완수하자"의 3개 항으로 수정되어 1950년대 출판된 모든 출판물의 판권 상단에 찍힌다(김득중, 『'빨갱이'의 탄생』, 선인, 2009, p. 457).

으며 생존을 위협당했다. 현실의 남성을 뛰어넘는 이상적인 모델을 보여준 것은 다름 아닌 로맨스의 세계였다. 여성 국극 배우들은 과장된 남성성과 여성성을 연기함으로써 젠더의 수행성을 노출했다. '남자는 실제 남자보다 더 남자 같아야 하고, 여자는 실제 여자보다 더 여자 같아야 한다'는 기조로 짜인 여성 국극의 훈련 과정은 젠더 규범을 과잉 수행함으로써 '연기'로 만들었다. 이러한 젠더 교란 역시 전쟁과 군사주의의 결과물이기도 한 것이다.

3. 냉전의 군사주의가 거세한 우울한 남성들

사회: 과거엔 소집기피자가 많아 골치였는데 요즈음은 자원입대도 힘들다고들 합니다. 이런 현상은 단순히 군대에 안 들어가면 사회활동을 할 수 없다는 체념에서라기보다 이젠 군대도 고통만 있는 곳은 아니라는 안도감과 젊은 사람들 간에 군대에 갔다 와야 사람이 된다는 생각들이 차츰 번지고 있기 때문이라고 생각되는데 어떻습니까?
조병화: 과거의 기피 원인은 "불합리한 군대생활" 때문이라고 볼 수 있는데 요즈음은 영내 생활이 명랑해졌어요. 입대와 동시에 제대 날짜를 자신이 알 수 있지 않아요? 또 병역의무는 반드시 치러야 한다는 준법정신이 강해졌다고도 볼 수 있을 겝니다.[19]

1962년 『경향신문』 좌담회에서 조병화는 "군대에 갔다 와야 사람이 된다"는 생각이 등장하기 시작한다고 언급했다. 이는 역으로 1960년대 전까지는 병역 의무에 관한 이런 믿음이 존재하지 않았으며, 병역

19.　　「좌담회—문인들이 보고 온 일선」, 『경향신문』 1962년 1월 14일 자.

기피 역시 드물지 않았다는 것을 보여준다. 남성 청년들은 징집을 피하려 호적을 위조해 나이를 속이거나 다른 사람의 제대증, 신분증 등을 가지고 다녔다. 1950년대 병역 기피율은 15퍼센트를 초과했으며, 1958년에는 27퍼센트에 달했다.[20] 손창섭의 「혈서」(1955)는 군인 되(지 않)기를 통해 국민의 자격을 이야기한다. 늘 발표하지도 못할 시를 쓰는 규홍과 취직을 못 하는 달수, 한쪽 다리를 잃은 준석은 죽음에 가까운 예외상태를 살아간다. 이들은 훌륭한 군인도, 성실한 대학생도 되지 못한다. 규홍은 고향에서 면장을 지내는 부유한 집안의 장남이지만 저녁마다 영어 대신 프랑스어 강습에 가고, 법을 공부하는 대신 시를 습작한다. 하지만 제대로 완성하는 것은 하나도 없다. 매달 신문이나 잡지에 투고를 하지만 한 번도 실리지 못한 규홍은 "모가지를 잘라서" 시를 쓰고 싶다는 구절을 계속해서 다듬는다. 영어나 법과 같은 자기계발적 공부를 거부하고 쓸모없는 외국어와 시를 공부함으로써 사회로의 편입을 거부하는 것이다.

달수는 직장을 구하기 위해 매일같이 밖을 돌아다니지만 소득은 없다는 것에 죄스러움을 느낀다. 그의 불안은 "자기는 왜 죽지 않고 이렇게 멀쩡히 살아 있을까"이다. 이는 한국전쟁, 그리고 미군 트럭의 교통사고를 목격한 이후 심화된다. 자신은 전염병이 창궐한 해에도 병사하지 않았고, 준석처럼 장애를 얻지도 않은 채 "우연히 살아 있는 인간"이라는 것이다. 이 우연성은 달수를 불안으로 몰아넣는다. 이는 살아남은 자의 죄책감과도 다르다. 달수는 언제든 죽을 수 있음을 인지한다는 점에서 탈존의 위치에 놓여 있다.

준석은 군속으로 전선에 나갔다가 한쪽 다리를 잃고 상이군인

---

20.   1958년 동원 대상 92만 1,189명 중 24만 7,259명이 병역을 기피했다(병무청, 『병무행정사』 上, 1985, p. 507).

이 되었다. 달수가 매일같이 취직 활동을 하고, 규홍이 학교에 다니거나 고향집에 다녀오는 데 반해 준석은 차가운 방에 이불을 쓰고 누워 집 밖으로 나가지 않는다. 그러나 철저하게 사적 영역에 머무는 것과 달리, 그는 군대에 갔다 왔다는 이유로 셋 중 가장 남자다운 남자임을 자부한다. "정치, 군사, 실업, 자연과학 같은 부문 외에는 모두 여자들이나 할 일이지 대장부가 관여할 사업이 못 된다고 생각하"는 준석은 달수와 매일같이 다툼을 벌이며 "너 같은 건 군대에 나가서 톡톡히 기압을 좀 받구 와야만 사람이 된다" "군대에 나가기가 싫으면 기피자다"라고 비난한다. 그에 따르면 달수가 학교에 다니는 것도 병역을 기피하기 위해서라는 것이다. 준석은 '제대로 된 인간은 군대에 다녀와야 한다'는 주장으로 우위를 점하려 한다. 군대는 정상성을 확인받는 공간이고, 이에 병역을 피하고 있는 달수는 '비정상인'의 범주에 속한다. 손창섭은 준석을 통해 군사주의의 가치가 가진 위선을 폭로한다. '영광스런' 상이군인은 친구에게 기생해서 살아가며, 또 다른 약자를 착취한다.

> "모가지를 잘라서 혈서를 써? 모가지를 잘라서 말야, 이 모가지를 잘라서 말야. 그러면 어떻게 되는 거야. 내 원 별자식 다 보겠어. 규홍이 같은 건 일선에 나가서 콩알 맛을 좀 봐야 돼." (……)
>
> "이런 바보 같은 거 봐. 아무렴, 정부에서, 남자 대장부가 밥 처먹구 앉아서 미친 소리 같은 시나 쓰라구 장려한단 말야."[21]

"이 육실할 자식아. 너는 국적(國賊)이다. 병역 기피자니까 너는 국적이나 같아"라는 외침은 전후의 훼손된 남성성이 청년 세대를 직격하

21.	손창섭, 「혈서」, 『손창섭 단편전집』 1, 김종년 엮음, 가람기획, 2006, p. 144.

고 있음을 보여준다. 준석의 절규는 군사주의 사회에서 소외된 남성 청년들의 우울감을 보여준다.

병역 기피자 서사는 김승옥에게서도 나타난다. 김승옥은 자신의 소설 「무진기행」(1964)을 영화 「안개」(1967)로 각색하는 과정에서 주인공을 병역 기피자로 설정했다. 고향에 대한 윤의 반감은 한국전쟁 당시 징집을 피해 동굴에 숨었던 경험에서 비롯된다. "밤사이에 진주해온 적군들처럼" "무진을 뺑 둘러싼 안개는"[22] 병역을 기피했던 청년 시절의 윤이 고향을 감각하는 방식이었다. 남성 청년들의 무기력은 군사주의적 통치성에 동원되지 않으려는 데서 기인했으며, '국적'이 되는 과정에서 병역 기피나 탈영 등의 행위가 벌어졌다. 「혈서」나 「안개」는 군사주의와 불화하는 문학적 상상력을 확인시켜준다.

병역 기피자뿐만 아니라 탈영병의 서사 역시 존재한다. 1950년대 한국 사회에는 매년 1~3만여 명의 탈영병이 발생했다. 하루 평균 27~82명이 탈영한 셈이다. 군 당국은 헌병대를 동원해 탈영병을 단속하고 1950년대 말부터는 전국 단위로 자수 기간을 두었다. 그러나 탈영병 전체 중 극히 일부만이 자수했으며 탈영병들은 사회에 섞여 살아갔다.[23] 대학을 졸업하고 해병대에 입대했던 소설가 송영은 탈영하여 도망병 생활을 이어가다 1969년 체포된다. 그사이 송영은 소설가로 데뷔하여 작품을 발표하기 시작했으며, 중학교에서 교사 생활을 하기도 했다. 그는 군 교도소에 수감된 탈영병을 자신의 소설 주인공으로 서사화한다. 「계절」(1973)에서 중학교 영어 선생인 김기요는 갑자기 찾아온 군인들에게 체포된다. 장교였던 그는 탈영해 5년째 도망병으로 살아온 것이었다. 소설은 그의 탈영에 대한 구체적인 이유나

22. 　　　김승옥, 「무진기행」, 『무진기행』, 민음사, 2007, p. 10.
23. 　　　모리타 가즈키, 「1950년대 한국군 탈영의 동태와 그 양상」, 『역사문제연구』 제49호, 역사문제연구소, 2022, p. 347.

방법을 설명하지는 않는다. 김기요를 체포하러 온 군인들도 그에게 탈영의 이유를 묻지 않는다. 게다가 김기요는 자신은 도주한 것이 아니라 "당신들이 나를 찾아내지 못했을 뿐"이라고 주장한다. 이 엉뚱한 문답은 남성 청년의 우울증과 무기력을 설명하는 단초를 제공한다.

> 절대 도주하지 않을 거요. 나는 전부터 이미 각오하고 있었다구요. 오 년동안 도주하고 다녔다고 말하지만, 나는 한 번도 스스로 피해본 일 은 없어요. 당신들이 나를 찾아내지 못했을 뿐이지.[24]

송영의 대표작 「선생과 황태자」(1970)는 군 교도소 2호 방을 중심으로 여러 군인 – 죄수들을 살펴본다. 초점 화자는 지식인인 박순열로, 방장 이 중사는 새로 수감된 그를 두번째 상좌에 앉히고 끽연을 허용하며 '선생'이라고 부르는 등 특별 대우한다. 그런데 순열은 보통의 수감자들과 좀 다르다. 만 7년의 이탈죄와 항명죄로 수감된 그는 자신을 이유 없이 '병든 사나이'라고 정의한다.

> 나는 어느덧 나도 모르는 사이에 내가 어쩌면 환자가 아닐까 하는 자 각 증상에 사로잡히고 만 것입니다. 혹시 어디 아픈 데라도 없을까, 그때까지 몸에 이상이 있다거나 이렇다 할 만큼 치료를 받아 본 일이 없는데도 공연한 남들의 인사말,
>
> 요즘 어디 아프냐?
>
> 혹은
>
> 자넨 밤낮 무슨 걱정거리가 그다지도 많은가?
>
> 이 따위 인사말 때문에 자기는 정말 환자가 아닐까 하고 자꾸

---

24.   송영, 「계절」, 『선생과 황태자』, 창작과비평, 1974, p. 161.

> 자문해 보다가 나중에는 자기 몸 어느 한 부분이, 아니면 거의 전체
> 가 병들어 있을지도 모른다는 근거도 없는 의구심에 사로잡혀 버렸
> 지요.[25]

박순열의 '근거도 없는 의구심'은 이 시기 남성들이 느낀 우울이나 불안과 맞닿아 있다. 이청준의 「병신과 머저리」(1966)에서 '나'는 원인 없는 질병에 시달린다는 연인의 진단을 받았으며, 「퇴원」(1965)의 '나'는 '자아망실증'이라 부르는, 원인을 알 수 없는 통증으로 입원한 상태다. 이청준 소설에서 원인 없는 질병은 성관계의 불능으로 이어진다. '나'는 약을 먹어야만 아내와의 섹스가 가능하고(「무서운 토요일」, 1966), 사랑했던 여자가 다른 남자와 결혼하는 것을 말리지 못한다(「병신과 머저리」). 이들은 전쟁과 산업화, 군사화와 대결하는 과정에서 거세되어 스스로를 의심하여 '하지 않음'을 선택한다. 그런 점에서 「선생과 황태자」의 순열은 「병신과 머저리」의 '나'를 연상시킨다.

　　순열이 무엇도 '하지 않는' 반면, 그의 감방 동료들은 과도한 행위로 베트남전쟁의 모순을 보여준다. 전쟁이 행위자를 소외시키는 구조임이 탈영병과 군 교도소 수감자를 통해 재현되는 것이다. 이 중사는 다낭의 클럽에서 여자를 두고 소위와 싸움이 붙어 공포 총을 쐈다는 이유로, '황태자' 정 하사는 베트남전쟁에서 민간인을 죽였다는 이유로 군 교도소에 수감된 상태다. 민간인 학살이나 클럽에서의 다툼 모두 전쟁의 숭고한 목적을 훼손하고 다시 의심하게 만드는 사건들이다. 그런 점에서 송영의 소설은 군사주의의 한계를 폭로한다고 볼 수 있다. 베트남전쟁에 대한 직접적인 비판이나 문제 제기가 쉽지 않았던 1960년대 상황을 상기할 때, 송영이 기록한 베트남전쟁의 얼

25.　　송영, 「선생과 황태자」, 같은 책, p. 7.

굴에 주목할 필요가 있다.

　　1960~70년대 한국소설에서 베트남전쟁은 미국 제국주의에 의한 신식민지화를 재현했다. 조선작의 소설 「영자의 전성시대」(1973)에서 미국의 전쟁에 팔려간 남성의 신체는 집결지에서 돈을 받고 섹스를 하는 여성의 신체와 겹쳐지며, 성매매 집결지의 화재는 베트콩들을 몰살한다며 화염 방사기를 쏘아댄 전쟁의 기억을 되살린다. 이는 군사주의하 남성과 여성의 신체가 모두 죽음 노동에 동원될 뿐이라는 점을 보여준다.[26] 이러한 소설의 결말이 영화화 과정에서 탈성매매한 영자가 장애가 있는 남성과 결혼해서 아이들을 낳고 기르는 것으로 바뀌면서 국가의 통치성과 연결되는 것은 상징적이다. 장애가 있는 남성과 여성의 결혼, 그리고 그를 통한 새로운 세대의 재생산이 건강한 사회 건설로 이어질 수 있음을 강조하는 것이다.

　　황석영은 베트남전쟁을 다룬 소설에서 전쟁의 폭력성을 환기하지만, 군사주의의 젠더 규범을 의문시하지 않는다. 황석영 소설은 전쟁의 비정함을 여성들로부터 위안받는다. 누이·어머니·여선생·할머니·간호원·보모 등으로 호명되는 여성들은 약하고 부드럽고 포근하고 따뜻한 위로와 위안을 제공한다.

> 딸깍, 끊기고 나도 수화기를 내려놓았다. 높은 소리의 마디가 맑고 가늘게 갈라지는 것이 그 목소리의 특징이었다. 약한 것, 부드러운 것, 포근한 것, 따뜻한 것, 누이 어머니 여선생 할머니 간호원 보모 그리고 어린애 비둘기…… 그것이 숨쉬는 가슴. 나는 정글모가 코를 가리도록 깊숙이 눌러썼다.[27]

26.　　이진경, 『서비스 이코노미』, 나병철 옮김, 소명출판, 2015 참조.

27.　　황석영, 「몰개월의 새」, 『만각 스님』(황석영 중단편전집 3), 문학동네, 2020, p. 214.

전쟁에 동원된 가난한 남성 청년은 파병을 앞두고 가족이나 연인 등에게 전화를 건다. 이때 수신인, 즉 전쟁에 동원된 청년들을 위로하는 것은 대부분 여성이다.

> "이 쓸개 빠진 년들이 모두들 애인 하나씩 골라서는 편지질을 하는데, 어떤 년들은 열 사람 스무 사람에게 쓴다우. 한 달에 한 명씩 골라 잡아두 열 달이면 열 명이 꽉 찬다구. 미자 년이나 옆집 애란이나 가끔 술 처먹고 지랄을 하는데, 아마 상대편이 죽었다는 소식이 들리는 모양이지. 그뿐야? 제대하구 가면서 몰개월에 찾아와 들여다보는 놈들은 한 번두 못 봤다니까. 자 이래놓으면, 오늘 비가 오니 다행이지만 손님 못 받지, 내일 조시 나빠서 장사에 지장 있지, 심란하니까 노래도 안 나오지, 이년들을 그저 정신 바짝 차리게 해줘야지."[28]

황석영은 '나'에 대한 미자의 애정을, 혹은 전쟁터로 떠나는 군인들에 대한 여성들의 관심을 "살아가는 게 얼마나 소중한가를 아는 자들의 자기 표현"으로 설명한다. "몰개월을 거쳐 먼 나라의 전장에서 죽어간 모든 병사들"은 집결지의 여성들을 통해 이를 배우게 된다. 전쟁이 여성에게 요구하는 가장 큰 역할이 바로 이 위무와 위안이다. 집결지의 성매매 여성들이 전쟁에 나가기 위해 잠시 머무는 군인들 중 "애인 하나씩 골라서는 편지질을 하는" 것은 군인을 향한 위안이자 스스로에 대한 위로로 재현된다. 이는 전선에서 싸우는 남성과 후방에서 위로하는 여성이라는 젠더 이분법을 자연스럽고 아름다운 것으로 승인한다.

28.　같은 책, p. 222.

4. 계급과 국경을 탈낭만화하는 '위안부'들

일본군 '위안부'는 전선에 복무하는 남성들에게 위로를 주기 위해 동원되었다. '성병을 예방'하고 '군사 정보를 보호'하기 위해 위안소를 설치했다는 명분은 남성 군인들에게는 여성의 위로와 위안이 필요하다는 대전제하에 있다. 1991년 김학순의 증언 이전 소문과 풍문으로 전해지던 일본군 '위안부'는 문학을 통해 간간이 그 존재가 드러나곤 했다. 김정한의 「수라도」(1969)에는 "더구나 '여자정신대'에 나간 처녀들은 한 사람도 돌아오질 않았다"[29]라는 언급이 있다. 삼일절이나 광복절에 언급되던, 전쟁에 끌려간 '불쌍한 조선 처녀'에 대한 이야기는 소설 텍스트에 흔적으로 남겨졌다. 일본군 '위안부' 서사를 연구한 장수희는 '위안부'를 직접적으로 언급하지 않았더라도 서사의 배경을 통해 '위안부' 이야기가 전해지고 있었음을 밝히면서 아카이브적 사유의 중요성을 지적한다.[30] 이런 관점에서 본다면, 최인훈의 희곡 「달아 달아 밝은 달아」(1976) 역시 일본군 '위안부' 서사의 계보에 배치될 수 있다.

최인훈은 공양미 3백 석에 팔려 간 심청이 중국에서 성매매 여성이 되었다 군 '위안부'가 되는 과정을 서사화한다. 심 봉사의 욕심 때문에 팔려 간 심청은 '꽃을 팔며' 살아가다 고향으로 돌아오는 길에 해적을 만나 군 '위안부' 신세가 된다. 공창제와 성 산업, '위안부'를 연결시킨 이 희곡은 효녀로 알려진 심청의 삶을 탈낭만화한다. 가부장제와 성차별주의, 제국주의 아래에서 심청은 착취당하고, 그 착취를 비가시화하기 위해 신화로 거듭난다는 점을 폭로한 것이다. 늙고 미

---

29.   김정한, 「수라도」, 『사하촌 ─ 김정한 단편선』, 문학과지성사, 2004, p. 305.
30.   장수희, 「일본군 "위안부" 서사자료 연구」, 동아대학교 박사학위논문, 2022.

친 심청은 자신이 아버지와 왕자로부터 사랑받는 심청 이야기를 만들어 아이들에게 들려준다. 하지만 아이들은 심청의 노래를 믿지 않고 '미친 청'이라 부를 뿐이다. 「달아 달아 밝은 달아」의 배경에는 지구화와 군사화라는, 가부장제와 자본주의가 뒤얽힌 세계의 폭력이 자리하고 있다.

김학순이 등장하기 전 '위안부' 서사는 성애적 호기심이나 가학성을 강조하는 대중소설 또는 르포로 자주 다뤄졌다. 본격적으로 '위안부' 문제에 대한 문제의식을 중심축으로 하여 소설 쓰기를 시도한 윤정모는, 민족 수난사 쓰기의 욕망에 기초하여 남성이 화자이자 주체이고 '위안부' 여성은 재현되는 대상으로 존재하는 구도를 반복한다. '위안부' 여성의 목소리를 아들의 역사 쓰기로 환원하는 것이다. 이지은은 민족주의가 '위안부' 담론을 직조한 것과 마찬가지로 '위안부' 담론과 운동 역시 민족주의를 요청했다는 점을 지적한다. 이들은 상호 의존적이며 역동적으로 얽혀 있으며, 민족주의는 피해자 민족주의의 상징으로 일본군 '위안부'를 호출했고, 이 호출의 토대 위에서 일본군 '위안부' 문제 해결을 위한 운동이 출발할 수 있었다는 것이다. 이런 점에서 윤정모의 『에미 이름은 조센삐였다』(1991, 고려원)는 '위안부' 문제를 둘러싼 역사적 국면을 통과하며 변화해온 '유동하는 텍스트'이다.[31]

'위안부' 서사의 전면화가 이루어진 동시대 문학에서는 이를 다루는 가장 중심적인 틀로 적극적 증언 참여와 역사의식이 제시된다. '2015 한일합의' 이후 일본군 '위안부' 문제에 대한 국민들의 관심

31.　　이지은, 「민족주의적 '위안부' 담론의 구성과 작동 방식」, 『여성문학연구』 제47집, 한국여성문학학회, 2019, pp. 379~409. 이 소설이 『여성중앙』에 연재될 당시, 임종국과의 대담이 함께 실렸다는 데 이지은은 주목하면서 이 대담과 소설 기획이 '일본의 역사 교과서 왜곡'이라는 위기감에 근거하고 있다는 점을 강조한다.

이 높아지고, '위안부' 관련 서사가 증가했다. 김숨은 김복동과 길원옥 등 일본군 '위안부' 피해 생존자를 인터뷰하고 증언집을 비롯한 사료를 조사하여 쓴 장편소설을 연이어 발표한다. 『한 명』은 316개의 각주를 통해 상호 텍스트성을 수행하며, 남성 주체의 민족 담론 쓰기를 벗어나 당사자의 목소리를 소설화하려 시도했다. "이 소설은 위안부 할머니들의 증언을 바탕으로 소설적으로 재구성된 것"이며 "인용한 증언들의 출처는 본문에 미주로 달았다"라는 일러두기는 『한 명』의 핵심이 증언에 있음을 보여준다. 등록되지 않은 '위안부'인 '나'는 아흔 살이 넘어 혼자 살고 있다. 그는 생존한 '위안부' 피해자가 한 명 남았다는 뉴스를 보고, "여기 한 명이 더 살아 있다……"[32]라고 되뇐다. 포스트메모리 시대를 맞이하는 시점에 발표된 이 소설은 증언으로서의 목소리를 남기고자 한다. "그 증언들이 아니었다면 나는 이 소설을 쓰지 못했을 것"[33]이라는 작가의 말처럼, 『한 명』은 촘촘히 증언을 엮어 구성된 소설이다. 김숨은 또한 『군인이 천사가 되기를 바란 적 있는가— 일본군 '위안부' 길원옥 증언집』(현대문학, 2018)과 『숭고함은 나를 들여다보는 거야— 일본군 '위안부' 김복동 증언집』(현대문학, 2018)이라는 두 권의 '증언소설'을 발표한다. 김복동과 길원옥의 목소리를 전면에 내세우는 이 두 작품은 『한 명』이나 『흐르는 편지』(현대문학, 2018)보다 파편화되고 분절된 서사를 선보인다. 노년의 일본군 '위안부' 피해 생존자의 언어는 인과적이거나 친절하지 않다. 시적인 증언은 오히려 언어의 장을 넘어서는 곳에 존재하는 것이다.

2017년 국립극장에서 초연을 올린 배삼식의 희곡 「1945」는 해방 전후 전재민 구제소로 시선을 돌려, 이제는 장춘이 된 만주국의

---

32. 김숨, 『한 명』, 현대문학, 2016, p. 10.
33. 같은 책, p. 287.

수도 '신경'에서 한반도로 향하는 조선인들을 초점화한다. 주인공은 위안소에서 탈출한 조선인 '위안부' 명숙과 일본인 '위안부' 미즈코다. 한국문학에서 일본인 '위안부'의 존재가 형상화된 경우는 거의 없었지만, 이 작품은 이들의 연대와 우정을 서사의 중심으로 삼는다. 미즈코는 명숙과 함께 기차를 타고 남하하기 위해 말을 못 하는 동생 행세를 한다. "내 지옥을 아는 것은 너뿐"[34]인 '위안부' 여성들 간의 연대는 국민국가와 시민권의 경계를 넘는다. 미즈코를 버리고 조선인들끼리 가자는 사람들의 말을 명숙은 단호히 거절한다. 「1945」에서 핵심 갈등은 조선인 대 '위안부' 사이에서 발생한다. 이는 그동안 일본군 '위안부' 문학이 가해자인 일본인 남성과 피해자인 조선인 여성의 구도로 재현되었던 것을 생각할 때 이례적이다. 일본인 '위안부'의 존재는 일본군 '위안부'에 관한 문제 제기가 본격적으로 시작되었던 1990년대부터 불거져 나왔다. 이들도 마찬가지로 위안소 제도의 피해자였음에도 가해국의 국민이자 '가라유키상'이라는 이유로 피해자로서 인정받지 못했다. 식민지와 제국의 경계에서 일본인 '위안부'는 피해 보상 대상자도, 야스쿠니에 안치되는 국가의 영웅도 될 수 없었다. 「1945」에서 일본인 '위안부'의 존재가 한국문학에 기입된 것, 이것도 일종의 후사건적 실천일 것이다.

　　　박민정의 소설 「세실, 주희」(2017) 역시 이 경계를 되묻는다. 그는 케이팝 팬인 일본인 여성 세실의 가계를 통해 아시아태평양전쟁 말기 오키나와의 히메유리 학도대와 '위안부'를 접속시키며 군사주의와 섹슈얼리티의 교차를 소설화한다. 명동의 화장품 가게에서 아르바이트를 하는 세실은 주희에게 한국어 교습을 부탁한다. 세실은 남성들로부터 성희롱을 당해도 '네가 예뻐서 그래'라며 긍정하고,

---

34.　　　배삼식, 『1945』, 민음사, 2019, p. 149.

히메유리 학도대였다는 할머니의 신화적 죽음을 자랑스러워하는 '평범한' 소녀다. 일본의 군국주의가 가르친 대로, 세실은 믿고 있다. 주희는 세실의 믿음이 잘못되었다는 사실을, 히메유리 학도대는 전쟁에 동원된 희생양이었으며 네가 지금 보고 있는 것은 일본군 '위안부'를 형상화한 소녀상임을 알려주어야 할지 고민한다. 언제나 지나칠 정도로 자신의 기분을 살피는 세실 때문에 주희는 불편했지만, 한편으로 주희는 (성)폭력에 노출될 수 있는 여성이라는 점에서 세실에게 동질감을 느꼈다. 박민정은 성폭력을 경험한 피해자인 주희를 '아무것도 모르는' 세실과 함께 놓음으로써 피해와 가해의 경계를 질문한다. 전쟁과 강제 동원, '위안부'의 문제가 중첩되는 이 소설은 페미니즘 리부트 이후 한국문학이 도착한 장소이기도 하다. 민족국가의 이분법을 넘어 씌어진 텍스트들은 한국 사회를 직조한 군사주의를 비판적으로 사유하며, 그 경계를 탐색한다.

　　이러한 '진리'는 이미 선취된 바 있는 미래이기도 하다. 군 '위안부' 문제를 일본군 – 한국군 – 미군을 중심으로 두고 연속적으로 사유하거나, 공창제를 비롯한 성 산업 전반에 문제를 제기하고 고민하는 것은 민족국가와 섹슈얼리티, 계급의 얽힘을 사유할 때 가능해진다. 강신재는 미국 제국과 반공 민족국가인 한국, 계급과 섹슈얼리티 문제를 동시에 다루며 남한 여성의 교차성intersectionality을 드러낸다. 「해방촌 가는 길」(1957)은 미군 타이피스트로 일하던 기애가 '양공주'가 되는 과정을 통해 미국에 의한 재식민화와 여성 행위성이 길항하는 현실을 보여준다. 소설의 첫 장면은 임신중절수술을 마치고 나오는 기애를 묘사하면서 시작된다. 기애는 동거하던 미군이 떠나자 가지고 있던 '달러'를 털어 임신중절수술을 받는다. 젊은 무면허 의사는 기애의 고통과 비명은 무시한 채 서툴게 수술을 마무리한다. 수술을 받는 여성의 경험이나 신체가 무시되는 이 장면은 남한 여성인 기애에게 놓인 억압의 중층성을 드러낸다.

한국전쟁 후 냉전 체제하에서 남한 여성의 신체는 반공 블록을 구축하기 위한 교환의 대상이 되었다. '양공주'는 안전한 남한을 위해 생겨난 존재들이었다. 1950~60년대 소설에는 양공주를 비롯한 기지촌 여성들이 자주 등장하지만, 자신의 목소리를 가진 존재로 형상화되지는 못했다. 「해방촌 가는 길」은 '양공주' 기애를 자신의 판단력과 실천력을 가진 행위자로 재현한다. 기애의 신체는 탈식민과 냉전·계급·섹스가 교환되는 자리이지만, 강신재는 이를 동정하거나 낭만화하지 않는다. 가난해서 미군 부대에 직장을 구했고, 가난해서 미군과 살림을 차렸던 기애는 사람이 "동물에 가깝도록 궁핍에 인종하여 살고 있다는 것"[35]이야말로 부끄러운 일이라고 생각한다. 즉, 기애에게 부끄러운 것은 '양공주'라는 사실이 아니라 가난으로 삶을 방기하는 것이다. 이는 '양공주'를 부끄럽게 여기는 남한 사회에 부끄러움을 되돌려주는 전략이다. 여성의 섹슈얼리티를 판매하는 현실을 부정하는 어머니야말로 자신을 모욕하는 것이라는 기애의 자기 인식은, 멜로드라마적 비애의 서사가 아니라 냉철한 소설적 현실 인식과 여성의 주체성을 보여준다.

5. 안보의 언어를 횡단하는 퀴어들

앞서 언급했던 손창섭의 「혈서」에서 우울증을 앓게 된 남성 청년은 친구를 향해 '국적'이라는 말을 내뱉는다. 취직을 거부하거나 직장을 구하지 못하거나 신체가 손상되어 군인이 될 수 없는 자들은 '국가의

---

35.   강신재, 「해방촌 가는 길」, 『해방촌 가는 길』, 민음사, 2019, p. 16.

적'으로 명명된다. 이는 군사주의와 안보의 언어가 일상에 내면화된 지점을 보여준다. 안보는 정치나 국방, 외교의 영역에 한정되지 않는다. 사는 곳에서부터 사랑하는 사람까지, 국민의 일상을 세밀하게 조율하고 통치하는 것이 안보다. 이때 난민·퀴어·페미니스트·북한이탈주민 등을 안보를 위협하는 존재로 위치시키는 안보의 언어는 사회를 젠더화한다. 이를테면 2010년대부터 공론장에 등장한 '종북 페미'와 '종북 게이'라는 호명은 페미니스트와 동성애자를 국가의 적으로 설정하는데, 게이가 '빨갱이'만큼 위험하다는 발상이 담긴 이 표현은 '분단된 마음'이 여성과 성소수자에 대한 혐오를 경유해 확산되는 것을 잘 보여준다. '정상 가족'을 해치는 페미니스트와 퀴어가 국가의 위험 요소라고 단언하는 것이다.[36] 이러한 발상에는 섹슈얼리티가 민족국가의 재생산을 위한 것이라는 대원칙이 존재한다. 이성애 규범성은 안보의 영역에까지 튼튼하게 뿌리를 내리고 있다.

　　2021년 봄, 트랜지션을 거친 여성 육군 간부에 내려진 강제 전역 처분은 안보와 젠더, 섹슈얼리티가 이성애 규범성을 중심으로 구조화되어 있음을 단적으로 보여주는 사건이었다. 여성 군인을 모병하기 위해 국방부가 부단히 노력하고 있는 시점에서 트랜스젠더 여성을 강제 전역시킨 것은, 국가가 안보를 '성적인 것'과 연결시켜 규범화하고 있음을 드러낸다. 군대는 국가의 안보와 군대의 기강을 섹슈얼리티와 연결 지어 사고한다. 이는 '위안부'를 제도화하는 '특수 위안 시설'부터 '성소수자 군인 색출 사건'에 이르기까지 넓은 스펙트럼으로 펼쳐진다. 한정현의 단편 「우리의 이름은 과학소년」(2021)은 액

36.　　김엘리, 「혐오정동과 분단된 마음 정치학」, 『한국여성학』 제37권 제1호, 한국여성학회, 2021, pp. 191~221. 김엘리는 분단이 정치·사회 체제일 뿐 아니라 감정 역시 분단을 구성하는 요소라고 지적하면서, 혐오 발화가 분단 사회에서 구조화된 감정의 자장 안에서 조성된다고 본다. 그리고 이러한 혐오 발화는 젠더/섹슈얼리티에 의존해서 분단을 소환하고 지속시킨다.

자식 구성으로 2021년 현재와 식민지 조선을 연결시키며, 퀴어한 사람들의 삶을 들여다본다. 여자로 태어났지만 남자로 살고 싶은 사람과 여자를 사랑하는 여자, 친일파 아버지의 이름을 버리고 다시 태어나고 싶은 신여성 등 다양한 인물이 당대의 규범과 불화하면서 자신의 존재를 드러내는 이 소설에서 성폭력과 위안소, 트랜스젠더 등의 이슈가 겹쳐진다. 액자 밖의 퀴어 연인이 한국에서 트랜스젠더 군인이 강제 전역당했다는 기사를 보며 눈물 흘리는 장면은, 이 소설이 변희수 하사 사건에 영향받아 씌어졌다는 것을 드러냈다. 사회가 안전해져야 한다는 명제 아래에서 정작 사람을 소외시키는 현실은 '분단된 마음'이 사회 밖의 적대를 향한 것만은 아니라는 점을 보여준다.

장영진의 장편소설 『붉은 넥타이』는 북한 사회와 화해할 수 없었던 '탈북자' 게이 남성 영진의 자전적 이야기를 그린다. 영진은 퀴어나 동성애자 등의 언어는 갖고 있지 않지만, 어릴 적부터 잘생긴 친구 선철과 각별한 사이로 지냈고 군대에서도 '처녀같이' 생겼다는 이유로 특별한 대접을 받았다. 취사병이 맛있는 것을 따로 챙겨주고, 소대장은 볼에 뽀뽀를 하며, 영진을 껴안고 자기 위해 서로들 경쟁하는 분위기였다. 영진은 결핵으로 제대한 후 교사인 아내와 결혼했지만, 도무지 아내와의 생활에 정을 붙일 수가 없어 고뇌한다. 실질적으로 이혼이 불가능한 북한에서 더는 희망 없이 살 수 없었기에 탈북을 결행해 남한에 온다. 하지만 탈북 동기가 불분명하다는 이유로 같이 입소했던 사람들보다 더 오래 붙잡혀 있게 된다. 결국 자신이 동성애자라는 사실을 고백한 뒤에야 남한 사회로 나올 수 있었는데, 이는 조사관이 포르노를 보여주며 추궁한 탓이었다. 정상 가족주의와 이성애 규범성 바깥의 주체는 남북한 모두에서 사회를 위협하는 존재로 취급당한다. 동성애자라는 영진의 고백에도 조사관은 "여자가 싫은 원인이 있을 거예요. 한국은 북한보다 의학이 발달했으니 함께 원인을 찾아봅시다” “신체적으로는 별 문제가 없습니다. 정신과에 한번 가보시죠”[37]라며 동성애를 부정한다. 국가는 동성애에서 의학적 원인을 찾으려고 시도하지만, 영진에게는 아무 문제가 없다는 판정이 내려진다.

동성애자여서 탈북할 수밖에 없었던 삶이 담긴 장영진의 이 소설은 섹슈얼리티, 시민권 등 한국 사회의 경계를 질문한다. 중국을 거치지 않고 강을 건너 지뢰가 매설되어 있는 철책을 넘은 장영진의 탈출 루트는 위험하기 짝이 없었다. 그가 이성애자였다면, 이는 남자다움의 증거로 활용되었을 것이다. 하지만 장영진 스스로도 이를 남성다움과 여성다움의 언어로 설명하지 않는다. 그가 벗어나고자 했던 규범의 세계와 연결되기 때문일 것이다. 장영진의 소설은 자기 서사가 가진 가능성을 잘 보여준다. 그는 경제적 빈곤, 정치적 탄압 때문이 아니라 성적 자유를 위해 탈북했다. 이는 기존의 탈북 서사에서 재현되지 않던 공백의 자리이다.

1990년대 이후 거대 서사의 해체와 더불어 자기 서사는 여성, 난민 등 주류 문학이나 역사에서 비가시화된 존재를 재현하는 기록으로 거듭났다. 노동자 수기, 자서전 등 민중의 글쓰기가 자기 정체성을 탐색하는 자서전인 동시에 사회적 억압으로부터 해방되는 글쓰기[38]로 자리매김하며 주목받았다. 『붉은 넥타이』는 탈북자이자 동성애자로서, 한국을 거쳐 미국에 살고 있는 디아스포라로서 비가시화된 체험과 역사를 증언하고 거대 서사를 대리 보충 한다. 북한과 남한 사회 모두에서 부정당한 자신의 정체성을 문학으로 기록한 것이다. 이러한 자기 역사 쓰기는 ‘위안부’ 증언집이나 구술 자서전에서도 확인할 수 있다.

---

37.   장영진, 『붉은 넥타이』, 물망초, 2015, p. 17.
38.   심선옥, 「자서전의 역사와 원리, 그리고 자서전 쓰기 교육의 새로운 방향」, 『반교어문연구』 제53집, 반교어문학회, 2019, pp. 181~212.

1990~2000년대 활발했던 일본군 '위안부' 증언집의 채록과 출판은 미군 '위안부' 여성들의 목소리에도 힘을 실어주었다. 1990년대 출간된 '현장소설' 『뻘뻘』(공간미디어, 1995)의 모델인 김연자는 2005년 자서전 『아메리카 타운 왕언니 죽기 오분 전까지 악을 쓰다』(삼인)를 출간한다. 무책임한 가부장이었던 아버지, 정상가족 이데올로기와의 충돌과 그에 따른 가출, 부녀 보호소와 기지촌까지, 결코 평탄했다고 말할 수 없는 그의 삶은 가부장제와의 대결이기도 했다. 흥미로운 것은, 기지촌 내에서 항의 데모를 조직하고 미군의 폭력을 고발하는 유인물을 뿌린 그녀의 행위가 국가 안보에 위협이 되는 일로 간주되었다는 점이다. 미군을 비판하다 경찰서 정보과에 잡혀간 김연자는 '빨갱이'나 다름없다며 협박당한다. 미군과 한국의 우호 관계를 훼손할 수 있는 행위라는 것이다. 그런 점에서 그가 쓴 국가폭력의 기록에는 안보의 언어를 탈구시키는 힘이 있다.

　　이러한 작업이 가능했던 것은 2000년대 이후 구술사에 대한 관심이 높아진 덕분이었다. 대문자 역사의 틈새를 메우는 구술 작업이 이어졌고, 구술사를 비롯해 '작은' 이야기에 대한 관심이 늘어났다. 게다가 2000년대 초반 일본군 '위안부' 증언집을 만드는 과정에서 구술과 증언 기록에 대한 논의가 발생하면서 소수자들의 자기 서사의 중요성을 일깨웠다. 초기 증언집은 일본군 '위안부'로서의 삶을 중심으로, 즉 누가 언제 어디서 어떻게 '위안부'가 되었으며 위안소에서 어떤 일이 벌어졌는가를 중심으로 채록되었다. '위안부'나 국가폭력 피해자와 같은 소수자들은 비가시화된 체험과 역사를 증언하라는 요구를 받는다. 이들의 자서전은 하위 주체의 생생한 목소리로 여겨졌으며, 역사적 참과 거짓을 판별하는 기준이 되기도 했다. 그러나 2000년대 이후로는 '위안부' 당시의 경험에 구술 증언을 한정하지 않고 한 인간으로서 생존자들의 목소리를 듣고자 했다.[39] 한국에 돌아온 이후 어떻게 살았는지, 가족들과의 사이는 어떠한지 등이 구술 기록물 안에 포함될 수 있었다. 미군 '위안부' 김연자의 구술 자서전 역시 사실 기록을 넘어 그의 정체성을 재구성하는 역할을 했다. 가출해서 서울로 온 김연자는 남장을 하고 다니다 불심검문을 당해 파출소에 잡혀간다. 그는 보호소에서 만난 여성과 애인 사이로 지내다 함께 기지촌으로 흘러간다. 가부장제와 국가의 기지촌 정책, 미군 폭력의 피해자였던 김연자는 미군 '위안부' 문제를 국제사회에서 증언하는 기지촌 활동가이자 종교인으로 거듭났다. 김연자는 자서전을 통해서 자신을 비롯한 한국 사회의 폭력적 측면을 가감 없이 드러내고, 기지촌에 대한 탈낭만화를 시도한다. 자서전에는 기지촌에서 레즈비언 연속체를 체현했으며, 이성애 제도의 규범을 해체하고, 그로부터 탈주한 김연자의 모습이 담겨 있다. 이는 『뻣벌』의 소설화 과정에서 도달하지 못했던 부분이며, 김연자가 자기 서사를 통해서 궁극적으로 강조하고자 했던 자신의 해방적 정체성이다.

0. 마주침의 문학사를 상상하며

페미니스트 시각으로 쓰는 문학사는 군사주의가 만들어낸 젠더 규범에 질문을 던지고 비가시화된 기억과의 마주침을 기록한다. 일상의 섹슈얼리티를 규제하는 전쟁과 안보의 언어를 횡단하고, 전쟁 문학, '위안부' 문학, 기지촌 문학 등으로 분절된 채 논의되어온 텍스트들을 계보화한다. 역사적 진보를 담지하지 않아서, 비평적 가치가 없는 대

39.　　　김수진, 「트라우마 재현과 구술사 ── 군위안부 증언의 아포리아」, 『여성학논집』 제30집 제1호, 이화여자대학교 한국여성연구원, 2013, pp. 35~72.

중소설이라서, 문학적 형상화가 미비한 자기 서사라서, 전문적인 작가에 의해 씌어지지 않은 소품이라서 등등의 이유로 배제되었던 텍스트들은 이 문학사 안에서 재배치된다. 참전 군인들의 자서전이나 '위안부'들의 구술 기록 또한 이 계보에 포함된다. 오카 마리의 말처럼, "'사건'의 기억은 어떻게 해서든지 타자, 즉 '사건' 외부에 있는 사람들과 함께 나누어 갖지 않으면 안 된다". 끊임없이 마주치고 연루되는 것들을 기록하고 기억해나가는 작업으로서 문학사는 지금 동시대 현장에서 씌어지고 있다.

전쟁과 제노사이드 현장에서 '사건'은 마주침을 만들어낸다. 예를 들면, 이런 일이다. 2025년 9월 27일 활동가 해초(김아현)가 한국인으로서는 최초로 구호품을 싣고 가자로 향하는 '천 개의 매들린호'에 올랐다. 그는 "우리는 국가라는 정체성보다는 자신이 어떤 역사에 속해 있는지를 공유하고 있다"며 한국 정부의 미온적인 태도를 비판하고, "팔레스타인에서 일어나는 참혹한 일에 한국이 가담하고 있다. 이 사실이 부끄럽다"고 말했다.[40] 가자를 목전에 둔 10월 8일, 이스라엘은 해초를 비롯한 활동가들이 탄 배를 나포, 그들을 사막 감옥에 구금했다. 시민단체와 진보정당을 비롯한 여러 시민들이 해초의 조속한 석방과 이스라엘에 대한 제재를 요구하며 항의 시위를 이어갔다.

해초의 가자행 이후 한국 사회는 이스라엘의 가자 학살에 연루되었다. 이전까지 한국 사회는 이스라엘의 학살에 상대적으로 무관심했다. 한국은 가자에 대한 폭격이 시작된 2023년 이후에도 이스라엘에 무기를 수출하는 주요 국가 중 하나다. 또한 '서울 국제 항공우주 및 방위산업전시회ADEX'에는 이스라엘 국방부와 방산 기업이 참

---

40. 이진민 기자, 「"우린 나포될 겁니다" 팔레스타인 목전 배 위, 보름달 만난 한국인의 호소」, 〈오마이뉴스〉 2025년 10월 7일 자(https://www.ohmynews.com/NWS_Web/View/at_pg.aspx?CNTN_CD=A0003171615).

여한다. 제80차 유엔 회의에서 안전보장이사회 의장을 맡은 이재명 대통령은 팔레스타인 상황에 대한 언급 없이 한강의 노벨문학상 수상 연설을 인용하면서 "대한민국은 민주주의를 향한 여정을 함께할 모든 이들에게 '빛의 이정표'가 될 것"[41]임을 천명했다. 현재 벌어지고 있는 전쟁에서 경제적 수혜를 보고 있지만 이를 비가시화하는, 그야말로 '제국적 민주주의'다. 그러나 해초의 구금 소식에 한국 정부는 이스라엘을 언급하지 않을 수 없게 되었다. 어떤 마주침은 정치를 가능하게 한다.

프리모 레비는 『가라앉은 자와 구조된 자』의 서문에서 시몬 비젠탈의 회고를 옮긴다. 나치는 말했다. "이 전쟁이 어떤 식으로 끝나든지 간에, 너희와의 전쟁은 우리가 이긴 거야. 너희 중 아무도 살아남아 증언하지 못할 테니까. 혹시 누군가 살아 나간다 하더라도 세상이 그를 믿어주지 않을걸."[42] 망각될 것이라는 예상과 달리, 지금 여기에 전쟁과 학살이 벌어지고 있다는 사실은 실시간으로 공론장에 기록되고 있다.

이곳에서 은유는 부서져 나간다. 이곳에서는 아름다움마저 상처에 섞여 온다. 그럼에도 우리 골목에 서 있는 사이프러스나무에는 여전히 도발하듯 새빨간 꽃이 핀다. 그럼에도, 아이는 재로 뒤덮인 웅덩이들을 깡충깡충 뛰어 건너며 콧노래를 부른다. 그럼에도, 나는 글을 쓴다. 이 폐허 어딘가에는 의미가 살아남아 있기 때문이다. 이런 일을 정당화할 설명은 없으니 설명으로서의 의미가 아니다. 기록으로서의, 있음으로서의, 잊히기를 거부함으로서의 의미다. 우리가 여기 있

---

41.   「Better Together! '민주 대한민국'의 국제사회 복귀를 당당히 선언합니다」, 대한민국 대통령실, 2025. 09. 24 (https://www.president.go.kr/president/speeches/CXkUubny).

42.   프리모 레비, 『가라앉은 자와 구조된 자』, 이송영 옮김, 돌베개, 2014, pp. 9~10.

었다. 우리는 사랑했고, 애도했으며, 생각했다. 우리는 무너진 것들로 언어를 만들었고, 재를 가지고 이야기들을 빚었으며, 물처럼 손가락 사이로 흘러나가는 기억을 붙잡으려 애썼다.[43]

팔레스타인 작가 알라 알카이시의 시는 웹진을 통해 공유되고 번역되어 한국에 도착한다. "기록으로서의, 있음으로서의, 잊히기를 거부함으로서의 의미"는 한국 사회에 파장을 만들고, 아카이브로서의 문학사는 이러한 마주침과 연루됨의 사건을 기록할 것이다. 마주침의 문학사는 지금도 씌어지고 있다.

43.　Alaa Alqaisi, "Beneath the Howl of Hunger", *Arablit&Arablit Quarterly*, 2025(알라 알카이시, 「굶주림의 울부짖음 아래」, 서제인 옮김, 〈서교연 웹진 인-무브〉 2025년 8월 22일 자에서 재인용).

한국문학과 여성 범죄
―문학으로 본 여성 범죄에 관한 시론적 사유

소영현

그곳에 관한 다른 이야기도 있었다. 어떤 사람은 직업학교에 있는 여자들은 알려진 것처럼 학생이 아니라 타락한 여자들이어서 교화를 받는 중이라고, 새벽부터 한밤중까지 더러운 세탁물에서 얼룩을 씻어내면서 속죄하는 거라고 하기도 했다. 동네 간호사가 말하길, 호출을 받아 수녀원에 가서 열다섯 살 아이를 치료한 적이 있는데, 빨래통 앞에 서서 너무 오래 일한 탓에 정맥류가 생겼더라고 했다. 어떤 사람들은 뼈 빠지게 일하는 쪽은 수녀님들이라고, 그들이 아란 패턴 스웨터를 뜨고 구슬을 꿰어 묵주를 만들어 수출한다고, 정말 마음 좋은 분들이지만 눈에 문제가 생겨 고생이라고, 수녀님들은 말을 하지 못하고 기도만 할 수 있게 되어 있고 한나절 동안 빵과 버터 외에는 아무것도 안 먹다가 일을 마친 다음에야 따뜻한 저녁 식사를 할 수 있다고 했다. 다른 사람들은 그곳이 그냥 모자 보호소라고 가난한 집의 결혼 안 한 여자가 아기를 낳으면 가족이 미혼모를 그곳에 보내 숨기고 사생아로 태어난 아기는 부유한 미국인에게 입양시키거나 오스트레일리아로 보내고 그렇게 외국으로 보내는 과정에서 수녀들이 상당한 돈을 챙긴다고, 그게 수녀원에서 하는 사업이라고 말했다.

　　　　　　　　　　　　　— 클레어 키건, 『이처럼 사소한 것들』에서[1]

1.　　클레어 키건, 『이처럼 사소한 것들』, 홍한별 옮김, 다산책방, 2023, pp. 49~50.

1. 엉킨 현실을 들추며

여성 범죄를 키워드로 문학사를 쓴다는 것은 무엇을 의미하는가. 그것은 문학으로 여성 범죄를 사유한다는 것을 의미할 수밖에 없다. 그렇다면 왜 문학을 통해 여성 범죄를 사유해야 하며, 방법론적으로는 어떻게 가능한가. 여성 범죄의 재현을 논의하기에 앞서 여성 범죄 자체에 관심을 기울여야 하는 이유는 무엇인가.

이 질문들이 에이드리엔 리치식의 '다시 보기'의 시작점일 수 있는 것은, 특정한 측면이 아니라 여성을 둘러싼 문화 전체를 완전히 이해할 수 있어야 여성과 문학에 관한 이야기를 다시 시작할 수 있을 것이라 여기기 때문이다.[2] 텍스트를 새로운 눈으로 독해한다는 것이 무엇인지는 이 글이 근본에서 반추해야 할 질문이지만, '압제를 걷어차고 나쁜 결말을 맺는 평범한 자들의 이야기'라는 부제로 여성 살인자들을 살피는 책 『살인하는 여자들』의 저자 앤 존스의 말처럼, 그것은 주제를 완결하는 게 아니라 주제에 가닿는 작업을 의미하는지 모른다.[3]

왜 여성 범죄인가라는 질문에 대해 표층의 차원에서부터 말해볼 수 있을 것이다. 즉각적인 답안이 아닐 수도 있지만, 그것은 소수자 및 타자에 대한 어떤 재현도 사회에서 통용되는 가치관이나 배제 논리와 분리될 수 없다는 사실과 연관되어 있다고 하겠다. 언제나 그렇듯 현실과 재현은 우리가 기대하는 것만큼 그리 깔끔하게 분리되지 않는다. 현실의 가치관에는 대개 하나 이상의 위계적이고 편향적인 인식이 중첩되어 있으며, 그것의 재현 또한 중층적으로 위계적이고 편향적일 수밖에 없다. 이렇듯 중첩된 복잡성은 경계선에 대한 관

---

2.   에이드리엔 리치, 『우리 죽은 자들이 깨어날 때』, 이주혜 옮김, 바다출판사, 2020, p. 26.

3.   앤 존스, 『살인하는 여자들』, 마정화 옮김, 열화당, 2025, pp. 37~40.

심을 이끌게 되는데, 그 경계선 위에서 비로소 현실과 일상 속 행위를 형태화하는 젠더적 경향성을 확인할 수 있기 때문이다. 정상성의 경계이자 합법성의 경계, 그리고 정당성의 경계이기도 하다는 점에서 그 경계선을 따라 여성의 범주가 규정된다고도, 여성 범죄의 범주가 규정된다고도 말할 수 있는 것이다.

여성 범죄에 관한 질문은, 여성이라는 범주가 규정되는 행로를 거꾸로 거슬러 오르는 일과 같다고 할 수 있다. 사회에서 구축되고 유포된 젠더적 경로를 여성 범죄의 범주에서 여성의 범주로 거슬러 되짚는 과정에서 확인할 수 있다고도 말할 수 있다. 현실 차원의 복잡하고 위계적이며 편향적인 젠더적 궤적을 확인하지 않은 채로 그 재현에 대해 살피기는 어렵기 때문이다. 그러나 분명한 것은 이 글이 겨냥하는 목표 지점이 결코 현실 자체이거나 재현 자체는 아니라는 점이다. 다시 말하거니와 소수자 및 타자를 둘러싼 그 어떤 인식이나 재현도 현실과의 분리를 허락하지 않는다. 이 글은 그 분리되지 않고 엉켜 있는 복잡성의 일면을 어떻게 가시화할 것인가에 대한 고민의 흔적이라고도 말할 수 있겠다.

개념 규정 차원에서 보더라도, 여성 범죄조차 단일하고 규정적인 외연을 확보하기는 어렵다. 젠더적으로 그리고 섹슈얼리티적으로, 말하자면 편향적으로 구성된 개념일 수밖에 없다는 점에서, 동시에 어떻게 해도 굴절되거나 변형될 수밖에 없다는 점에서, 서사에서의 여성 범죄를 논의하기에 앞서 여성 범죄의 구성이라는 측면에 대한 논의를 피할 수 없는 것이다. 범죄학의 편향성을 비판적으로 검토하는 여성주의 범죄학이 지적하고 있듯, 범죄와 일탈에 관한 연구 자체가 남성의 범죄성과 남성 범죄자에 대한 형사 사법기관의 대응에 기초해 있기 때문에, 여성 범죄자에 대해서는 기존의 범죄학 차원에서 만들어진 일종의 고정관념이 반복되는 경향이 있다. 여성을 수동적이고 약하거나 감정적인 존재로 다루며, 여성의 범죄행위를 개인적 병리와 감정 차원의 문제로 치부하는 방식도 이러한 고정관념의 일환이다.[4] 고정관념에 관한 질문을 통해 여성주의 범죄학은 범죄가 성역할에 따른 '젠더 수행doing gender'과 무관하지 않으며, 역설적으로 범죄가 사회적으로 젠더적 역할 수행을 작동시키는 하나의 경로가 된다는 사실을 짚어왔다. 성역할에 따른 수행성이란 결국 자본주의와 가부장제의 모순적 양상을 통해 틀 지워진다고 할 때,[5] 여성 범죄는 젠더와 섹슈얼리티 문제로 가시화된 사회의 문제가 아닐 수 없다. 가정 내, 사회 내 성역할 자체가 계급·성·인종 등 다양한 요인의 교차 속에서 구축되기 때문이다. 특히 그것은 사회적으로 여성을 임신 및 출산하는 존재로 규정하는 인식으로의 전환과 깊이 연관되어 있는데, 한국에서는 1920~30년대를 통과하며 뚜렷해진 경향이라고 할 것이다. 말할 것도 없이, 여성을 사회적으로 기능화하면서 임신과 출산을 하는 몸으로 규정하는 인식은 여성의 삶 자체에 지대한 영향을 미친다. '불임'이나 '아이가 없는' 같은 용어가 임신 – 출산하는 여성의 정체성을 부정적으로 구성하는 데 쓰이는 한편, 자신의 의지와 무관하게 온전히 주체가 아닌 상황에 처하게 되는 임신 – 출산하는 몸이라는 여성의 조건에 의해, 여성은 불가피하게 '임신중지', 자살, 영아 유기, 영아 살해 등 일련의 고통스럽고 사회적으로 무거운 선택들에 직면하게 되곤 한다.

　　요컨대 여성 범주의 구성은 여성 범죄 범주의 구성과 밀접하게

4.　　　장안식, 「여성과 범죄(여성주의 범죄학)」, 김준호 외, 『일탈과 범죄의 사회학』, 다산출판사, 2015, pp. 228~30; 윤옥경, 「여성의 지위와 여성의 범죄피해와의 관계——페미니스트 범죄학의 시각에서」, 『교정담론』 제15권 제1호, 아시아교정포럼, 2021, pp. 1~36; 양문승, 「페미니스트 범죄학과 성적 피해자화에의 새로운 도전」, 『피해자학연구』 제9권 제2호, 한국피해자학회, 2001, pp. 99~124.
5.　　　장안식, 같은 글, pp. 240~41.

연관된다. 그리고 무엇보다 그 자체가 사회 구성의 과정이기도 하다.[6] 잘 알려져 있듯 여성 범죄는 대개 경범죄의 성격을 띠는 편이다. 여성 범죄를 피해와 가해의 분할적 논리 속에서 다루기 어렵다는 것 또한 많은 연구가 말해주는 바이기도 하다. 여성 살인자의 경우에도 오랫동안 피해자였던 경우가 대부분이기 때문이다.[7] 동서양을 막론한 이런 여성 범죄의 특성은 여성 범죄가 여성에게 부여된 사회적 역할, 즉 성역할의 경로를 따라 행해진다는 사실을 재확인시킨다. 이는 여성 범죄를 여성과 성에 대한 사회의 인식이 어떻게 형성되었는가를 살피는 과정에서 이해해야 한다는 말이기도 하다. 결과적으로 여성 범죄를 키워드로 문학을 살피는 일은 결국 남성성, 교차성에 입각한 페미니즘의 관점으로 문학을 새롭게 읽는 일 자체가 된다고도 말할 수 있다.

    이 글이 여성 범죄에 대해 살피는 방식은 여성과 여성 범죄의

---

6.   여성 범죄의 범주 구성에 관해서는 식민지기 성학과 성 지식 그리고 여성 범죄를 다룬 소영현의 「여성범죄의 성정치」(『대중서사연구』 제28권 제2호, 대중서사학회, 2022) 2장 참조. 물론 사회학적 관점에서 보자면, 여성 범죄론은 좀더 한정적 의미를 갖게 된다. 여성 범죄는 범죄 구성요건상 행위 주체가 반드시 남성이어야 하는 경우를 제외한 모든 형법상 또는 특별법상 범죄의 행위자가 여성인 경우를 총칭한다. 문제는 '여성 범죄가 범죄 일반의 성격과 속성을 반복하는 것으로 볼 수 있는가'라는 질문에서 생겨난다. 여성 범죄에 대한 논의는 우선 그 범주에 관한 질문에 직면해야 한다는 것을 말해준다. 범죄와 여성 범죄를 어떤 관련성 속에서 논의해야 하는가라는 질문을 피하기 어려운 것이다. 여성 범죄란 여성의 범죄인가, 여성을 표적으로 한 범죄인가. 여성 범죄 연구는 여성-가해자를 중심으로 한 연구가 되어야 하는가, 여성-피해자를 중심으로 한 연구가 되어야 하는가,라는 질문으로 빠르게 세분되기 때문이다. 여기서 확인해야 할 것은, 강조컨대 여성 범죄의 범주가 사회 구성과의 상관성 속에서 구축되고 재구축되는 영역이라는 사실일 것이다.

7.   프랜시스 메리 하이덴손, 『여성과 범죄』, 이영란 옮김, 나남출판, 1994; 조앤 벨냅, 『여성범죄론』, 윤옥경 외 옮김, 박학사, 2009; 메다 체스니-린드·리사 파스코, 『여성과 범죄』, 한민경·김세령·최재훈·홍세은 옮김, 박영사, 2021; 한남제·이춘옥, 「한국의 여성범죄—여성적인 범죄를 중심으로」, 『사회과학연구』 제8권, 경북대학교 사회과학연구원, 1992, pp. 87~105; 전정주, 「여성범죄에 관한 연구」, 『법학논총』 제28집, 단국대학교 법학연구소, 2004, pp. 333~59; 김평식, 「여성범죄의 이론적 고찰」, 『한국범죄정보연구』 제8권 제1호, 한국사회안전 범죄정보학회, 2022, pp. 43~61.

유동적 범주가 구성되는 과정 자체에 대한 고찰을 통해서이다. 앤 존스의 말처럼 살인하는 여자들의 이야기는 다름 아닌 여자들의 이야기다. 여성 범죄에 관한 이야기가 곧 여성에 관한 이야기인 셈이다. 그 유동적인 전환성을 확인하기 위해, 달리 말하자면 여성 범죄를 사유한다는 것의 방법론적 가능성을 가늠해보기 위해, 이 글에서는 임신-출산하는 몸이 만들어내는 여성 존재의 유동적 경계를, 그 한 사례로서 '미혼모 현상'[8]을 통해 살펴보고자 한다. '미혼모 현상'은 여성의 범주와 여성 범죄의 범주의 중첩적이고 가변적인 경계를 가시화해줄 수 있는 적절한 거점이 될 것이다. 가부장제를 단단하게 만드는 친밀성이 자본화되는 지점에 놓인 '미혼모 현상'을 통해 여성의 몸을 매개로 한 자본주의와 가부장제의 무자비한 허약성과 그 연결성을 포착해보고자 한다. 문학이 장면화하는 이런 지점을 통해 무엇을 비판적으로 살필 수 있는지 확인해볼 것이다.

2. 방법으로서의 '미혼모'[9]

'미혼모'라는 용어는 1960년대 초·중반 사회복지 연구자의 논문에서

---

8. 이 글의 관심이 '미혼모'는 누구이며 그들은 왜 '미혼모'가 되었는가와 같은, '미혼모'라는
    존재 자체를 가시화하는 일로 초점화되지는 않을 것이다. '미혼모'를 정체성으로 바라보고자
    하는 시도가 '미혼모'의 규정적 유동성과 그것을 야기하는 권력 관계의 배치 등에 가닿기
    어렵게 한다고 보고, 이 글에서는 '미혼모'가 아니라 이른바 '미혼모 현상'에 주목하고자 한다.
    이는 구체적으로는 '미혼모'에 사회적 낙인을 덧씌우고 '미혼모'를 정상 가족 바깥에 놓인
    '문제적-비정상적' 존재로 만드는 동시에, 역설적으로 '미혼모'를 지속적으로 등장하게 하는
    사회의 추동력, 특히 그것을 떠받치는 사회적 합의 관념 가운데 하나인 재생산 미래주의와의
    관련 속에서 '미혼모' 문제를 살펴보는 것을 의미한다.
9. '2. 방법으로서의 '미혼모''부터는 소영현의 「재생산 미래주의와 '미혼모'의 몸-자리」
    (『현대소설 연구』 제99호, 한국현대소설학회, 2025)의 일부를 수정 보완한 것이다.

'Unwed Mother/Unmarried Mother'의 번역어로 소개되었고, 1970년대 전후로 학술 용어에서 점차 사회적 용어로 쓰이기 시작했다. 초기 혼혈아를 출산한 여성을 가리키던 말이 점차 법률혼에 기초한 결혼 제도 바깥에서 임신-출산한 여성을 가리키는 말로 그 외연이 확대되었다.[10] 어머니의 자격이 혼인 여부에 의해 판정되고 있었음을 확인할 수 있는 대목이다. 그러나 당연하게도 용어의 등장과 함께 '미혼모'가 생겨난 것은 아니며, 용어의 전환과 함께 혼외 임신-출산한 '미혼모'가 사라지지도 않는다. 임신과 출산이 여성의 몸을 통해 이루어진다는 점에서 그 과정은 결혼 여부와는 아무런 관련이 없다. 그러나 결혼 없이 임신과 출산을 통해 어머니가 된 여성을 가리키는 이 말에는 여러 측면에서 윤리적 단죄의 의미가 담겨 있고, 그 의미는 대개 부정적인 것으로 사회적 낙인의 효과를 발휘한다. 임신-출산하는 여성의 몸, 이성애 중심의 결혼 제도, 가부장제 이데올로기가 지속되어온 역사 속 (따지자면 이러한 조건 바깥의 역사가 없었다는 점에서 유사 이래) '미혼모'의 존재가 상시적이었다고 할 수밖에 없다는 점에서, '미혼모'는 내내 비가시화된 채로 존재했다고 해야 한다.

　　사실 '미혼모'는 젠더 편향을 담지한 말이자 성차별적 고정관념을 환기하는 말이라는 점에서 교정이 필요하다고도 할 수 있다.[11]

10.　　신필식, 「1970년대 신문기사를 통해 본 한국 미혼모 보호사업과 미혼모의 사회적 재현 변화 연구—경제적 모성에서 배제된 여성으로」, 『한국여성학』 제33권 제3호, 한국여성학회, 2017, p. 324; 권희정, 『미혼모의 탄생』, 안토니아스, 2019, pp. 26, 121~29, 177~81. 1955년 3월부터 1957년 7월까지 미국 미네소타 대학 사회사업학과에서 수학한 후 돌아온 백근칠, 하상락, 김학묵에 의해 1958년 서울대학교 사회사업학과가 창설된 후, 1961년 서울대학교에서 발행된 『사회사업학보』 창간호에 실린 「Unmarried Mother에 대한 고찰」(장인협)에서 'Unmarried Mother'는 법적 혼인 제도를 거치지 않고 출산한 여성으로 정의되었다. 권희정은 문제를 '모성' 중심으로 성찰하면서, '미혼모'를 결혼 제도 밖에서 임신-출산하고 이후 입양으로 인해 모성의 단절을 경험하게 되거나 결혼 제도 밖에서 양육을 경험하게 되는 어머니 됨을 의미하는 것으로 규정한다.

11.　　'여대생'이나 '유모차'가 대체어를 얻었듯, '미혼모' 또한 좀더 중립적인 의미의 '비혼모'라는

그 존재 가치에 관한 규정도 가변적이다. 가령 '미혼모'와 '혼외자'는 방계라고 해야 할 남성 쪽 가족의 구성에 따라 변동적 가치를 갖는 존재로 다루어지기도 한다. '미혼모'는 윤리적으로 훼손된 존재로 치부되기도 하고 때로 임신을 출산으로 연결하거나 지속하지 않을 때, 즉 '임신중지'를 선택할 때는 '불법' 의료 시술에 가담한 공모자가 되기도 했다. 임신과 함께 변화되고 또 변화될 가능성에 놓인 존재라는 차원에서 '미혼모' 규정을 둘러싼 이러한 가변성은 '미혼모'가 고정적으로 확정해서 규정할 수 있는 특정한 정체성이 아니라는 사실을 확인시킨다.

'미혼모'가 정체성을 가리키는 말이 아니며 정체화할 수 있는 특정 존재인 것만도 아니라는 점에 주목해보면, 이로부터 비로소 임신－출산하는 여자들 가운데 왜 누군가는 '미혼모'로 불려야 하는가라는 질문이 시작될 수 있다. 이에 따라 '미혼모'의 여부를 결정하는 경계와 그 접면들을 살피는 일이 좀더 중요해지는 것이다. 대개 비가시적인 하위주체의 젠더적·섹슈얼리티적 면모가 부각될 때, 언제나 그와 결부된 중요한 요소들, 가령 노동과 같은 비－젠더적·비－섹슈얼리티적 요소는 은폐되는 경향이 있다. 그 은폐되고 누락된 지점과 경위를 살피기 위해서는, 임신－출산하는 여성의 몸을 둘러싼 논의를 예각화하고 세분화하는 방식과는 정반대로 거시적인 시야에서 자연화된 인식을 해체하고 통합적으로 재구축하는 방향으로 진행할 필요가 있다.

관련하여 덧붙이자면, '미혼모'를 둘러싼 논의를 담론과 재현물을 통해 살필 수밖에 없다 해도, 그것을 곧바로 '미혼모' 재현의 차

말을 대신 사용할 수 있겠으나, 그 낙인의 면모를 충분히 살피기 위해 단어 '미혼모'를 둘러싼 맥락적 결절을 살피고자 한다.

원으로 환원할 수는 없다고 해야 한다. 이것이 이 글이 재현이 아니라 범주와 담론으로 우회해야 하는 이유이기도 하다. '미혼모' 관련 논의는 1960년대 중반부터 매체를 통해 거론되기 시작하고 1990년대 전후로 급증한다. 하지만 이러한 경향성이 '미혼모' 자체의 증가를 가리키는 지표로 곧바로 인식될 수는 없다. 1990년 선별 '임신중지'가 특히 여아를 대상으로 이루어졌던 역사적 사건을 배경으로 한 황모과의 소설 『우리가 다시 만날 세계』(문학과지성사, 2022)가 단적으로 환기하듯, '미혼모'의 증감에 영향을 미치는 요소는 사회 인식의 변화는 말할 것도 없이 과학기술의 발달까지도 포함한다. 가령 가족계획이 본격적으로 시행된 1970년대 이후로 삼십대 이상 연령의 출산율이 점차 감소하는 와중에, '임신중지' 비율은 배우자가 있는 경우에도 1990년 전후로 50% 수준을 유지하게 된다.[12] 십대 '미혼모'가 증가한다는 논의가 1980년대 중반 이후로 꾸준히 늘어났지만[13] 그것은 십대 이후 연령층의 출산율 자체가 낮아진 경향과 맞물린 현상이기도 하다. '미혼모'의 문제를 특정한 시대의 문제로만 보기 어려운 것과 마찬가지로, 특정한 문학을 통해 그 성격을 온전히 해명하기도 어려운 것은 이러한 복합적 사정과 맞물려 있다고 하겠다.

이 글에서 '미혼모'에 관한 담론적 논의를 좀더 강조하게 되는 것이 이러한 이유라면, 동시에 여성 서사의 시대인 1990년대 전후로 임신 – 출산하는 여성의 몸에 대한 논의를 보여주는 소설에 주목하게

---

12. 김승권 외, 『초저출산 국가의 출산동향과 정책대응에 대한 한일 비교연구』, 한국보건사회연구원, 2006, pp. 187~88.

13. 「10代 未婚母 늘어난다」, 『조선일보』 1986년 9월 5일 자; 「철부지 未婚母 급증」, 『경향신문』 1986년 12월 16일 자; 「未婚母 10代가 25%」, 『동아일보』 1987년 12월 3일 자; 「未婚母 10代 比重 높아진다」, 『경향신문』 1992년 8월 15일 자; 「10代 未婚母, 누구 責任인가」, 『경향신문』 1992년 8월 16일 자; 「미혼모 36%가 10代」, 『조선일보』 1992년 12월 8일 자; 「10대 미혼모 실상」, 『조선일보』 1994년 3월 20일 자.

되는 것도 이러한 이유에서일 것이다. 1990년대 전후 시기에 등장한 대표적 여성 서사인 『새의 선물』에 주목하는 것은 이러한 사정과 연관되어 있다. 임신 – 출산하는 여성의 몸에 대한 인식이 여성 서사의 이름으로 비로소 시작된 1990년대의 '미혼모 현상'을 둘러싼 인식적 일면을 엿볼 수 있는 것이다. 당겨 말하자면, '미혼모'라는 범주를 둘러싸고 있는 임신 – 출산하는 여성 – 몸의 다양한 현실태를 은희경의 소설 『새의 선물』을 통해 확인할 수 있다.[14]

3. 임신 – 출산'하는', 임신 – 출산'되는'

1990년대 대표적 여성 성장소설인 은희경의 『새의 선물』은, 앞서 오정희의 소설이 날카롭게 보여주었듯이, 몸을 중심으로 여성이 되는 과정을 통해 여성의 성장 문제를 성찰한다. 여성이 된다는 것은 무엇을 의미하는가. 소설 속에서 그것은 임신과 출산이 가능한 몸, 즉 성적 존재가 된다는 것을 의미한다.[15] 여기서 세심하게 살펴야 할 것은,

---

14.   기우 삼아 덧붙여두자면, 1990년대 전후로 '미혼모'에 대한 논의는 변화를 겪게 되며, 2000년대 전후로 그 성격을 달리하게 된다. 이 글의 관심은 '미혼모'의 재현이 아니라 '미혼모'에 대한 논의가 가시화되는 장면을 통해 살피는 '미혼모' 담론의 사회적 기능에 가깝다. 이 글에서 다루는 은희경과 박완서의 소설이 1990년대 전후라는 등장 시기를 고려해 선택되었으며, 그런 까닭에 그 서사적 분석과는 다른 차원의 기능 분석을 하게 되었음을 밝혀둔다.

15.   『새의 선물』속 가회동 감나무집 공동체는 여성들이 이끄는 공동체로, 여성들에 의해 생계와 하루하루의 일상이 꾸려지는 공간이다. 12세 여성 화자의 눈으로 본 그곳은 '성장'한 여성들이 각기 다른 인생 주기를 살아가는 공간이기도 하다. 이 공동체는 여성의 섹슈얼리티가 여성의 생애 주기와 존재 방식을 어떻게 결정하는가를 1970년대 전후의 세태 풍경을 통해 보여주며, 여성의 성장이 결과적으로 이성애 중심의 가부장제를 지탱하는 성적 존재가 되는 것이며, 여성에게 그것 이외의 존재 방식이 허용되지 않음을 개별 여성들의 비극적 삶을 통해 보여준다. 심진경, 「1990년대 은희경 소설의 섹슈얼리티」, 『세계문학비교연구』 제72집, 세계문학비교학회, 2020, pp. 37~57; 김예니, 「1990년대 여성작가의 섹슈얼리티

여성의 성장이 곧바로 여성의 주체화를 의미하지는 않으며 거기에 미묘한 간극이 지속된다는 사실이다. 말하자면 그것은 근대적 주체로서의 '개인', 즉 몸과 정신의 주인이 된다는 의미에서의 자율적이고 독립적인 존재가 된다는 것과는 차이가 있으며, 어떤 의미에서 그것과는 정반대의 존재가 되는 것임을 의미한다.

　　감나무집 공동체는 여성들의 생애 주기의 스펙트럼이 임신과 출산이 가능한 존재 방식의 사례들로서 펼쳐진 공간인 동시에, 그것 이외의 존재 방식이 허용되지 않는다는 점에서 여성–몸인 존재의 비극이 세대를 거듭하며 반복되는 악몽 같은 무시간성의 공간이기도 하다. 따지자면 화자인 진희가 타인의 시선으로부터 자신의 내면을 감추고 분열적 자아를 가진 채 성장하게 되는 것은, 산후우울증을 앓다가 가출했으며 병원에 격리된 후 결국 스스로 목숨을 끊었다는 엄마 때문이다. 양장점 보조로 일하던 미스 리가 진희 삼촌을 좋아하지만 결국 주인집의 곗돈까지 들고 도망가는 것도 (남자를 통한) 계급 상승을 꿈꾸는 야심이 실제로는 실현되기 어렵다는 사실을 정확하게 알고 있기 때문일 것이다. 식모로 있던 주인집 아저씨의 후배에게 강제로 순결을 잃은 후, 자신의 인생에 닥친 불운을 체념하듯 받아들이고 사는 순분–광진테라 아줌마에게 임신과 출산은 그녀 자신의 의지를 발휘할 수 있는 영역의 일이 아니다. 붙임성 있고 부지런하며 상냥한 성품임에도 남편의 폭력에 시달려야 했던 그녀가 단 한 번 그 삶에서 탈출하기 위해 용기를 냈지만 끝내 발걸음을 집으로 되돌렸던 것은, 젖먹이를 두고 떠날 수 없었기 때문이다.

　　감나무집 공동체가 아니더라도 임신과 출산하는 몸으로서의

재현방식 연구――은희경과 전경린의 초기소설을 중심으로」, 『여성문학연구』 제56집, 한국여성문학학회, 2022, pp. 375~410.

여성의 생애 주기는 따지자면 크게 다르지 않다. "순덕이라는 좀 모자라는 애"는 어른들 말로는 "순덕이 어머니가 순덕이를 가졌을 때 뱃속의 것을 떼려고 무슨 약을 먹"었기 때문에 그렇게 되었다고 했고, "순덕이 어머니가 남몰래 애를 떼려고 한 것은 순덕이 아버지의 애가 아니기 때문이라고도 했다".[16] 연애-결혼에 대한 판타지에 사로잡혔다가 현실로 내동댕이쳐진 이모는 첫사랑에 실패한 뒤 결혼으로 이어지지 않은 연애의 부산물을 처리하듯 '임신중지'를 하고 이른바 '성장'하게 된다. 스물세 살에 직업군인인 남편과 결혼을 한 후 채 1년도 안 되어 남편을 잃고, 유복자인 장군이를 혼자 키우며 살고 있는 장군이 엄마의 임신에 대한 처리는 이모와는 다른 방식이었다. 결혼했으나 임신한 채 남편을 잃은 그녀는 출산을 선택한다.『새의 선물』속에서는 임신과 출산을 둘러싸고 여성들의 각기 다른 선택이 이루어지는데, 어떤 경우든 아이를 낳는 사람이라는 여성의 지위가 여성의 삶 자체를 구성하거나 결정해버린다는 사실을 보여준다.[17] 여성의 육체야말로 가부장제가 세워진 토대인 셈이다.[18]

감나무집 공동체를 통해 확인할 수 있듯, 여성들은 임신과 출산에 관련해 다양한 선택과 결단을 내리지만, 임신과 출산을 그저 몸 안의 장기에서 일어나는 신체적 기능으로만 치부할 수는 없다. 임신과 출산을 주체적으로 선택할 수 있다고 해도, 여성에게 임신과 출산은 결과적으로는 임신-출산하는 '몸'이 '되는' 것에 더 가깝다는 점에서, 여성들이 임신과 출산에 관한 한 자기 몸을 두고 전적인 권리를 행사하고 있다고 말하기는 어렵다. 여성들은 그 자신의 생애 주기를 살면서 동시에 다른 생명을 생산하는 생산 주기를 살게 된다. 이 주기

---

16.   은희경,『새의 선물』, 문학동네, 1995, p. 137.
17.   에이드리엔 리치, 같은 책, p. 128.
18.   에이드리엔 리치,『더이상 어머니는 없다』, 김인성 옮김, 평민사, 1995, p. 61.

는 임신과 출산이 가능한 여성의 몸을 매개로 하지만 하나로 일치되지 않으며, 이성애 중심의 가부장제 이데올로기 차원의 논의로만 포착되지도 않는다. 젠더적·섹슈얼리티적 논의 이면에 놓인 그 다른 한 갈래의 주기를 포착하기 위해서는, 노동 개념에 의거할 필요가 있다.

인류학자 세라 블래퍼 허디가 말했듯이, 일하는 어머니는 유구한 인류의 역사에서 새로운 존재가 아니다. 인류의 등장 이후로 혹은 인간이 등장하기 전 수백만 년 동안 영장류 어미들은 생산과 재생산의 삶을 결합해왔다. 어머니 역할과 일의 균형을 조율하는 일은 언제나 타협을 요청했다.[19] '임신중지'가 역사적으로 언제나 같은 정도로 도덕적 비난을 받거나 금기시되지는 않았는데, 가정 단위에서 가부장제적 재산상속 문제, 빈곤, 질병 등을 이유로 자녀의 수를 제한하려는 시도는 드문 일이 아니었다.[20] 가족계획 사업을 통해 임신과 출산이 자본과 경제의 문제인 동시에 국가권력의 구축 – 재편과 직접 연관된 정치의 문제임을 짚은 사회학자 조은주가 강조한 바 있듯이, 실제로 빈번했던 농촌 거주 여성의 영아 살해를 비서구 사회에서 나타나는 봉건주의의 잔재가 아니라 농민 가구의 여성과 남성의 사회 경제적 삶에서 아이가 차지하는 역할과 의미, 농촌 가족의 토대와 결속의 기반, 남성 중심적 세대 간 계약 등에 대한 고려 속에서 논의해야 하는 것도 그래서이다.[21] 이는 임신 – 출산에 관한 여성들의 선택이 여성의 몸에서 자발적으로 발현된다는 '모성'과는 아무런 관련이 없으며, 오히려 영아 유기나 살해까지도 임신 – 출산하는 '몸'으로서의 여성이 매번 해야 하는 타협이자 판단 행위로서 이해해야 한다는 것

19.　　세라 블래퍼 허디, 『어머니의 탄생』, 황희선 옮김, 사이언스북스, 2010, p. 189.

20.　　류민희, 「낙태의 범죄화와 가족계획 정책의 그림자」, 백영경 외, 『배틀그라운드——낙태죄를 둘러싼 성과 재생산의 정치』, 후마니타스, 2018, p. 139.

21.　　조은주, 『가족과 통치』, 창비, 2018, p. 148.

을 시사한다. 말하자면 그 선택이나 행위는 유전자적 현상이 아니라 특정 상황에서 한 개체가 다른 개체를 위해 생산과 재생산을 둘러싼 비용을 어떻게 감수하거나 분배할 것인지를 예측하는 문제와 연결되는 것이다.[22]

역사를 통틀어 수많은 여성이 경제적인 이유나 정서적인 이유로 자신이 양육할 수 없다고 인식한 아이를 죽였다. 강간이나 결혼에 의해 혹은 빈곤이나 무지에 의해 그리고 대개는 피임과 '낙태'가 불가능하거나 금지되어 그들에게 강요된 아이들을 살해했다. 임신과 출산, 피임과 '낙태'를 온전히 주체적으로 선택할 수 없는 상황에서 사실상 어머니의 영아 살해는 가장 흔한 여성 범죄 중 하나였다.[23] 낮은 임금과 고강도의 노동에 시달린 하층계급 여성이자 가정 바깥에 놓인 여성들에게 임신과 출산은, 생계는 물론이고 목숨까지 위협하는 심각한 장애물에 가까웠다.[24] 사실주의적인 묘사로 가치를 평가받는 김동인의 소설 「약한 자의 슬픔」(1919)에서 주인집 K남작에게 성폭행을 당해 임신하게 된 몸을 안주인에게 들킨 후 가정교사 자리에서 해고되어 내쫓기게 된 강엘리자벳의 이야기가 다뤄지는 것은 결코 우연이 아니다. 근대적인 의미의 한국문학이 시작되는 자리에서 이미 임신과 출산하는 몸 – 여성은 위태롭고도 위험한 위치에 놓여 있었던 것이다.

요컨대, 임신 – 출산을 둘러싼 여성들의 다양한 선택은 노동, 그 가운데에서도 재생산 노동의 맥락에서 살펴야 하는 문제이다. 이러한 관점에서 보자면, 임신과 출산에 대한 여러 선택과 입장을 갖는

22.　세라 블래퍼 허디, 같은 책, p. 567.

23.　국가 주도로 합법적이고 체계적인 영아 살해가 인구 조절을 위해 지속적으로 이루어져왔지만, 어머니의 영아 살해와 그것은 엄밀하게 구분되어야 한다. 에이드리엔 리치, 『더이상 어머니는 없다』, pp. 296~97.

24.　소영현, 『하녀—빈곤과 낙인의 사회사』, 문학동네, 2024, pp. 141~45.

여성들에 대한 논의는 "여성의 몫으로 치부되면서도 보상도 없이 여성의 한평생에 영향을 주는 노동, 즉 다른 인간 존재를 생산하고 재생산하는 노동"[25]의 문제가 된다. '재생산 노동'이라는 범주 설정 안에서 임신과 출산, 양육과 돌봄, '임신중지'까지를 포함한 일들을 단속적이고 개별적인 사건이 아니라 연쇄적으로 일어나는 행위 차원에서 살필 수 있게 되는 것이다. 무엇보다 일련의 노동(혹은 그 순간들)이 그것을 둘러싼 맥락과의 관계 속에서 의미화되고 있음을 파악할 수 있다. 이러한 인식적 재정위를 통해 『새의 선물』의 여성들을 가부장제의 폭력성에 희생된 피해자의 자리에서 임신과 출산에 관련해 '타협과 선택'을 해나가는 존재들, 즉 개입적 행위성의 면모를 보여주는 존재들로 독해할 수 있게 된다. '미혼모'가 규정적 정체성이라기보다 가변적인 접선을 통해 만들어지는 '영역', 즉 임신−출산하는 여성의 몸으로 살게 되는 여러 생애 주기의 접면이 만들어내는 일종의 영역이자 위치임을 은희경의 『새의 선물』 속 여성 군상들을 통해 정확하게 확인할 수 있는 것이다.

4. '미혼모' 담론의 벡터 ─ '미혼모'에서 '미혼'으로

임신−출산하는 몸으로서의 여성이 재생산 노동과 돌봄 노동 사이에서 선택과 타협을 해왔다면, 그런 선택과 타협을 강제하는 사회 구조적 무의식은 무엇이라고 해야 하는가. 우선 '미혼모'에 대한 사회적 인

25.　　페미니스트 마리아로사 달라 코스따는 빈번해지는 자궁 절제술에 대한 논의를 통해 생명의 재생산 기제를 자본화하고 생명을 실험실에서 생산 가능한 상품으로 만들고자 하는 폭력성을 비판한다. 마리아로사 달라 코스따 엮음, 『세 번째 전장, 자궁절제술』, 박지순 옮김, 갈무리, 2024, p. 24.

식은 한편으로 부정의한 존재로, 다른 한편으로는 피해를 입은 도움이 필요한 존재로 요약된다. 그러나 표면적인 이질성에도 불구하고 사회적 차원에서든 국가적 차원에서든 여성의 몸에 개입해야 하고 여성의 몸을 관리해야 한다고 본다는 점에서, 여성에 대한 관점의 차원에서는 근본적으로 동일하다고 해야 한다. 사회에서 '미혼모'를 바라보는 관점은 사회복지 차원의 그것과 다르지 않았다. 당겨 말하자면, 그 관점은 사회에서 '미혼모'를 '미혼'으로 되돌리고자 하는 요청으로 구현되었다.[26]

『사회복지용어대백과사전』에 의하면 "미혼모는 미혼여성이 아이를 출산해 모친이 되는 것을 말하나, 보통 미성년자의 경우"를 가리킨다고 정의된다. 그 정의에는 '미혼모' 발생의 원인과 '미혼모' 문제의 해법에 관한 내용이 다음과 같이 덧붙어 있는데, 그 내용이 꽤 흥미롭다. 거기에 '미혼모'에 대한 사회적 인식이 압축적으로 담겨 있기 때문이다.

> 산업화와 도시화가 급속도로 진전되면서 성 가치관의 타락과 성개방 등으로 인한 미혼모 발생이 우리사회에 심각한 문제로 야기되고 있으며, 정부는 미혼모 발생을 〔줄이기〕 위하여 1982년부터 기업체 근로여성과 접객업소 종사자들을 대상으로 전국 규모로 교육을 실시하고 있다. 미혼모를 보호하는 시설은 전국에 10개 정도 있으며, 이들을 수용하여 생계보호를 행하는 한편 직업보도 교육을 실시하여 사회인

---

26.   권희정, 같은 책, pp. 172~73. '미혼모'에 대한 이러한 방식의 이해법은 권희정이 지적한 바 있듯이, '미혼모'를 치유의 대상인 '병적 모성'으로 여기면서 아이를 무자녀 중산층 가정에 보내는 방식을 통해 '미혼모'를 '미혼', 즉 정상인으로 치유할 수 있을 뿐 아니라 가정의 '정상성'도 회복시킬 수 있다고 보았던 미국식 사회사업의 영향으로 열렸던 서구 '베이비 스쿱 시대'의 실천적 지식에서 연원했다.

으로 복귀하도록 도와주고 있다.[27]

짧은 설명 내에서 성 가치관의 타락과 성의 개방이 '미혼모'의 급격한 발생의 원인이라는 판단과 함께 여성 노동자나 접객업소 종사자가 '미혼모'가 될 가능성이 높다는 사회적 편견이 반복된다. '미혼모'의 발생을 줄이기 위해 성교육을 실시해야 한다고 믿는 동시에 이들을 사회에서 격리해서 시설에 수용해야 할 존재로 인식하고 있음도 확인할 수 있다. 이른바 이성애 규범에 충실한 정상 가정 바깥의 '위험한 여성'에 대한 인식과 해법이기도 한 이러한 이해는 바로 그런 이유로 '미혼모'에 대한 인식이라기보다 사회에서 배제해야 할 존재에 대한 이해법과 다르지 않아 보인다.

　　각기 다르게 호명되었던바, '미혼모'는 1960년대 이후로 '미혼모'에 대한 논의가 시작된 초창기부터 국내 입양을 포함한 해외 입양과 연관된 자리에서 거론되었다.[28] 1967년부터 한국 내 고아와 기아

27.　사회복지용어대백과사전 '미혼모' 항목, 2009(https://www.welfare24.net/ab-welfare_dic).

28.　1990년대 시골에서 성인용품 방문판매에 나선 여성들의 성장을 다룬 드라마 〈정숙한 세일즈〉(2024, JTBC)에서 하위 에피소드 가운데 하나로 '미혼모'와 아동 납치, 해외 불법 입양에 관한 이야기가 다루어진다. 서울에서 온 형사 김도현은 해외 '입양아'로, 친생모를 찾기 위해 작은 단서들이 이끄는 한 시골 마을에 가서 과거의 한 화재 사건을 조사하던 중 영유아 납치 사건을 접하고, 그 사건을 해결하는 과정에서 자신의 친생모를 만나게 된다. 어떤 의미에서 여성 범죄의 전형을 보여주는 이 사건의 범인은 가난으로 아픈 아이를 잃은 '어머니'로, 그녀는 이후로 가난한 환경에 놓인 아이들을 납치해서 돈을 받고 해외 입양을 보냈던 것으로 밝혀진다. 범인은 입양 담론이 내세웠던 '구원' 내러티브를 알리바이로 사용하며 자신의 범죄를 합리화한다. 아이들의 사진을 지하 벽에 붙여두고 아이의 안녕을 30년간 기원해왔다며 '아이들을 구원했다'는 자기 기만적 진술을 반복하지만, 사건의 전모를 밝히려는 형사를 감금하고 살해하려 했다는 점에서 그녀는 그 자신의 행위가 범죄라는 것을 정확하게 인식하고 있었다. 드라마는 아이를 잃은 어머니를 아동 유괴와 '매매'의 당사자로 등장시킴으로써, 가족의 반대로 이루어 못한 사랑의 결실인 아이를 포기할 수밖에 없었던 '미혼모'와 '유괴된' 아이의 상처를 치유하고 구원한다. 그런 한편 본고의 관심사 속에서 보자면 '가난한 어머니'가 아이를 잃고 아이를 유괴하는 존재로 그려지는 것에 좀더 주목해볼 필요가 있다.

들을 한국 가정에 입양시키는 일을 사업으로 벌여온 한국기독교양자
회가 '철없는 미혼모'의 친권 포기 상담·지도를 많이 하던 때는 1970
년 전반기이다.[29] 구체적으로 이러한 관점은 사회사업의 정책과 실행
차원에서 더 큰 영향력을 행사했다. 한국전쟁 이후 긴급 구호시설을
통한 부녀 보호 사업에서 시작된 한국의 부녀 정책은 부녀 보호 사업
과 부녀 지도 사업으로 구분되어 진행되었는데, 2000년대까지도 부
녀 행정 차원에서 '미혼모' 사업은 상대적으로 부차적인 것으로 취급
되었다. '미혼모' 보호 사업의 목적이 대체로 '미혼모'를 다시 '미혼'의
상태로 되돌리는 데 정향되어 있었기 때문이다. 2000년대 초반 양육
지원 사업이 본격화되기 이전까지, '미혼모' 보호 사업은 출산을 보호
하고 상담을 하여 출산한 영아를 입양시키고 직업교육을 통해 '미혼
모'를 사회에 복귀시키는 것을 목표로 했다.[30]

　　'미혼모' 사업의 방향성이 '미혼모'가 출산한 아이들을 쉽게 입
양하게 하는 쪽으로 설정된 것 자체가 문제이기도 하지만, 교육을 통
한 사전 예방을 통해 '미혼모'를 감소시킬 수 있다고 보는 해법 역시
문제였다. 양자 모두 '미혼모'라는 영역이 왜 지속되는지를 질문하지
않은 채 '미혼모'를 줄이거나 없애는 것을 궁극적인 '해법'으로 여겼기
때문이다. 영아가 유기되는 사건이나 '미혼모'의 아이를 양육하며 해
외 입양을 알선하던 기관(천사의 집)의 화재로 모두 '미혼모'의 아이
였던 열네 명의 영아가 사망한 사건에 대한 해결안으로 '미혼모' 예방

29.　　「私生兒 入養의 길」, 『동아일보』 1970년 3월 17일 자.

30.　　1962년 국내 요보호 아동의 국내 입양을 시작했던 개혁선교회(세계기독교개혁선교회
　　　　한국지부) 내 조직인 양자회는 1968년 미혼모 상담 사업을 도입했고, 1974년 개혁선교회는
　　　　양자회를 홀트아동복지회와 합병한다. 이후로 미혼모 상담 사업은 해외 입양 기관인
　　　　한국아동양호회(현 대한사회복지회), 홀트씨해외양자회(현 홀트아동복지회), 한국사회봉사회,
　　　　한국기독교십자군연맹(현 동방사회복지회)에 의해 확대 시행되었다. 신필식, 같은 글, pp.
　　　　330~35.

이 거론될 정도로, '미혼모'의 존재 자체가 문제적이라는 인식이 팽배해 있었다.[31]

> 수출자유지역으로 각종 공장이 밀집해 있는 마산시에 10대 미혼모(未婚母)가 눈에 띄게 늘어나고 있다. 12일 마산시 부녀아동계가 집계한 바에 따르면 작년 마산 시내에서 발생한 기아(棄兒) 수는 1백 13명인데 이중 10대 미혼처녀출산이 85명에 이르고 있다는 것이다. 이들 대부분이 여공 식모 여학생 등으로 모두 20대 미만의 소녀들이다. 이들이 영아를 분만하면 시립영아원 등에서 산모의 신원을 비밀에 부치고 영아만을 기아로 보호하다가 양자를 알선해주고 있다. 10대 미혼모 중 80% 이상을 차지하고 있는 소녀들이 모두 초등학교 졸업 정도의 낮은 학력을 가진 공장의 여공(女工)들인데 농촌에서 일자리를 구해 도시로 나와 2~3명이 자취생활을 하고 있다.[32]

1970년대 '미혼모' 논의가 '철모르는 여공'이나 도덕적으로 해이한 '가정부'의 '무책임한' 출산과 영유아 유기로 가시화되었다는 점에서[33] 확인할 수 있듯이, 당대의 '위험한 여성'과 '미혼모'의 자리는 겹쳐 있었

---

31. 「해외입양 위탁소 '천사의 집'에 불, 갓난아기 14명 절명」, 『조선일보』 1975년 3월 13일 자. 미혼모아카이빙과권익옹호연구소 아카이빙 참조(https://www.umi4aa.org/?page_id=297&board_name=board_001&search_field=fn_tag&search_text=%EC%82%AC%EA%B1%B4&vid=83). 미혼모아카이빙과권익옹호연구소(소장: 권희정)는 '미혼모'를 복지의 대상으로 보는 것에서 한 걸음 나아가 역사적·인권적 관점에서 바라보고 이해함으로써 미혼모에 대한 새로운 담론과 지식을 생산하고 그들이 처한 현재 문제에 대한 해결 방안을 모색하고자 2024년 만들어진 비영리 법인 단체로, 학술 활동과 권익 옹호 활동을 한다.
32. 「馬山에서만 작년에 85명」, 『조선일보』 1974년 1월 13일 자. 필자가 현대어로 수정.
33. 「늘어난 10대 未婚母 —— 여공에 많아 年次로 保護시설 설치」, 『조선일보』 1974년 1월 13일 자; 「道德의 貧困, 누가 버린 棄兒들인가」, 『동아일보』 1976년 4월 6일 자; 「늘어나는 未婚母 相談을 통해 본 靑少年 문제」, 『매일경제』 1976년 4월 15일 자; 「工業團地 陽地와 陰地의 새風俗圖 (6) 구로공단」, 『동아일보』 1978년 4월 5일 자.

다. 이는 '미혼모'를 사회에서 보이지 않게 하거나 혹은 존재하지 않게 하려는 것이 사회복지 정책의 근간이었음을 보여주는 대목으로, 이것이 곧 '미혼모'에 대한 사회의 인식이었음을 시사한다. 그 인식은 구체적으로는 존재의 흔적을 지우고 더 이상 늘어나지 않게 만들어 실제로 사회에서 보이지 않는 존재가 되게 하는 것이자, 결과적으로는 태어난 아이를 '없애는' 일이거나 태어나지 않게 하는 일이었다. 말하자면 입양의 방식으로 또 '임신중지'의 방식으로, 임신과 출산 사이의 연결을 끊고 아이의 흔적을 지우며 더 나아가 여성의 출산 경험을 지우는 것이 '미혼모' 문제에 대한 사회적 해법이었다.

5. 임신 – 출산하는 '위험한 여성'과 '미혼모' 낙인의 역설

1960~70년대 여성의 결혼 적령기가 이십대 초반이었음을 환기하자면, 십대 '미혼모'의 증가를 현재의 수준에서 판단하는 것은 적절하지 않으며 따라서 유보적 판단이 요청된다고 해야 한다. 그럼에도 분명한 것은 당대에 십대 '미혼모'에 대한 관심이 커지고 있었다는 사실일 것이다. 관련하여 한국부인회가 주도하여 미혼모 456명을 대상으로 한 실태 조사서의 내용은 '미혼모'에 대한 논의가 결과적으로 '위험한 여성'에 대한 논의와 겹치고 있음을 다시 확인하게 한다.

> 조사대상이 된 이들 미혼모의 연령은 20~24세가 55%(2백 52명)로 가장 많았고 이어 15~19세가 24%, 25~30세가 17%, 30세 이상이 4%였다. 이중 15~24세가 절반을 훨씬 넘는 79%로 미혼모의 대부분을 차지하고 있다. 미혼모의 학력은 중졸이 34%(1백 53명)으로 가장 많았다. 국졸은 30%, 고졸 28%, 그리고 무학과 대학 이상이 각각 4%

로 나타났다. 이중 중졸 이하는 전체의 68%로 비교적 학력이 낮은 경우에 미혼모의 발생이 더 많은 것으로 나타났다. 미혼모의 출생지를 보면 중소도시 40%, 농어촌 34%, 대도시 26%였다. 이들의 생활 근거는 타인의 보조 29%, 내가 벌어서 28%, 양친의 도움으로 22%, 가출 상태여서 막연하다 11%, 그리고 아이 아빠의 도움으로가 10%였다. 미혼모의 부모에 대해서는 46%가 친부모생존, 22%가 편모, 17%가 부모가 없음, 9%가 편부, 그리고 6%가 계모 또는 계부의 경우였다. 이 같은 비율을 볼 때 절반 이상이 정상이 아닌 가족관계로 불안정한 상태에 있었다. 나이 교육 가정 등 여러 가지 조건을 미루어보아 미혼모는 중소도시나 농어촌 출신이 많고 가정적으로나 경제적으로 어려운 형편에 놓여 있는 것을 알 수 있다. 〔……〕 미혼모가 되었을 때의 직장은 없음(학생도 포함)이 39%, 회사원이 24%로 많았고 여공이 13%, 다방 7%, 이미용원 6%, 가정부 6%, 버스안내원 5%이었다. 〔……〕 미혼모가 된 이유는 35%가 결혼할 수 없어서, 22%가 학교 때 사귄 남자라 여건이 안맞아, 20%가 상대가 기혼자였기 때문에, 11%가 부모의 반대로 나타났다. 〔……〕 자녀양육은 입양처가 44%로 가장 많았다. 그리고 내가 기르고 있다도 27%로 나타났고, 이어 부모 11%, 고아원 8%였다. 〔……〕 미혼모들의 가장 큰 희망은 결혼하고 싶다가 37%로 가장 많았고, 돈 벌어서 아이를 잘 기르고 싶다가 22%였다. 그리고 12%가 아이를 양자로 보내고 싶어하며, 17%는 이대로 그냥 살고 싶다는 반응을 보였다. 미혼모에 대한 가족이나 사회의 태도는 적대시한다 42%, 죄인 취급한다 26%로, 주위로부터의 심리적, 정서적 압박을 크게 받고 있는 것으로 나타났다.[34]

34.　「未婚母가 늘고 있다」, 『경향신문』 1982년 7월 2일 자. 필자가 현대어로 수정.

"이중 15~24세가 절반을 훨씬 넘는 79%로 미혼모의 대부분을 차지하고 있다." "비교적 학력이 낮은 경우에 미혼모의 발생이 더 많은 것으로 나타났다." "절반 이상이 정상이 아닌 가족관계로 불안정한 상태에 있었다." "미혼모는 중소도시나 농어촌 출신이 많고 가정적으로나 경제적으로 어려운 형편에 놓여 있는 것을 알 수 있다." 기사 중 이러한 대목들은 자의적 판단에 입각한 해석으로 여겨지기도 한다. 당대의 결혼 풍속도 등에 견주어 판단해야 할 통계 자료들이 미묘하게 해석적으로 비틀려 있는 것으로도 보인다. 이러한 해석은 여지없이 계급적으로 중하층이며 경제적으로 빈곤한 여성이 '미혼모'일 가능성을 확증하는 쪽으로 작동한다. 이는 '미혼모'에 대한 논의가 시작되던 초기부터 반복되던 것으로,[35] '미혼모' 자체가 낙인이라는 사실을 통계가 아니라 그에 대한 해석을 통해 확증해주고 있다고 할 것이다.

하지만 그렇기에 '미혼모' 낙인이 차별적 편견에 가깝다는 사실을 확인할 수 있는 여지가 통계와 그 해석에 남겨져 있기도 하다. 가령 결혼 없이 출산하게 된 이유가 말 그대로 결혼을 원하지만 할 수 없거나 하지 못했던 경우에 가까워 보인다거나, 이런 상황임에도 대부분의 '미혼모'가 가족이나 사회에서 배척을 받으며 심리적·정서적 압박을 느껴야 했음을 부인할 수 없는 사실로서 포착하게 되는 것이다.

"아무래도 네가 고약한 여자한테 걸린 것 같다."

"그렇진 않아요, 어머니. 착실하고 참한 여자예요."

"또 역성이냐?"

---

35.   가령 '미혼모'에 대해 다음과 같이 논의해왔다. "가정은 거의 모두가 하류, 자녀를 잘 돌보지 않는 가정의 자녀들이다. 이들은 임신이 무언지 피임이나 유산이 무언지도 모르면서 결혼의 약속도 없이 덜컥 임신을 한다. 상대가 임신한 줄 알면 대개 도망간다는 것이다"(「私生兒 入養의 길」, 『동아일보』 1970년 3월 17일 자. 인용 시 필자가 현대어로 수정).

　　“역성이 아니라요. 고약한 여자만 아이를 배는 건 아니잖아요.”

　　“아이를 밴 걸 뭐래는 게 아냐. 그걸 빌미로 너한테 덤터기를 씌우고 네 앞길을 망쳐놓기로 작심을 했으니까 하는 말이지.”

　　“그것도 어머니 오해십니다. 그런 여자는 아니래두요. 그저 애를 가졌다고만 했지 그걸로 저한테 책임을 지라거나 협박하는 소리는 한마디도 안했어요.”[36]

『여성신문』에 연재했던 박완서의 소설 「그대 아직도 꿈꾸고 있는가」(1989)에서 ‘미혼모’ 차문경이 임신 사실을 확인한 것은 연애 끝에 재혼을 약속한 사이였던 김혁주와 헤어진 이후의 일이다.[37] 차문경의 임신과 출산이 결혼 바깥의 일이 되자, 그녀의 존재 자체가 공적·사적으로 위험하고 부정한 존재가 되며, 심지어 아이를 혼자 양육할 수 있는 조건인 중학교 교사라는 그녀의 직업조차 그녀를 비난하기 위한 빌미가 되어버린다. “혼자 사는 여자의 방탕한 사생활의 불미스러운 결과에 대한 사적인 책임”이 아니라 “교육자로서의 대사회적인 책임”(p. 94)을 물어 권고사직을 당하게 되는 것이다. 그리고 그 낙인은 사라지지 않으며 범위가 확대되는데, “사생아를 낳아 교직에서 쫓겨났다”(p. 118)는 소문은 결국 혼자 아이를 키우는 그녀를 자신의 주거지에서 떠나게 한다. 이는 앞서의 설문에 대한 논의들과는 달리 ‘미혼모’가 학력이나 경제력의 유무와 무관하게 임신 – 출산하는 여성의 몸에 의해 여성들이 처하게 되는 상태이자 영역임을 말해주는 동시

36.　　박완서, 『그대 아직도 꿈꾸고 있는가』, 세계사, 2012, p. 57. 이하 이 작품의 인용은 본문의 괄호 안에 쪽수만 표기한다.

37.　　물론 따지자면 1990년대의 연애와 결혼 풍속도까지 들추지 않더라도, 연애 끝에 자연스럽게 헤어졌다기보다 그들의 이별은 어머니의 반대를 내세워 “한번 결혼했던 여자를 당신 며느리나 시내〔전처 소생 아이〕 새엄마로 받아들이시도록 설득할 자신이” 없다는 식의 소극적 태도를 취했던 김혁주의 뜻이었음을 짚어둘 필요는 있을 것이다. 박완서, 같은 책, pp. 32~33.

에, 그들이 조건과는 무관하게 가족과 사회에 위협적인 존재로 치부되다는 것을 확인시킨다.

'미혼모'는 왜 '위험한 여성'인가. '미혼모'에 대한 차별적 배제가 이루어지는 것은 왜인가. 새삼 반복할 필요도 없이, '미혼모'에 낙인이 가해지는 이유 가운데 하나는 그들이 가부장제 이데올로기가 여성에게 엄격하게 적용하는 성 윤리를 흔들기 때문이다. 이는 개인 차원의 '성도덕의 해이'라는 비판과는 다른 층위의 문제로, '미혼모' 개인에 대한 경계라기보다 사회적 금기에 대한 위반이 만들어내는 '감염력'에 대한 경계라고 할 것이다.[38] 달리 말하자면, '미혼모' 공포는 '미혼모'가 섹슈얼리티와 재생산이 분리되지 않은 채 뒤엉켜 있음을 환기하는 데서 뚜렷해진다. 성별에 따른 노동 분업이 여성을 재생산 역할에 가둬버리게 된다는 점에서, 섹슈얼리티와 재생산의 분리 불가능성에 대한 환기는 여성의 노동에 대한 역설적 환기와 다르지 않다.[39] 따라서 여공, 식모, 학생 '미혼모'의 유무나 수효와 무관하게 매체에서의 호명과 그에 대한 사회적 반감은 사회가 통제하거나 규율하고자 한 여성이 집 바깥의 여성이었음을 역설한다고 하겠다. 가정을 경계로 한 여성의 배치, 즉 보호할 여성과 위험한 여성의 구분은, 경제적 계급을 경계로 한 여성의 배치, 즉 '빈곤'한 여성을 '위험한' 여성으로 등치시키는 중첩적 작동 속에서 이루어지고 있었던 것이다. 이렇게 본다면 문제는 '미혼모'가 아니라 '미혼모'를 그 자리에 놓이게 하는 여러 조건과 맥락이라고 해야 한다. 역설적으로 '미혼모'는 없다고

---

38. 말하자면 여성의 섹슈얼리티에 대한 규율이 불가능하다는 사실의 확인과 함께, '통제 불가능한' 성에 대한 공포가 종종 불러들이는 표현으로서의 '물들인다'는 담론은 상상적으로 구성된 사회적 공포의 표출이다. 성적 금기를 위반한 여성이 자신의 바깥을 '물들인다'는 것, 즉 다른 여성들에게도 '물들임'으로써 여성들이 성적으로 자유로워질 것이고, 더 많은 혼외 임신이 이루어질 것이라는 식의 규범적 정상성의 형해화에 대한 공포의 반응인 것이다.

39. 실비아 페데리치, 『캘리번과 마녀』, 황성원·김민철 옮김, 갈무리, 2011, pp. 120~21.

해야 하는 게 아닌가 생각하게 되는 것이다.

'미혼모' 공포의 특이성은, 퀴어 이론가인 리 에델만이 이성애 중심의 미래 상상을 비판하기 위해 사용한 용어를 빌려 말하자면, 보수적이거나 진보적인 입장을 막론한 재생산 미래주의적 사회 인식과의 관련 속에서 뚜렷해진다. 미래라는 시간이 재생산을 통해 열린다고 여기는 관념은 보기보다 강고하게 세계를 지배한다. 그런 미래를 승인하든 아니든 이러한 관념은 이상적 시민의 앞당긴 선취인 대문자 '아이Child'만이 국가의 미래에 대한 완전한 권리를 주장할 자격이 있다고 여긴다.[40] 아직 오지 않은 그 시민이 '될' 자격이 모든 아이에게 허용되는가에 대한 논의는, 말하자면 소수자 및 타자에 대한 현재의 인식의 가늠자이자 정치적 수준을 보여준다고 하겠다.[41] 이러한 관점에서 보자면, '미혼모'가 임신 – 출산한 '아이'에게는 그 '시민'이 될 자격이 주어지지 않는다고 해야 한다. 재생산을 통해 미래를 상상하는 것처럼 보인다 해도, 실제로 모든 '아이'가 미리 온 미래의 시민으로 존중되지도 또 정치적 권리를 획득할 수도 없다는 사실을 역설한다고 하겠다. 사회 차원에서 '미혼모'는 미래를 위협하는 존재이자 공포를 불러오는 존재에 더 가깝다고 해야 한다.

바로 이런 의미에서, '미혼모'는 재생산에 기반한 미래 상상의 허위성을 폭로할 수 있는 거점적 존재가 된다. 재생산만이 미래를 앞서서 이끌 수 있다는 관념은 미래를 선취한 채로 아이의 성장을 통해 상상된 미래와 현재 사이의 간극을 채워가고 그러한 지향 속에서 정치적 권력관계를 형성하게 되지만, 이는 항상 (지연되는 현재의) '진짜' 시민들이 누릴 수 있는 권리를 제한하는 대가를 수반한다. 사회

---

40. Lee Edelman, *No Future — Queer Theory and the Death Drive*, Duke University Press, 2004.

41. 앨리슨 케이퍼, 『페미니스트, 퀴어, 불구』, 이명훈 옮김, 오월의봄, 2023.

질서는 이 보편화된 주체, 즉 환상적인 존재로서의 아동을 위해 실제
의 현실을 외면한다. '미혼모'를 '미혼'으로 만들고자 하는 시도는 그저
여성의 섹슈얼리티에 대한 규율이거나 성도덕에 입각한 비난에 머
무는 것이 아니라, 사회 전체가 행하는 미래주의를 위해 실제 현실을
외면하고 억압하는 자기 기제로 작동하게 되는 것이다. 사회는 집단
적으로 아동을 재생산하도록 강제하는 정치 제도의 명령을 거부하는
모든 행위를 단지 특정한 사회 질서의 조직에 대한 위협인 것만 아니
라, 미래주의의 논리 전체에 대한 위협으로 간주하게 된다. 아이러니
하게도 '미혼모'는 사회 질서 자체에 대한 위협이자 그 허위성을 폭로
할 수 있는 치명적 거점이 되는 것이다.[42]

6. '대물림'과 아동 가치의 성별 위계화

박완서의 「그대 아직도 꿈꾸고 있는가」나 「꿈꾸는 인큐베이터」(1993)
에서 '미혼모'는 '대물림la transmission'의 문제와 함께 다루어진다.[43] 사
회의 새로운 구성원을 영입하는 방식인 '대물림'은 가족 내에서 이루
어지는 일임에도 사회적 제도이자 현상이므로, 그 내부에서 일어나
는 일 역시 사적 의미 이상의 것을 내포한다고 해야 한다. '대물림' 제
도를 통해 분명하게 확인할 수 있는 것이 가족 제도의 위계적 성격이

---

42.   Lee Edelman, *op. cit.*, p. 11.

43.   자본가와 노동자의 관계가 남성(아버지, 남편)과 여성(어머니, 아내)의 관계로 유비될 수
       있으며, 이런 의미에서 여성 억압을 자본주의 내에서의 억압과 그 바깥에서의 억압 차원에서
       동시적으로 설명할 수 있는 이론틀을 마련한 마르크스주의 페미니스트 크리스틴 델피는 대를
       이어 가족 내에서 이루어지는 승계 행위를 가리키는 '대물림'이 물려주는 대상과 상관없이
       승계 행위라는 차원에서 하나의 제도이며 광의의 가족 제도의 일부임을 지적한 바 있다.
       크리스틴 델피, 『가부장제의 정치경제학: 제도화된 수령들』, 김다봄·이민경 옮김, 봄알람,
       2023.

라면, 이 특성은 가족 내 위계, 즉 성의 배치를 통한 위계 이상의 의미를 갖는다. 이러한 관점에서 보았을 때 가족 내 '역할'로 보이는 성의 범주는 실상 사회적 계급과 결합된 복합 범주라고 해야 한다. 가족 내 성의 위계는 사회적 계급 내 성의 위계이자 계급 내 지위의 가족 형태화라고 해야 하는 것이다.[44]

이데올로기적 차원의 여성 억압이 자본의 논리에 의한 여성 착취와 결합되어 있으며 무엇보다 그 억압의 구조가 재생산 노동을 매개로 한 가족 제도를 통해 세대로 승계되는 것임을 드러내준다는 점에서, 이 '대물림'의 효력은 생애 정상성에 강박되어 있는 재생산 미래주의의 가족 내 구현 방식을 보여준다. 자본주의 경제 체제에서 성차별이 살아남는 이유를 설명하기 위해서는 재생산 영역이 가치 창조와 착취의 원천임을 인식해야 하고 그런 의미에서 문화적 기획에 좀더 주목해야 한다.[45] 말하자면, 가부장제 질서가 세대에 걸쳐 전수되는 방식을 설명하는 '대물림' 개념을 통해 여성 억압적인 가부장제 질서가 어떻게 사회 구조 안에서 지속적으로 전달되고 계승되는지를 확인해야 하는 것이다.[46] 가족을 재생산의 최소 단위로 여기며 국가의 미래를 설계하고자 하는 이러한 방식은 성별 – 계급적 '지위'를 가족 내에 성별 '역할'로 배분함으로써, 가족 단위로 부양자 – 피부양자 의무나 시민권을 부여한다.[47] 시민권의 근거가 가족의 외연에 놓여 있기 때문에 가족 바깥의 존재, 즉 '미혼모'의 시민권은 쉽게 확보

---

44.   같은 책, p. 87.

45.   실비아 페데리치, 같은 책, pp. 20~21.

46.   동시에 이성애 중심의 가부장제 이데올로기를 지탱하는 중요한 이념적 축 가운데 하나라고
       할 수 있는 이 재생산 미래주의라는 관념 속에서 아이를 통해 가족의 미래가 상상될 수 있다는
       믿음 또한 힘을 얻게 된다. Lee Edelman, *op. cit.*, pp. 6~11.

47.   박주연 기자, 「많은 사람들이 이제 '정상가족이 허구'라는 걸 알죠──가족구성권연구소
       김순남 대표 인터뷰」, 〈페미니스트 저널 일다〉 2019년 3월 8일 자.

되기 어렵게 된다.

따라서 '대물림' 제도에서 '아이'는 단순한 생물학적 개체가 아니라 이성애 중심의 질서를 유지하고 정당화하는 상징이 된다.[48] 이때 재생산 미래주의를 선취할 아동의 가치가 그 성별에 따라 달라진다는 점을 간과해서는 안 된다. 미래를 선규정할 수 있는 상상적 존재로서의 '아이'가 정상 가족 이데올로기를 지탱하게 된다고 할 때, 아이는 결코 무성적인 존재가 아니다. '미혼모'가 등장하거나 '임신중지'를 다루는 박완서의 소설을 통해 확인할 수 있듯이, 아이의 성별은 그 아이의 가치를 차별화하는 결정적 요인이자 가족 내 '대물림'의 여부를 판정하는 핵심적 요소이다. 이는 사회에서 아이의 성별이 가치화되어 있는 동시에 위계화되어 있음을 시사한다. 따라서 아이가 미래라는 신념, 특히 남아가 미래를 선취할 수 있다는 믿음은 가부장제 이데올로기에 입각한 것일 뿐만 아니라 '미혼모'의 존재와 나아가 여성의 몸에 대한 가치와 의미를 결정한다고 하겠다.

---

48. 관련하여 『새의 선물』의 임신 – 출산하는 여성들 가운데에서 장군이 엄마에 대한 서술의 분위기가 여타의 여성들에 대한 것과 다르다는 점을 통해 대물림 제도의 일면을 엿볼 수 있다. 임신 – 출산하는 몸이라는 제한성이 불러오는 여성 생애의 비극성이 『새의 선물』 전반에서 강조되는 분위기와 달리, 장군이 엄마는 미묘하게 희화화되어 있으며 무엇보다 약자로서의 태도를 찾아볼 수 없는 인물로 그려진다. 그녀는 장군이가 '아들' – 남성이라는 사실에 대해 자부심을 가진 존재로 그려지며, 실상 그녀의 삶을 지탱하는 힘 가운데 하나가 바로 아들 – 장군이라고 할 수 있다. 동시에 그녀는 진희를 두고 "아무리 똑똑하다 어쩌다 해도 결국 계집애들은 거개 계집애더라고요"(p. 41)라는 식의 여성 혐오적 발언을 남발하는 존재이자 "남의 비밀에 대해 비열함 쪽으로 반응하는 사람"(p. 53)으로 그려지는데, 이러한 서술은 이 가족이 아들인 장군이를 통해 부재하는 남성의 지위를 유지할 수 있다는 사실과 무관하지 않다. 아버지의 권한은 장군이 엄마에게 이양되어 있으며, 따라서 이 가족은 환상적으로 봉합된 형태, 말하자면 가부장 지위 – 역할의 부족분이 (이양된 지위 역할이라는) 점선으로 채워지면서 정상 가족의 외연을 가상적으로 마련할 수 있는 것이다. 하지만 현실 차원에서 싱글맘 가족으로서 '미혼모'의 낙인의 일부를 완전히 떨쳐낼 수 없다. 장군이 엄마가 기괴한 성격의 소유자로 그려지고 있다면, 그것은 이 불완전하게 대물림된 권력의 성격 때문이라고 해야 한다.

「꿈꾸는 인큐베이터」에서 조카의 유치원 재롱잔치에 직장인인 여동생을 대신해 참석했던 화자는 딸만 둘이라는 한 학부모를 만났고, 아들 없이도 불행하지 않은 그에게 매혹되는 동시에 이질감과 불편감을 느끼게 된다.[49] 재롱잔치를 촬영한 비디오테이프를 전하기 위해 다시 만난 남자에게 '아들 없는' 삶을 둘러싼 공격적 질문을 퍼붓지만, 남녀 구분 없이 인간 존중의 태도를 보여주는 그 남자 앞에서 자기 내부의 은폐된 적의를 확인하게 된다. 화자가 직면하는 이 복합 감정은 결과적으로는 그 자신이 공모하고 있는 여성 혐오와 그것이 야기하는 내면의 상처를 응시하게 한다는 점에서 유의미하다. 무엇보다 그 감정들은 화자를 각성시키는 계기가 되지 않고 오히려 정반대로 상대 남자의 행복이 "거짓"이라는 궤변적 인식으로 이어지며, 나아가 화자로 하여금 그 "거짓"을 깨부숴야 한다는 정의감에 불타게 한다. 복합 감정이 결국 불러오는 것이 죄의식이라면, 공범 의식이기도 한 그 죄의식이 환기하는 것은 남아 선호 사상과 여아 살해를 추동하게 하는 동력인 '대물림' 제도이다. 이러한 환기는 그녀로 하여금 "대란 무엇인가"라는 질문에서 나아가 "후손이면 족하지 왜 반드시 성이어야 되나?"(p. 279), 즉 왜 '대물림'이 '성별'과 결합되는가라는 지점에 가닿게 한다.

화자는 아들을 얻은 후에 안하무인이 된다. 소설의 표현에 따르면, "그 일을 성공적으로 저지른 후 공손한 며느리, 착한 올케에서 쌀쌀하고 무도한 여자로 표변했다"(p. 289). 그것은 표면적으로는 대를 이을 아들을 낳음으로써 집안에 당당해졌음의 뒤틀린 표현으로 보이기도 한다. 작가에 의해 아들을 낳으면서 스스로가 "남자가 된 것

---

49.   박완서, 「꿈꾸는 인큐베이터」, 『엄마의 말뚝』, 세계사, 2012. 이하 이 작품의 인용은 본문의 괄호 안에 쪽수만 표기한다.

처럼 당당했"다고 말해지기도 한다. 그 자신에게 아들이 "후천적인 남성 성기"(p. 291)에 다름 아닌 것으로 여겨졌다는 것이다. 그러나 보다 근본에서 안하무인의 태도는 여아 살해 범죄의 공범이라는 그녀의 죄의식과 자기혐오의 수동 공격적 표현에 가깝다.[50] 남아 선호 사상은 의료 기술의 획기적 발전과 함께 여아 살해와 한 몸을 이루게 되는데, 전 세계적으로 특히 한국에서 여아 살해는 1980년대 중·후반 이후로 본격화되었다. 이러한 상황에 대한 포착이기도 한 소설에서 피해자이자 가해자로서 화자는 자신이 양수 검사 후 여아를 제거하는 동안 증인이자 공범으로 함께 그 자리를 지켰던 시어머니와 시누이는 말할 것도 없이, 무심결에 아들에 대한 열망을 흘리고 무언의 압력을 가한 남편을 향한 적의와 혐오를 이런 방식으로 노골화한 것이다. 그것은 아들이 존재하지 않을 때에도 그 자리를 거대한 상실이나 부재로 느끼게 하는, 남편으로 대변되는 '혈연 계보'의 억압적 하중에 대한 적의이며 동시에 대를 이어 계속되었던 여성들의 공모에 대한 자기혐오와 아들의 자리를 만들기 위해 살해되어야 했던 여아들에 대한 애도의 표현으로 이해되어야 한다.

　　페미니즘 이론서의 직접적 서사화로 읽히기도 하는 이 대목과 관련하여 흥미로운 지점은, 「꿈꾸는 인큐베이터」 속 인물들의 대화를 통해 역설적으로 확인할 수 있는 그들이 '아들에 집착하는' 심층적 이유이다.

50.　　「꿈꾸는 인큐베이터」는 최근 '낙태' 서사로서 논의되고 있다. 김미경, 「낙태 담론과 페미니즘 욕망의 문학적 형상화 —— 아이힝어의 『거울이야기』와 박완서의 『그 가을의 사흘 동안』을 중심으로」, 『헤세연구』 제23집, 한국헤세학회, 2010, pp. 185~202; 김미영, 「낙태 서사에 내재된 행복의 폭력성 —— 박완서의 「꿈꾸는 인큐베이터」를 중심으로」, 『한국언어문학』 제118집, 한국언어문학회, 2021, pp. 75~102; 양혜원, 「여성 경험의 서사와 페미니스트 대항—공적 공간: 박완서와 공지영의 낙태 서사를 중심으로」, 『한국학』 제44권 제2호, 한국학중앙연구원, 2021, pp. 313~48.

시어머니가 부쩍 아들 손자 타령을 하게 된 것은 시아버지가 돌아가
시고 나서 갑자기 재산가가 되고 나서부터였다. …… 그들(시동생 식
구)이라도 불러들이겠다는 말이 남편에게 얼마나 위협적이고 모욕
적이라는 걸 나는 옆에서 안 느낄 수가 없었다. 시어머니는 빌딩이 무
슨 왕권이나 되는 것처럼 대를 이을 든든한 아들 손자가 없는 집엔
지고 갈지언정 물려주지 않을 뜻을 거듭거듭 강조했다. 대를 잇는다
는 건 핏줄도 성도 아니고 결국은 상속권이었다. (pp. 296~97)

혼외 임신을 하고 출산을 한 경우에도 정상 가족에 대한 꿈을 버리
지 못하고 그러한 미망이 불러오는 비극적 상황에 대면하게 하는 소
설 「그대 아직도 꿈꾸고 있는가」가 그러하듯, 여성의 몸은 아이를 키
워내는 인큐베이터와 다르지 않은 게 아닌가라는 입장을 노골적으로
표현하고 있는 소설 「꿈꾸는 인큐베이터」를 통해서도 박완서가 강조
하는 것은 가부장제 질서에 젖어 있는 여성에 대한 각성의 일갈이며
가부장제 질서에 대한 남김 없는 비판이다. 하지만 결국 그가 근본에
서 가시화하는 것은 미소지니misogyny의 긴 역사와 여성들이 거기에
공모해온 면모에 더불어 그것이 은폐하고 있는 자본의 논리라고 해
야 한다. "대를 잇는다"는 것은 "핏줄도 성도 아니고 결국은 상속권"
이라는 새삼스러울 것도 없는 사실의 확인이라고도 할 수 있으며, 이
에 더해 여성의 섹슈얼리티, 여성의 몸에 가해지는 윤리적 억압이 가
부장제 이데올로기에 기반함과 동시에 경제적인 맥락을 가졌음을 좀
더 분명하게 환기하는 것이라고 하겠다.[51]

51.　「꿈꾸는 인큐베이터」에서 화자의 시누이가 전한 덕망 있는 한 교수에 관한 에피소드는 아들에
　　　대한 열망이 한편으로 여아 살해와 연결되어 있으며 다른 한편으로 혼외자 – 싱글맘의 문제와
　　　연결되어버린다는 사실을 말해준다. 애처가로 소문났던 덕망 있는 한 인사가 아내와 사별한
　　　후 두 명의 딸과 함께 부인을 추억하면서 살지 않을까 기대했으나(작가에 의하면 이것이야말로
　　　여성들의 망상에 가까운 꿈이라고 할 수 있는데) 그에게는 이미 10여 년 전부터 여자가 있었고

'미혼모'가 특정한 '존재'가 아니라 가변적 '영역'임을 정확하게 보여주면서 1990년대 전후로 '미혼모' 스스로 아이를 키우도록 지원해야 한다는 담론이 등장하던 시기의 풍경을 환기하는 소설 「그대 아직도 꿈꾸고 있는가」에서, 차문경과 그녀의 아들 문혁이 생물학적 아버지인 김혁주 가족에게 큰 가치를 갖게 되는 것은 김혁주 가족이 아들을 통한 '대물림'이 어려워진 상황에서다. 김혁주의 재혼 상대인 정애숙이 딸을 낳은 후 아이가 생기지 않자 임신을 위한 정밀 검사를 하면서 몸에서 악성종양을 발견해 자궁 절제술을 받게 되는데,[52] 그 이후로 어머니 황 여사와 함께 김혁주는 자신의 핏줄이 아니라고 부인했던 문혁을 자기 가족의 일원으로 만들기 위해 물심양면의 노력을 다한다. 정애숙과의 결혼을 앞두고 임신한 그녀를 찾아와 생물학적 아버지의 반대에도 굳이 아이를 낳겠다면 그건 김혁주의 "애가 아니라는 증거 아니겠느냐"라든가, 스스로 인정하지 않는다면 "뉘 앤지 알 게 뭐냐고 시침 뗄 수도 있는 문제"(p. 61)라는 식으로 고문과 협박을 일삼아 끝내는 그녀로 하여금 그들과는 아무런 상관이 없는 아이라고 선언하게 했던 폭력적 행위를 떠올리자면, 김혁주 가족의 '대물림'에 대한 집착은 후안무치의 그것에 가깝다고 해야 한다.

　　결국 아이를 두고 소송을 걸어온 김혁주는 차문경의 경제적

그녀와의 사이에서 난 아들이 이미 중학생임이 밝혀진다. 그러나 그 사실보다 놀라운 것은 숨겨놓은 아들로 인해 받은 충격 때문에 그 인사의 부인이 죽음에 이르게 되었다는 점이다. 이 에피소드는 임신의 문제가 여성의 문제로 치부되고 있다는 점과 함께 법적 정당성을 획득했는가와 무관하게 여성에게 임신과 출산이 생 전체를 뒤흔드는 의미를 갖는 사건이 되어버린다는 것을 비극적인 방식으로 보여주고 있다.

52.　질병으로부터 목숨을 구하는 행운을 얻었음에도 소설에서 자궁 절제술을 받은 애숙이 김혁주 가족의 '대물림'의 불가능성에 있어 전적인 책임이 있는 존재로 다루어진다는 점은 아이러니하다. 실제로 가족 내 일원 가운데 가부장제 질서의 억압에 가장 크게 시달린 이는 애숙이라고 해야 하는데, 소설에서 그녀는 도리어 아들을 가질 수 없다는 '열등감'과 한 가문의 대를 끊어놓았다는 '죄의식'에 사로잡혀 하루하루 수척해지는 존재로 그려진다. 가족 내 그녀의 역할이 재생산 노동으로 압축되어 있었음을 역설적으로 보여주는 대목이다.

사정을 들어 그녀가 양육에 적합하지 않다는 주장을 편다. 그러나 김혁주 자신이 아들을 부인했던 편지 덕분에 그녀는 김혁주의 호적에 이름을 올린 아들을 키울 수 있게 된다. 소설은 이러한 결말을 작지만 소중한 정의의 실현처럼 보이게 한다.[53]

> "돈푼이나 있어 보이는 사람의 주장을 덮어놓고 동조하는 게 고작 저 명인사가 할 짓인가요? 시정잡배와 뭐 다르죠?"
>
> "단단히 화가 났군요. 그렇지만 누가 옳고 그른 걸 판결한 건 아니잖아요. 아이의 장래와 행복을 아주 상식적인 시각으로 판단해서 보다 유리한 쪽으로 책임지게 하고 싶었을 뿐이에요." (p. 186)

그럼에도 문제는 그리 단순하지 않다. 조정 절차를 거치는 동안 차문경이 조정위원 중 한 사람과 나눈 위의 대화에서 확인할 수 있듯, 김혁주 가족은 말할 것도 없이 차문경과 재판부까지도 모두가 '아이의 행복'을 최우선으로 고려해야 한다고 본다는 점에서 사실상 재생산 미래주의를 모두가 함께 강화하고 있다고 해야 하기 때문이다. 흥미롭게도 소설 속 아이가 자신의 의사를 표현할 능력이 충분히 있음에도, 그 의사를 궁금해하거나 묻는 사람은 없었던 것으로 그려진다. 현실에 존재하는 아이를 지워야만 미래의 아이를 정상 가족의 일원으로 만들 수 있음을 단적으로 확인할 수 있거니와 이러한 미래 구축 방식에 대해 그 누구도 문제 삼지 않음을 확인할 수 있는데, 이것이야말로 '미혼모'의 상시적 존재 가능성을 역설적으로 말해주는 대목이라 할 것이다.

---

53. 소설 속 법적 투쟁에 관한 관심은 다음의 논의를 참조할 수 있다. 이한나, 「1980년대 가족법 개정 투쟁과 박완서의 소설──박완서, 『그대 아직도 꿈꾸고 있는가』를 중심으로」, 『인문과학연구논총』 제38권 제4호, 명지대학교 인문과학연구소, 2017, pp. 13~41.

7. ‘미혼모’, 입양, 여성 범죄

‘미혼모’론을 통해 임신 – 출산하는 여성 – 몸의 의미와 가치가 사회문화적 맥락 속에서 가변해왔으며 그 성질은 합법에서 불법, 정상성에서 비정상에 이르는 폭넓은 영역 사이를 유동하는 것임을 확인할 수 있었다. 이러한 가변성과 유동성은 왜 ‘미혼모’론이 입양 문제와 함께 논의되었는지를 납득시킨다. ‘미혼모’를 사회에서 보이지 않는 존재로 만드는 대표적인 방법 가운데 하나가 입양의 (사회적) 권유였던 것은, ‘미혼모’를 ‘미혼’으로 되돌리고자 하는 사회의 자기 조절 기제가 위계적 가치를 갖는 아이들 가운데 사회적으로 더 낮은 가치의 아이를 사회 바깥으로 처리하고자 하는 방식으로 작동해왔기 때문이다.

전쟁기가 아니더라도 혼혈아, 특히 유색 혼혈아의 경우에는 1980년대까지도 한국 사회가 가시화하기를 꺼렸기에 주요 입양 대상이 되었던 것이 사실이다. 국제 입양(인종 간 입양)을 다루는 조해진의 소설 『단순한 진심』에서 주요 인물인 두 명의 입양인은 정확하게 그 사례에 해당한다고 하겠다. 물론 『단순한 진심』은 소설 전체로 보자면, 입양인 당사자의 관점과 입양을 결정한 친생부모 그리고 위탁 부모의 관점을 함께 다루며 논의하기 어려운 입양 문제에 있어 균형감을 확보한다. 소설은 입양을 결정한 이들의 곤란한 사정과 입양된 이의 고통스러운 나날들을 휴머니즘적 차원에서 놓치지 않고 있으면서도, 직업이 확실했던 싱글 여성과 밀리터리 캠프 타운에서 일했던 여성이 “대안 가족”[54]을 이루었던 사실의 유의미성을 짚는다. 프랑스에 입양되었던 나나(문주)와 다큐멘터리 감독 서영의 관계에서

---

54.   조해진, 『단순한 진심』, 민음사, 2019, p. 178.

의 느슨한 연대를 가능한 미래로서 전망하게도 한다.

> 암흑에서 형성되어 암흑을 찢고 태어났으므로 내게는 부모가 없고, 내가 형성될 때의 태몽이랄지 세상으로 나올 때의 울음소리를 기억해 두어 이야기해 준 부모의 부모도 없으며, 기고 앉고 서고 말문이 트인 순간을 사진으로 찍어 준 친척이나 이웃의 어른도 없다. 부모의 신상 정보가 기록된 호적등본, 나의 출생 일시를 공식화한 출생 신고서, 내가 태어난 병원의 진료 차트 역시 나는 갖고 있지 않다. 대신 내 입양을 차질 없이 진행하기 위해 급조한 단독 호적과 대리인의 입양 동의서, 국제 예방접종 증명서와 여행 허가서, 양부모의 통역과 편의를 돕는 코디네이터 비용 청구서, 그리고 입양 알선 수수료—신체에 장애가 있는 경우엔 할인이 적용된다고 알려졌으니 비장애 아동이었던 내게 부여된 수수료는 정가(定價)였을 것이다.—를 처리한 영수증 같은 것은 한국의 입양 기관이나 입양을 관리하는 정부 산하기관에 남아 있을지도 모르겠다.[55]

그럼에도 소설의 도입부에서 정확하게 짚고 있듯, 입양은 그저 인권과 친밀성에 기반한 가족권의 차원에서만 논의될 수는 없는 문제이다. '코디네이터 비용'이나 '입양 알선 수수료' 등 적지 않은 비용 지출을 필요로 하는 일이었기에, 제도적으로 안착될수록 입양은 국가가 이데올로기 차원에서 용인하는 일종의 '사업'이 되어갔다. 신체에 장애가 있거나 혼혈인 경우에 "할인이 적용"된 것도 그런 차원에서 이해될 수 있다.

55.　　　같은 책, pp. 7~8.

"네, 보내주신 건 잘 받았어요. 좋은 곳에 감사히 쓰도록 하겠습니다. 지은이 걔가 그렇게 생각없는 애가 아닌데, 갑자기 속을 썩이는 바람에…… 그럼요. 아이는 건강합니다. 식단에서부터 생활습관까지, 싸이즈 정확히 빼서 관리하고 있으니까 아무 걱정 마세요. 체계적인 플랜이야말로 제 자랑거리라는 거 잘 아시잖아요." 〔……〕 "무슨 일이 있어도 딴소리 못하게 단속할 테니까, 아무 걱정 마세요. 그나저나 운이 참 좋으세요. 산모 보셨잖아요. 외모는 물론이려니와 아이큐에 이큐, 지큐, 거기다 엠큐까지, 그만한 애 구하기 정말 어려운 일이죠. 태아 조건까지 완벽한데다가 상태도 아주 좋아요. 이렇게 맞춘 듯이 딱 떨어지기도 쉽지 않은데, 저도 놀랐다니까요. 이건 거의 기적 같은 일이라고 보시면 될 거예요. 그럼요. 일은 틀림없이 마무리하겠습니다."[56]

'미혼모'의 비가시화 혹은 '미혼모'를 '미혼'으로 강제하는 시공간으로서의 시설 입소 역시 '아이'가 상품이 되는 거래의 논리와 무관하지 않다. 황시운의 소설 『컴백홈』이 포착하고 있듯이, 시설은 자신의 의지와 무관하게 임신한 십대들에게 구원과도 같은 공간이지만, 그곳이 그저 사회가 베푸는 시혜의 공간으로만 존재하는 것은 아니다. 소설 내에서 사건화해서 다루고 있지 않지만, 소설은 출산 이후의 생활에 대한 대책이 미비한 어린 임산부의 아이가 거래에 동원되는 일이 드물지 않음을 암시한다. 아마도 사적인 이익을 위해서만은 아닐 것인 그 '범죄'에 가까운 거래 행위가 사회 내 모두에게 만족할 만한 결과로 이어진다는 식으로 인식되고 있기도 하다. 돈이 오가는 자본의 논리가 작동하고 있음에도, 그러한 행위는 '미혼모'의 '미혼'화라는 사회 논리 속에서 정당화되거나 은폐되는 경우가 빈번한 것이다.

---

56.   황시운, 『컴백홈』, 창비, 2011, pp. 210~11.

　　임신 - 출산하는 여성의 몸이 여성에 의해 철저하게 통제될 수 없다는 점에 주목한다면, 이러한 경향은 적어도 '미혼모'가 '임신중지' 문제와 무관할 수 없으며, 따라서 정반대로 오히려 어쩌면 '미혼모'는 여성의 몸의 권리와 선택이라는 차원에서 '임신중지' 문제와 반드시 '연결적으로' 논의되어야 할 것이라는 사실을 확인시킨다. 따라서 앞서 확인해왔듯, 재생산 미래주의의 관점에서 살피자면 '미혼모'에 대한 논의를 그 재현으로만 한정할 수 없다. '미혼모'를 분절적이고 독립적인 존재나 영역으로서 다룰 수는 없으며, '미혼모'에 대한 논의도 시공간적 맥락을 포함한 임신 - 출산하는 여성의 여러 존재 방식과의 연관 속에서 이루어져야 하는 것이다.

　　나아가 이 연결적 맥락을 살필 수 있는 통합적 시야를 통해 '미혼모' 문제가 임신 - 출산하는 여성의 몸을 대상으로 한 젠더적·섹슈얼리티적 통제와 그것에 기반한 가부장제 이데올로기의 세대적 전수가 숨겨진 이면으로서 자본의 논리 속에서 탄탄히 구축되고 있음을 확인하게 한다는 점은 주목을 요한다. '미혼모'와 그가 출산한 '아이'를 도덕적인 위반의 문제로만 치부할 수 없는 것이다. 오히려 윤리적 비난을 통해 그들을 존재론적으로 고립시킬 때 은폐되는, 거대한 자본의 논리를 세심하게 확인할 필요가 있다. 앞서 언급한 바 있듯이, '미혼모'를 '미혼'으로 만들고자 하는 사회의 자기 조절 기제는 사회적 차원에서 그리고 사적 차원에서 동시적으로 작동한다. 사적인 차원에서 '임신중지'를 선택하게 한다면, 다른 한편으로 출산한 아이의 국내외 입양을 적극적으로 권유하거나[57] '미혼모'를 사회에서 격리해 시설에 가두거나 직업교육을 통해 사회로 복귀시키고자 한다. 이러한 과정이 자본의 요청과 긴밀한 연관 속에서 이루어진다는 사실보다 중요

57.　　한국 사회에서 정상 가족에 편입될 때와 해외로 입양될 때 아이의 성별은 그 가치를 달리하게

하게 다루어져야 할 점은 '임신중지'나 '입양' 등의 외피를 쓴 사회의 자기 조절 기제의 논리에 의해 여아 '선택적' '임신중지'나 '합법적' 아동 매매와 같은, 이른바 여성의 섹슈얼리티와 연관된 범죄가 범죄라는 인식도 없이 사회에 편재하게 된다는 사실이다.

8. 다른 질문을 시작하며

가족 형태의 다양성에 대한 인식이 뚜렷해진 2000년대 이후로 '미혼모'에 대한 사회적 낙인은 완화되었지만, 사실 엄밀하게 말하자면 낙인 자체가 완화되었다기보다는 낙인을 위한 역설적 범주화가 더 이상 필요하지 않아졌다고 할 수 있다. 출산율의 감소 추세 속에서 결혼의 여부와 무관하게 임신을 출산으로 연결하는 선택 자체가 줄어들고 있었기 때문이다. 여성에게 허용되는 생애 주기의 바깥을 살고자 한 여성의 소회를 짚고 있는 전하영의 소설 「숙희가 만든 실험영화」가 보여주고 있듯, '미혼모' 낙인을 둘러싼 흔적은 역설적으로 "아이가 있는 삶, 어머니로 살아가는 삶"이라는 "그 가상의 플롯"에서 온전히 자유롭기가 쉽지 않다는 사실을 통해서나 확인될 뿐이다. 아이가 있는 어머니로 살아가는 삶을 "인간이라면 마땅히 누려야 하는"[58] 삶의 전형인 것처럼 여기는 사회의 고정관념은, 그러한 형식의 생애 주기와는 전혀 다른 자리에서 자율적이고 독립적인 삶을 산 여성에게도 지독한 영향력을 행사하고 있는 것이다.

요컨대 '미혼모'에 대한 논의를 임신 – 출산하는 몸에 집중하여

된다는 사실을 덧붙여두어야 할 것이다.

58. 전하영, 「숙희가 만든 실험영화」, 『시차와 시대착오』, 문학동네, 2024, p. 140.

재고하고자 하는 것은, 젠더와 섹슈얼리티를 둘러싼 생물학적·구성주의적 관점을 가로지르는 '몸'에 대한 인식을 통해 평가절하되어온 재생산 노동에 대한 새로운 접근의 가능성을 열 수 있을 것이라 여기기 때문이다. 엘리자베스 그로스의 문지방으로서의 몸 개념으로 우회하면 몸을 사적인 것도 공적인 것도 아니며 자아도 타자도 아닌 것으로, 자연도 문화도 아니며 유전적으로 결정된 것도 환경에 의해 결정되는 것도 아닌 것으로 이해할 수 있는 틈새가 열린다.[59] 임신－출산하는 몸에 대한 인식 없이는 '미혼모'의 몸으로 매개되며 자본주의와 가부장제를 결합시키는 문화로서의 '대물림' 제도의 근간에 대한 통찰적 시야를 마련할 수 없는 것이다. 아이를 낳는 것이 정체성이 아니라 일(혹은 노동)의 차원에서 논의된다면, '어머니mother'도 명사에 머무르지 않으며 동사로 쓰일 가능성이 열린다고도 말할 수 있겠다.[60]

　　'미혼모 현상'을 두루 검토하면서 새삼 확인하게 되는 것은, 국가 주도가 아니더라도 재생산에 기반한 미래 상상에 대한 믿음이 한국 사회에서 여전히 강고하다는 사실이다. 이에 대해서는 따로 더 많은 세심한 논의가 부가되어야 하겠지만, 어쩌면 한국문학에서 폭발력 있는 여성 범죄 서사를 만나기 쉽지 않은 이유의 일면을 여기에서 발견할 수 있을지 모른다. 가부장제와 자본주의의 은밀하고도 노골적인 결합 속에서 임신하고 출산하는 몸(이라는 여성)을 규율하고 통제하는 억압의 힘은 남성이거나 국가이기만 한 것이 아니다. 그 힘이 우리 바깥에 적대적인 형식으로 존재하는 것만도 아니다. 일상이기도 한 우리의 시간관 자체가 그 힘의 동력이자 효력인지 모른다. 여전

59.　　이현재, 「신유물론의 렌즈로 읽은 그로스의 육체유물론 —— 사회구성주의와 생물학적 결정론을 넘어서는 '몸'을 향하여」, 김남이 외, 『신유물론×페미니즘』, 여성문화이론연구소, 2023, p. 61.

60.　　페기 오도널 헤핑턴, 『엄마 아닌 여자들』, 이나경 옮김, 북다, 2024, p. 23.

히 우리는 미래를 향해 나아간다는 식의 시간관 바깥을 상상하지 못
하는 듯하다. 그 미래와 방향성에 대한 전면적이고도 근본적인 사유
가 아직은 서사로 등장하지 않았다고도 할 수 있겠다.

말하는 입에서 듣는 귀까지
─'자기 서사' 문제틀의 재구성

김미정

1. 목소리에 형태를 부여하기

호메로스의 『오디세이아』 22권은 "흔들리지 않는 침착함이나 19세기 위대한 작가들의 무감동성에 버금가는 **비인간적인 묘사**"[1]로 악명 높은 장이다. 귀향한 오디세우스의 응징과 처벌 및 통렬한 승리를 선언하는 클라이맥스에 해당하지만, 『계몽의 변증법』의 저자들조차 "정의와 법의 이름으로 심판관인 오디세우스가 탈출해 나온 영역으로 떠밀린 피지배자들의 최후의 경련에 관한 의정서"[2]라고 평가했듯 죽은 여자들("피지배자들")과 관련해 더 말해져야 할, 합당치 않은 침묵이 가로놓인 살육극이기도 하다. 구혼자와 침략자들에게 부역했다는 혐의로 냉혹한 심판의 대상이 되는 시녀들이 오디세우스의 승리를 찬양하는 자리에 잠시 소환된 후 금세 잊히는 것은, 문학사적으로 퍽 석연치 않은 대목이었다.

그로부터 수십 세기 후인 2005년, 마거릿 애트우드는 『오디세이아』 22권을 『페넬로피아드The Penelopiad』로 다시 썼다. 『오디세이아』 속 그녀들이 비로소 목소리를 가지고 다시 등장한다. 소설 도입

---

1. 테오도르 W. 아도르노·M. 호르크하이머, 『계몽의 변증법』, 김유동 외 옮김, 문예출판사, 1995, p. 121. 강조는 인용자.

2. 같은 책, 같은 쪽.

에 삽입된 페넬로페의 독백은 어떤 핵심을 함축한다. "그런데 곤란한 것은 나에게 말할 수 있는 입이 없다는 점이다. 여러분의 세상, 즉 육신이 있고 혓바닥과 손가락이 있는 세상에 대고 내 생각을 전할 방법이 없다. 그리고 여러분이 살고 있는 그곳 강 건너편에는 내 말을 듣는 사람이 별로 없다. 간혹 이상한 속삭임이나 가느다란 음성을 듣는 사람이 있더라도 내 말을 알아듣지 못하고 바람결에 바스락거리는 마른 갈대나 해 질 녘 날아다니는 박쥐 소리, 또는 그저 나쁜 꿈이라고 여기며 지나쳐버리곤 한다."[3]

즉, 『오디세이아』 속 그녀들에게는 애초부터 말할 '입'이 허용되지 않았고 그것을 들을 '귀' 또한 부재했다. "입이 없"기에 "생각을 전할 방법이 없"고 그것을 "듣는 사람"조차 없는 세계에서의 발화란, 그저 정체불명의 소리 혹은 사물의 흔적으로만 여겨질 뿐이다. 페넬로페의 독백은 이 세계에서 누가 말을 독점해왔는지, 무엇이 의미 있는 '언어'로 간주되어왔는지 단번에 환기한다. 나아가 동서고금 지속되어온 여자들의 시간과 그 지층에 대해 생각하게 만든다. 그러하니 애트우드의 신화 다시 쓰기가 갖는 의의는, 서구문학 정전canon을 재구성했다는 것에 그치지 않는다. 이것은 곧 말할 권리를 독점/배제해온 서구 이성중심주의의 사유 체계와 그 젠더 규범을 폭로한다. 그리고 『오디세이아』에서 항변하거나 이야기할 기회가 봉쇄되었던 여자들(페넬로페와 열두 시녀)의 목소리에 비로소 형태를 부여하기 시작한다.

소설은 그 제목이 명시하듯 페넬로페의 이야기이며, 페넬로페의 독백으로 시작한다. 하지만 소설에는 결코 그녀만의 목소리로 환원할 수 없는 다성성(多聲性)이 있다. '시민적 개인'의 원형으로 간주되

---

3.   마거릿 애트우드, 『페넬로피아드』, 김진준 옮김, 문학동네, 2005, p. 23.

던 오디세우스를 구심점 삼아 펼쳐졌던 원작과 달리, 이 소설은 독백과 합창이 뒤섞인 "우리"의 이야기를 전하고 있다. 페넬로페의 독백과 더불어 소설을 전개하는 주요 서사 동력 및 주체는 코러스 라인, 즉 열두 시녀의 목소리다. 강조컨대 그녀들의 이야기는 페넬로페를 복원하는 것에 목적이 있지 않다. 그 발화의 내용은 '시민적 개인'의 원형으로 간주되었던, 동시에 한 명의 영웅으로서 진리를 독점했던 오디세우스의 추악한 이면이자 은폐되었던 그녀들 각자의 사연이다. 이것은 오디세우스 한 명의 신화를 폭로하는 것에 그치지 않고, 그 영웅이라는 말을 수사해온 '시민적 개인'의 의미까지 질문에 부치는 듯하다. 열두 시녀는 '시민'의 범주를 질문하면서 그것을 '개인'으로 환원될 수 없는 목소리를 통해 발화한다. 즉, 『페넬로피아드』는 단지 여성의 목소리를 복원하는 것을 넘어, 여성의 목소리가 궁극적으로 어떤 형태style를 통해 스스로의 존재를 재구성하는지 암시한다.

　　　자기를 말할 권리를 애초에 할당받지 못한 채 침묵을 강요당한 이들(그녀들)은, '말한다'는 행위의 구조 속에서 자기에 대한 새로운 감각을 생성하고 있다. 이것은 단순히 발화의 권리를 되찾는 것에 국한되지 않는다. 『페넬로피아드』에서 시녀들이 부르는 합창곡은 단순한 슬픔이나 비탄의 노래가 아니다. 그녀들의 집합적assemblage 발화의 형식은, 권위 있는 서사를 전복하는 일종의 반(反)서사적 장치로 기능한다. 이것은 역사 속 여성이 존재해온 하나의 원리를 암시하는 듯도 싶다. 물론 이 코러스는 반드시 협화음을 의미하지 않는다. 여기에는 협화음과 불협화음 모두가 있다. 그녀들은 서로 다른 욕망과 불안을 교차시킨다. 『페넬로피아드』 속 코러스는 여성의 목소리가 단일한 진리나 주체로 환원될 수 없음을 상징하는 것이다. 그럼에도 이 차이들의 근간에는 공통의 언어를 잠정적으로 형성하고 있다는 믿음이 있다.

요컨대 소설 속 코러스는, 자기가 누구인지 기술하는 일인 동시에 함께 살아가기 위한 기반을 만드는 행위에 가깝다. 또한 자신들의 존재를 그저 피해나 상흔의 자리에 내버려두지 않고, 여러 가능성을 품고 작동시키겠다는 의지를 표명한다. 즉, 애트우드의 소설은 '말을 갖지 못한 자들에게 말할 입을 부여한다'는 목적을 넘어, '말한다'는 행위의 구조로부터 자기에 대한 새로운 감각과 목소리가 생성되는 과정까지 포착한다. 결국 '말한다' '이야기한다'는 것은 단순한 재현(대표)에 국한되지 않으며 궁극적으로 자기 존재를 재구성하는 행위이자 자기를 생성하는 행위이다. 따라서 이 집합적 발화는 과거의 복원이 아니라 아직 오지 않은 미래와 자기를 열어젖히는 행위에 가깝다. 그리고 이렇듯 여성의 목소리가 단지 재현되는 것이 아니라 '말하는 행위' 속에서 생성되는 것이라면, 그것은 늘 듣는 귀를 전제로 한다. 그런 의미에서 애트우드의 소설 속 '말하기'의 운동성은 언어-신체의 관계 및 당사자의 문제를 근본적으로 다시 사유하도록 한다.

2. 한국 근현대문학의 젠더 형식 속 다시 쓰기와 이어 쓰기
—자기 서사의 전사(前史)

『오디세이아』와 『페넬로피아드』의 관계로부터 떠올린 글쓰기와 젠더의 문제는, 새삼 강조할 것도 없이, 근현대 한국문학사 백여 년의 구조와 동형적이다. 21세기를 사반세기 지나는 현재 시점에서 이러한 문학사나 글쓰기의 젠더 역학 문제에 대해서는 많은 이가 인지하고 있다. 하지만 어떤 장field의 구조를 균열 내거나 변형하는 일은, 오랜 시간 무수한 무명의 '다른' 목소리가 이어지고 축적되었기에 가능한 일이었다. 그 구조의 전형성과 '다른' 목소리 사이에 오랫동안 존재했던 한국문학적 길항에 대해서, 한 편의 소설과 이를 다시 쓰는 과정을 스케치하며 잠시 생각해본다.

한국 근대문학의 상징적 이름 중 하나인 김동인은, 1939년 3월 『문장』에 중편 「김연실전」을 발표한다. 이것은 당대 '작품 없는 벙어리 작가' 취급을 받아온 여성 작가 중 한 명인 김명순과 그녀의 삶을 모델로 삼은 소설이다.[4] 이 소설은 당시 신여성 김연실의 도쿄 유학, 자유연애, 여성해방 의식 등을 따라가며 그 일대기를 기록하는 '전(傳)'의 형식을 취한다. 하지만 작품 안에서 그녀를 허영심 많고 맹목적이며 성적으로 문란한 존재로 조롱·품평함으로써 그녀의 욕망이나 발화를 신뢰할 수 없는 것으로 만든다. 작품은 김명순의 실제 행적을 추적하며 사실성을 부여하는 듯하지만, 그것은 기존 소문과 스캔들을 사실과 구분되지 않게 악의적으로 뒤섞는 허구일 따름이고, 소설은 일관되게 남성 서술자의 시선으로 전개되며 존재와 사건을 봉합한다.

요컨대 「김연실전」에서 생각해야 할 핵심은 '연실의 이야기'가 아니라 '연실을 다루는 서술자의 시선'이다. 서술자는 연실을 '선각자' '선구자'라 호명하지만 이 호명은 그녀의 미숙함과 맹목적 모방을 강조하는 문맥에서 반어적으로만 기능한다. 도쿄 유학 시절 그녀를 둘러싼 소문은[5] 공적인 망신과 조롱을 위한 서사적 오락으로만 배치된다. 그녀는 다시 한번 심판 – 처형대에 올라가고, 독자는 적극적인 구

---

4.   김동인은 같은 해 5월 「선구녀」, 1941년 2월 「진주름」이라는 속편을 발표하기도 했다.

5.   김동인 소설뿐 아니라 여러 문헌에서 소문으로 회자되어온 성폭행 사건을 지칭한다. 본 글에서는 김명순이 실제 성폭행 피해자인지 아닌지의 문제는 유보한다. 관련하자면 한국문학 연구자 신혜수는 김명순 관련 1차 문헌부터 재검토하며, 당시 남성 작가들의 문헌들 속 소문을 실제 연구나 평론에서도 기정사실화하며 그녀의 소문을 확대·재생산한 측면이 있음을 고증하기도 했다. (신혜수, 「김명순 문학 연구──작가 의식의 변모 양상을 중심으로」, 이화여자대학교 석사학위논문, 2009).

경꾼의 자리를 배정받는다. 서술자는 김명순을 포함한 1세대 여성 작가들의 행보를 악의적으로 왜곡하며 조롱하고, 여성 당사자의 언어를 횡령하여 유치한 도식으로 축소·왜곡해버린다. 김명순의 육성을 잠깐 등장시킬 때조차 서술자는 곧바로 그 육성을 회수하여 남성 시선male gaze하에 재배치한다. 주인공 연실 뒤에 숨은 서술자의 복화술 속에서 김명순은 철저히 타자이자 가십으로만 소비될 뿐이다.

소설에서 단적으로 알 수 있듯, 김명순뿐 아니라 당시 1세대 여성 작가들은 문학을 통해 평가받지 못하고 당대 남성 작가들의 모델소설이나 품평 속에서, 즉 일종의 "소문이라는 장치를 통해" 픽션으로 서사화되며 "속물로 정형화"[6]되어왔다. 누군가의 삶과 문학이 한낱 대상으로 소비되거나 그의 발화가 들리지 않고 존재하지 않는 것으로 여겨져온 일은, 그저 몇몇 남성 작가들의 악의와 유희로 그치는 일이 아니라 말할 것도 없이 세계의 구조를 방증하는 일이었다. 이를테면 근대의 본격적 전개를 알리는 역사적 사건으로 흔히 언급되는 프랑스혁명의 세 가지 정신이 사실상 모든 인간에게 적용되는 것이 아니었음은, 후세의 역사 전개 과정이 내내 확인시켜왔다. 그중 하나인 '우애(박애)' 역시 애초 모든 인류를 향한 정신이 아니라 혁명의 동지를 향한 사랑을 의미하는 '형제애brotherhood'의 다른 말이었음도 잠시 떠올려둔다. 그리고 근대 이래의 이러한 남성 동맹적 성격을 지지해온 축으로서 여성 혐오misogyny와 동성애 혐오homophobia가 함께 결탁해온 사실에 대해서도 지금 정확히 환기되어야 한다.[7]

페미니스트 영문학자 이브 세지윅이 말한 남성 동맹homosocial은 단순히 모든 동등한 남성 간의 관계를 의미하는 것이 아니었다. 이

---

6.   심진경, 「여성 작가 생존기」, 『더러운 페미니즘』, 민음사, 2023, p. 275.

7.   Eve Kosofsky Sedgwick, *Between Men—English Literature and Male Homosocial Desire*, Columbia University Press, 1985, pp. 1~5, chapter 9.

것은 스스로가 남성됨을 증명하고 서로 그것을 승인하는 관계 속에서 구축된 사회를 의미한다. 이때 전제로 놓이는 장치가 바로 이성애 질서다. 이성애 질서는, 남성 스스로가 여성이 아님을 증명하기 위해 전제가 되는 장치의 일종이다.[8] 이성애 장치하에서 남성에게는 성적 주체, 여성에게는 성적 대상의 자리가 할당되는데, 이것이 근대적 인식론 전반의 주체/대상 구도 속 역학과 위계에 상응한다는 점도 강조해둔다.[9] 즉 이성애 구조에서 여성은, 사유와 행위의 자리를 배당받은 남성의 시선에 의해 의미화되는 존재다. 이른바 '남성다움'이란 애초에 선험적으로 결정되어 있는 것이 아니라 바로 이러한 관계 속에서 증명되어야 하는 것이었다. 남성다움·남성성은 처음부터 의미 내용이 존재했다기보다, 일종의 구성적 외부constitutive outside로서 '남성이 아니라고 간주되는 타자'들을 발견/발명하면서만 규정되는 부정(否定)신학적 범주였을 따름이다.

　　　이때 여성은, 김동인 소설에서 확인한 멸시·차별·혐오뿐 아니라 숭배·찬사의 대상이 되기도 한다. 법의 정당성을 확증하기 위해 여성은 폄하되거나, 어떨 때는 과도하게 이상화되는 메커니즘[10] 속에서 간명하게 선/악으로 구획되곤 한다. 이른바 성녀와 창녀(악녀)의 프레임도 이러한 구조에서 파생된 동전의 앞뒷면이다. 또한 여성은 도달할 수 없는 미지의 불가해한, 그렇기에 주체의 시선에 의해 제멋대로 해석되는 자리를 할당받기도 한다. 남성 집단 속 게이 혐오, 동성애 혐오도 바로 이런 구조 속에서 남성이 아닌 존재, 곧 여성으로 간주되는 이들에 대한 반응의 하나다. 한 명의 살아 있는 인간으로 간주되지 않고 단지 페티시즘적이고 수수께끼 같은 기호로 취급될 때

8.　　　*Ibid.*

9.　　　김미정, 「봉인해제된 소녀, 노벨로부터의 이륙」, 〈문장웹진〉 2024년 9월호.

10.　　주디스 버틀러, 『젠더 트러블──페미니즘과 정체성의 전복』, 조현준 옮김, 문학동네, 2024.

여성은, 남성 내면이 성립하는 사적 공간이 된다. 문학평론가 심진경은 김동인의 「김연실전」에서 김연실이 "해소되지 못한 남성 욕망이 부당하게 담기는 텅 빈 그릇이나 스크린에 불과한 존재로만 다뤄"[11] 졌다고 말한다. 이것이 특정 작가의 문제가 아니었음은 한국 근현대 문학사 다시 읽기의 과정에서도 폭넓게 확인되어온 바다.

「김연실전」은 1939년에 발표되었지만, 근대 초기부터 한국문학장에서 여성 작가들이 어떻게 위치되고 있었는지를 전형적으로 보여주는—그리고 그 이후에도 공고했던 문학장의 구조 및 원리를 함축하는—압축도(壓縮圖)에 불과하다. 더구나 이 소설이 글 쓰는 김명순의 활동 20여 년을 통째로 묵음 처리mute 하고 있음을 기억해두자. 이때 누군가의 엄연한 말과 자기 진술이 소음·묵음으로 편성되는 이 구조는 애초에 들을(들으려는) 귀가 존재하지 않는 세계를 반증한다. 또한 이는 자기를 발화하는 행위에 내재된 바로 그 한계점, 요컨대 대표성representation 원리의 딜레마를 의미한다. 하지만 실제 김명순이라는 한 존재가 그저 무력하게 스러진 피해자, 타자의 자리에 고정되어 있지 않았음을 정당하게 밝혀내려는 일이 이후 한국문학사에서 내내 시도되었다.[12] 일일이 거론할 수 없는 많은 여성 연구/비평가의 논의가 축적되어왔다. 창작자들 역시 김명순 다시 쓰기를 이어갔다.

2002년 『현대문학』에 발표된 정이현의 단편 「이십세기 모단걸—신 김연실전」은 제목에서부터 김동인 소설의 패러디임을 드러낸다. 이 작품의 서술자는 제3자적 말투를 가장하면서도 주인공에게 밀착하고자 한다. 감정의 개입이나 설명을 최소화한 내러티브의 동

---

11.   심진경, 「여성문학의 탄생, 그 원초적 장면」, 권보드래 외, 『문학을 부수는 문학들』, 민음사, 2018, p. 57.

12.   특히 한국문학 연구자 장영은이 근현대 여성 작가, 지식인 들이 이미 당대에 어떻게 자기 서사를 정당하게 기입해갔는지 적극 발견하고 배치해온 작업은, 그녀들의 삶과 문학을 기존 장의 역학으로 환원시키지 않는 중요한 의미를 띤다.

력은 외부의 평가가 아니라 인물 당사자의 판단 과정이다. 서술자는 '왜 그렇게 말하고, 왜 그렇게 움직였는지'의 논리를 심드렁하게 제시한다. 단, 이러한 심드렁함은 냉담함이 아니라 이야기의 힘을 인물 스스로의 말과 행위에 집중시키려는 미학적 선택에 가깝다. 작가 정이현의 초기 소설 문체가 반영되었으면서도 김동인 소설 속 김연실을 다시 쓰는 목적에 충분히 부합한 소설이다. 결정적으로 이 소설은 김명순의 도쿄 유학 시절 사건의 진위를 미리 결정해놓고 서사화하지 않는다. 앞서 5번 각주에서 언급한 한국문학 연구자 신혜수의 문제의식과도 유사하게, 기정사실화된 듯한 김명순의 피해자성을 재생산하지 않고 남겨진 사료(史料)의 가능성을 픽션화한다. 김명순 스스로가 기술할 수밖에 없을 자기 서사의 여러 가능성을 열어두는 결말을 취한다.

　　한편, 페미니즘 리부트와 함께 재조명된 김명순의 삶과 문학은 2016년 작가 김별아에 의해 한 번 더 소설이라는 형식으로 다시 쓰이게 된다. 김별아의 장편 『탄실』(해냄)은 삼인칭 작가 시점을 채택하지만, 모든 것을 알고 있다고 가정되는 서술자는 철저히 배제되어 있다. 오히려 이 소설은 삶의 장면, 글의 흔적, 주변의 말 들을 서로 이웃하여 몽타주처럼 배치하는 아카이빙 형식을 택한다. 새로운 사실을 덧붙이거나 만드는 이의 자유에 픽션을 의탁하는 것이 아니라, 이미 존재해온 자료와 기존 연구, 해석을 연결하며 그 방향을 환기하는 방식을 취한다.

　　이때 인용의 흔적을 숨기지 않는 서술자의 태도, 즉 소설의 전략에 주목하고 싶다. 소설은, 픽션인지 논픽션인지 모호하게 느껴지게끔 날것의 일차 자료들을 그대로 드러내고 솔기를 애써 감추려 하지 않는다. 웰메이드 픽션에 대한 작가의 통상적 욕망이 후퇴된 정황이 분명하게 전달된다. 대신 누가 무엇을 말했고 그 말이 어디에 놓였는지를 독자가 감지하도록 유도한다. 이는 흔히 상상하기 쉬운 중립적·객관적 재현이 아니며, 픽션의 대상으로서 김명순이라는 존재 자체를 정당하게 가시화하려는 의향을 분명히 전달한다. 김동인 소설 속 복화술의 폭력을 선명히 대비시키는 것이다. 여기에는 픽션의 모험 대신 서사(작가)의 윤리가 가로지른다. 결과적으로 『탄실』은 기존 자료의 배치를 통해 대상의 내용을 복원/복권한다기보다 그 대상이 우리에게 지금 '어떻게' 다시 들리게 되었는지 묻는다.

상이한 시대의 상이한 작품이지만, 정이현과 김별아 소설 모두 침묵당한 한 인물을 기존 평가 체계로부터 분리하여 당사자 스스로 자기 궤도를 만드는 존재로 읽히게 했다. 이야기는 특정 사건에 대한 판정으로 귀결되기보다, 여러 가능성을 상정할 수 있도록 이끈다. 김동인 소설 속에서 세계를 장악하고 독점하는 비대한 자아의 시선은 두 소설에 비하면 우스꽝스러운 것이 되어버렸다. 또한 대상(김명순)에 결코 도달할 수 없는 (주체) 인식의 한계와 그로 인한 픽션적 윤리는 두 작품 모두에서 공유되는 듯하다. 한 인물을 둘러싼 후세의 다시 쓰기는 창작물이 오롯이 그 창작자 개인의 것으로 귀속될 수 없음을 암시한다. 그리고 이 다시 쓰기는 그 인물의 실존에 맞닿아 있는 이어 쓰기에 다름 아니다. 정이현, 김별아의 소설들 그리고 그들의 다시 쓰기를 가능케 했을 무수한 연구·비평의 고증 및 재해석의 노고는 한 개인 저자성으로 환원될 수 없는, 앞서 언급한 『페넬로피아드』 속 집합적 배치의 말하기를 연상시킨다. 그리고 이러한 다시 쓰기, 이어 쓰기가 2010년대 페미니즘 리부트의 시간을 거치며 이른바 '자기 서사'로 이어지는 초입에 놓이게 되는 것을 다음에서 좀더 살펴보도록 한다.

3. '자기'를 말하는 시대

2010년대 중반 페미니즘 리부트는 한편으로 자기를 말하는 시대의 도래와 맞물리는 것이기도 했다.[13] 이것은 자기표현 미디어의 시대와 그 조건을 살필 필요를 분명 중요하게 제기한다. 하지만 지금 주목하려는 것은, 이 세계의 발화 권력 및 시선의 역학이 비로소 널리 폭로되고 확산되는 사정, 즉 이 세계 구조의 심층에서 시작된 변화다. 통칭 '자기 서사'에서의 '자기'란 앞서 내내 살핀 여성 혐오의 구조를 흔들고 균열 낼 뿐 아니라 이른바 대표 불가능성, 즉 서발턴은 말할 수 없다는 식의 테제를 질문하며 스스로 자기를 말하고자 하는 의지를 수행하는 장소였다. 2010년대 부상한 자기 서사 현상 및 담론은 단순한 복원/복권의 서사가 아니라, 발화의 의미와 그 형식을 다시 설계하는 장소이기도 했다.

　　오늘날 일인칭 글쓰기, 당사자 서사, 자문화기술지autoethnography, 자기이론autotheory, 자기 서사self-narration 등 '자기'를 중심에 놓는 일련의 글쓰기 양식이 두드러지고 있다. 이는 "당사자가 특정 시점이나 사건을 중심으로 과거부터 현재에 이르기까지 자신의 삶을 회고하는 자기서사가 문화적 우세종이 되고 있다"[14]는 진단이 상기시키듯, 2010년대 이래 출판계 및 담론계의 주요 현상으로서 다양한 분과적 글쓰기(픽션, 논픽션 및 연구 비평장의 글쓰기 등)의 체질까지 변화시키고 있다.[15] 이른바 '자기 서사'는 '자기'가 말하기/글쓰기의 원천

13.　　'3. '자기'를 말하는 시대'부터는 김미정, 「나를 쓰는 일은 어떻게 너를 쓰는 일이 되는가」
　　　　(『창작과비평』 2025년 봄호)의 일부를 수정 보완한 내용이다.

14.　　김은하, 「젊고 아픈/미친 여자들과 자기 이론으로서의 글쓰기——여성 거식증에 관한 일인칭
　　　　서사를 중심으로」, 『여성문학연구』 제61집, 한국여성문학학회, 2024, p. 107.

15.　　예컨대 2010년대 중·후반 한국 출판계의 에세이 붐은 물론이거니와, 학술 검색
　　　　사이트riss.kr에서 '자기 서사'라는 항목으로 검색을 하면 이 말이 연구 키워드로 부상하는

이자 동기인 서사를 지칭하지만, "비규범적인 여성 정체성을 형성하는 문화적 실험"이며 "여성주의적 급진성"[16]을 갖는다는 진술이 지적하듯, 사실상 이 세계 속 구조적 마이너리티의 존재를 스스로 증명하고 가시화하면서 주목받아왔다. 최근 자기 서사 출판물(특히 우울증 관련)의 주요 저자가 이삼십대 여성이라는 사실도[17] 지금 자기 서사의 구조와 그 의미를 잘 확인시킨다. 자기에 대한 글쓰기 현상은 글쓰기와 젠더 구조뿐 아니라, 이른바 정상성normality으로 포괄되지 않아온 존재들을 가시화하는 것이기도 하다. 결국 여성 혐오의 구조는, 강조컨대 모든 존재를 위계화하고 구획하는 근대적 인식론의 구조와 상동적이기 때문이다.

예컨대 트랜스젠더 퀴어 활동가 루인은 소수자, 특히 트랜스젠더 퀴어의 죽음이 몇몇 이미지나 특정 서사 구조로만 소비되는 상황을 고찰했다. 그리고 현재 사회에 널리 퍼진 규범적 트랜스 서사를 중지시키고 당사자들이 자기 서사를 구성해야 한다고 강력히 주장했다.[18] 비슷한 시기에 스페인 출신 예술비평가, 큐레이터이자 트랜스젠더 활동가인 폴 B. 프레시아도의 초창기 저작이 무려 20여 년 만에 한국어로 번역되고 주목받은 사정도 이러한 분위기와 무관치 않을

2000년대에 비해 2010년대 이후 두 배 이상의 양적 증가를 보임을 확인할 수도 있다. 또한 페미니즘 리부트 이후 한국어로 번역되어 여성, 마이너리티의 자기 서사로서 널리 읽힌 캐시 박 홍의 『마이너 필링스』(노시내 옮김, 마티, 2021)와 그레이스 M. 조의 『전쟁 같은 맛』(주해연 옮김, 글항아리, 2023) 등의 사례도 이러한 맥락과 연동되어 있다.

16. 김은하, 같은 글, 같은 쪽.

17. 이정연, 「우울의 시대—우울의 의료화와 '우울증'의 자전적 서사 담론의 의미」, 『현상과 인식』 제46권 제1호, 한국인문사회과학회, 2022. 이 논문은 '우울증' 관련 서사를 주요 대상으로 다루고 있지만, 오늘날 다수의 자기 서사 논의가 여성, 소수자의 사회적 지위, 역할, 정체성 등의 재현에 주목하고 있듯 자기 서사 쓰기의 주체와 성격이 달라진 양상과의 상관관계를 충분히 엿볼 수 있다.

18. 루인, 「죽음을 가로지르기—트랜스젠더퀴어, 범주, 그리고 자기 서사」, 전혜은 외, 『퀴어 페미니스트, 교차성을 사유하다』, 여성문화이론연구소, 2018.

것이다.[19] 즉, 페미니즘 리부트 즈음 부상하기 시작한 자기 서사는 유구한 여성 혐오의 구조가 인간/비인간, 남성/여성, 시스젠더/트랜스젠더, 이성애/비이성애 식의 구조에서처럼 구성적 외부에 의해 지지되어온 표상 질서를 고발했고, 나아가 특정 표상으로 환원될 수 없는 구체적 삶들이 이 세계에 이미 존재해왔음을 증거했다.

한편 논픽션 계열뿐 아니라, 전통적인 픽션에서도 '자기의 감각'을 중심에 놓는 글쓰기는 두드러진다. 최근 한국의 젊은 여성 작가들의 픽션은, 예컨대 SF와 같이 큰 규모의 세계를 전제하는 이야기라 하더라도 지극히 작은 실감에서 시작하여 자기로부터 이야기의 화소와 동력을 끌어내며, 나–세계 사이의 얽힘에 대한 감수성을 두드러지게 보여준다. 2000년대 중반 이래로 마치 사라진 장르처럼 여겨진 이른바 '소설가 소설' '예술가 소설'도 최근 젊은 여성 작가의 작품에서 다시 자주 등장하고 있다. 2020년대 젊은 여성 작가의 '소설가 소설' 세 편을 분석하는 한국문학 연구자 천서윤은, 오늘날의 픽션 속 자기 서사가 "여성으로서 살아가는 삶을 발화하는 방식이자 발화하는 삶을 살아가는 자기 배려의 방식"[20]이라고 의미를 부여한다. 이때의 자기 서사는 "자아의 유폐나 유아론적 퇴행"의 혐의와 선명히 구별된다. 이는 푸코가 말했듯 "자기에 의한 자기의 통치"이자 "권력관계에 예속되지 않고 자신의 특이성을 행사할 수 있는 자유로운 주체"의 발명이기에 "포스트–포스트페미니즘적 주체의 주체'화(化)' 전

---

19.   현재 프레시아도의 책은 『대항성 선언』(이승준·정유진 옮김, 포이에시스, 2022), 『천왕성에 집한 채——횡단의 연대기』(문경자 옮김, 문학동네, 2025)만 한국어로 번역되어 있으나, 예컨대 자기의 소수자성과 주체 되기의 급진적 수행인 *Testo Junkie: sex, drugs, and biopolitics in the pharmacopornographic*(2008, 그가 성별 전환을 위해 스스로 테스토스테론을 복용하고 투여하던 시간의 정밀한 기록)은, 오토픽션을 주로 쓰는 퀴어 작가 기욤 뒤스탕Guillaume Dustan의 죽음을 둘러싼 세상에 대한 복수라고 표방한 것으로도 유명하다.

20.   천서윤, 「2020년대 여성 소설가 소설에 나타난 자기서사의 윤리」, 『여성문학연구』 제61집, p. 61.

략”[21]이라는 의미를 갖는다.

그런데 이러한 자기에 대한 글쓰기를 분석하면서 푸코의 '자기 배려' '자기의 테크놀로지'가 빈번하게 레퍼런스로 참조되는 양상도[22] 확인해둔다. 이것은 오늘날 자기 서사 현상이 놓인 배경의 복잡함을 역으로 환기하는 바가 크기 때문이다. 즉, 자기 서사 현상은 "자아를 일종의 자산으로 생산해내는 장치"[23]로서 권장하는 신자유주의와의 길항 속에서 파악할 과제로도 놓인다. 연구자 김은하 역시, 오늘날 출판계의 에세이 붐이 "신자유주의 셀피selfy 문화"[24]와 무관치 않은 측면도 있으리라 지적한다. 오늘날을 우울증의 시대로 조망하고 그 담론 자체를 분석하는 연구자 이정연은 "통치의 기술은 병자들을 탈정치화하거나 배제하는 것이 아닌 그들을 능동적으로 만듦으로써 국가 개입을 최소화"[25]하는 측면이 오늘날 자기 서사(특히 우울증 서사)에서 발견된다고 조심스레 언급하기도 한다. 또한 문학평론가 오혜진이 오늘날 '자기이론'을 둘러싼 상황에 대해 미국 논단에서의 "규범적인(자본화된) 프로세스"[26]를 오버랩하는 것도 이러한 맥락과 닿아 있을 것이다.

푸코의 '자기 배려' '자기의 테크놀로지' 등이, 1970년대 이래 본격적으로 전개된 신자유주의적 품행 통치와 예속화를 거절하고 자

---

21.   같은 글, p. 63.

22.   김미현, 「2010년대 여성소설에 나타난 '자기 돌봄'의 윤리」, 『한국문예비평연구』 제63집, 한국현대문예비평학회, 2019; 최배은, 「최근 청소년 SF의 자기돌봄 서사 연구」, 『대중서사연구』 제30권 제1호, 대중서사학회, 2024; 박찬효, 「2010년대 이후 장애 여성 소설에 나타난 자기 돌봄의 정치성」, 『여성문학연구』 제61집 등 다수.

23.   한영인, 「자아 생산 장치로서의 에세이」, 『갈라지는 욕망들』, 창비, 2024.

24.   김은하, 같은 글, p. 109.

25.   이정연, 같은 글.

26.   오혜진, 「'자기이론'에 구멍 뚫기」, 뉴스레터 〈책과참치〉 16호, 2025. 10. 2(http://booksnchamchi.stibee.com/p/17).

기 삶을 스스로 연마하며 구축하는 능동적 기예art로서 제안되었음은 주지의 사실이다. 하지만 오늘날 이미 우리의 사유·감정·신체 모두가 그보다 더 조밀하게 변화한 통치술과 길항하고 있다. 우리는 스스로를 향해 더 능동적이고 더 생산적이 되라고 명령한다. 자기 삶을 질료 삼아 세계를 조망하고 그것으로부터 다시 자기를 구축해가고자 하는 스스로의 욕망, 출판 시장의 회로, 그리고 자기 삶을 자원화하여 관리할 것을 권장하는 통치술 사이의 질적 차이도 애매하다. 오늘날의 이데올로기와 그 통치술이 '개인'의 내밀한 신체(감정·사유)를 조율하고 점점 더 예속화와 주체화를 혼돈하게 만드는 상황은, 일일이 거론하지 않더라도 누구나 체감할 수 있다. 훈육·규율discipline과 제어·통제control 권력을 넘어 자동화 장치로서의 알고리즘 통치술과 공모되고 있는 오늘날, 자기에 대한 글쓰기(와 그 논의)는 '자기'를 둘러싼 더욱 복잡해진 역학과 맥락에서 자유롭지 않다.

또한 오늘날 '자기'의 범위와 경험의 소유를 둘러싸고 빈번하게 목도되는 곤경도 있다. 여기에는 젠더 역학과 위계만큼 오래된 근대 자본주의 및 자유주의 이데올로기의 문제도 가로놓여 있다. 예컨대 창작계에서는, 당사자로 경험하지 않았다고 여겨지는 일과 겨루는 윤리의 상황 자체를 기피하는 경향도 빈번해졌다. 픽션에서 대상화를 피하는 일이 근본적으로 가능한가라는 논의도 오갔다. 당사자주의를 넘는 '타자와의 관계성'[27]이 강조될 때조차, 나와 타자의 좁힐 수 없는 차이를 이유로 회의되는 일이 빈번하다. 나-타자 사이의 차이가 진짜 당사자를 판정하는 조건으로 직결될 때, 이것과 페미니즘 안의 배제 및 혐오 징후와의 경계가 무엇인지도 생각하게 된다. 2010년대 후반 여성·소수자 안에서 이른바 트랜스, 난민 배제 등이 문제

27.　　　오카 마리, 『그녀의 진정한 이름은 무엇인가』, 이재봉·사이키 가쓰히로 옮김, 현암사, 2016.

적으로 부상했던 것은 페미니스트 철학자 이현재의 진단처럼[28] 오늘
날 전제되는 강력한 구획 및 이분법과 관련될지 모른다. 나/너, 우리/
타자의 식별에 대한 민감함과, 신자유주의적 쾌적함(타자라는 이물감
을 최대한 삭제하려는)에 대한 추구 및 강박은 의외로 가까운 것인지
모른다. 즉, 오늘날 통상적 '자기' '나'에 대한 감각이 무엇에 구속되어
있거나 어떤 딜레마를 내포하고 있는지 질문해야 할 것이 적지 않은
것이다.

　　　하지만 미리 적어두는바, 이러한 곤경들이 곧 자기에 대한 글
쓰기 현상을 회의하거나 부정적으로 프레이밍할 절대적 이유는 아니
라고 생각한다. 공고하다고 여겨져온 개념이나 전선(戰線)은 오늘날
상당 부분 재구축할 대상이다. 자기 서사뿐 아니라 많은 현상이나 담
론이 오늘날 전유/재전유의 대상이다. 부정할 수 없는 것은, 오늘날
자기에 대한 발화가 2010년대 이후 공고한 여성 혐오 구조의 균열과
더불어 전개된 말·글·자기·타자에 대한 감각을 비추는 현장의 하나
라는 사실이다. 이것이 명백히 자기 증명인 동시에, 대표성 각본의 무
효화를 선언하는 장소라는 사실이기도 하다. 통치술의 구속력에도
불구하고 그것이 재전유되고 다른 방식으로 수행되는 과정은 역사
속에서 늘 확인되어왔다. 자기 서사가 신자유주의적 자기의 재생산
구조와 닮아 있으면서도, 온전히 그것으로 환원되지 않는 자기 주권
을 수행하는 강력한 방법이자 통치술과 교섭·길항하는 중요한 격전
장의 하나임은 부정할 수 없는 사실이다. 그렇기에 바로 그 '자기 서
사'라는 장소로부터 재전유의 가능성과 조건을 탐색하는 것이 필요
하다고 생각한다. 다음에서 그것을 좀더 이야기해보겠다.

28.　　　이현재, 『여성혐오, 그 후— 우리가 만난 비체들』, 들녘, 2016.

4. '주권적 자기' 너머에 대한 상상

지금까지 살폈듯 오늘날 자기 서사로부터 유구한 여성 혐오 구조 및 근대의 대표성 원리를 균열 내는 장면의 맥락을 강조하는 것은 중요하다. 이는 무수한 존재의 구체적 삶과 당사자의 자기 이야기를 증거하는 장치로도 기대를 받고 있다. 알고리즘 통치술의 세계 속 '나' '자기'의 감각은 점점 더 중요해지는 듯하다. 그럼에도 어떤 곤경이나 딜레마의 근간에 무엇이 있는지 좀더 생각해볼 차례다. 미리 적어두건대 여기에서는 우리 스스로의 '자기'에 대한 인식과 그 표상이 어떤 이데올로기적인 것에 근거하고 있는지 짚어보게 될 것이다.

　　오늘날 '자기·자아self'에 대한 이해는 '내 삶은 내가 소유하고 있다'는 식의 주권적 자기sovereign self[29] 인식과 관련이 깊다. 주지하듯 주권의 문제는 늘 경계 획정의 역사와 긴밀히 얽혀 있다.[30] 요컨대 국가뿐 아니라 인간의 가장 내밀한 자아 역시 소유를 위해 구획되고 객체처럼 간주되는 것이 근대 이래의 일이다. '무엇을 소유하고 있는지'에 따라 그 정체를 가늠하는 감각은 오늘날 모든 존재에 대한 통념적 인식의 근간을 이룬다. 이때 '무엇'의 내용도 중요하겠지만, 이 글에서 먼저 생각해보고 싶은 것은 바로 그 무언가를 '소유'하고 있다는 관념이다. 이를 위해 근대적 '개인'과 '개인주의'의 근간에 소유의 원리가 놓여 있다는, 이른바 '소유적 개인주의'에 대한 문제의식과 비판을 잠시 경유해본다.

　　우선 짚어둘 것은, 소유의 대상은 유무형의 '재화'를 의미하는

29.　주디스 버틀러·아테나 아타나시오우, 『박탈——정치적인 것에 있어서의 수행성에 관한 대화』, 김응산 옮김, 자음과모음, 2016. 이 책에서 두 대담자는, 오늘날 세계가 어떻게 주체의 구성적 상호 의존성을 차단하고 정착민 식민 체계에서의 박탈·탈소유dispossession를 역사적으로 합리화하기 위해 작동하는지, 그리고 그것을 넘어설 원리가 무엇일지 논의한다.

30.　우카이 사토시, 『주권의 너머에서』, 신지영 옮김, 그린비, 2010, p. 379 참조.

것이 아니었다는 사실이다. 본래 소유란 인간 '신체'에 대한 의미였음을 기억해야 한다. 즉, 인간은 "본질적으로 자신의 신체, 재능의 고유한 소유주로서의 개인이라는 인식에 기초"하는 한 "자유로운" 존재로 간주되었다. 그리고 이때의 '자유로운 존재'로서의 인간은 바로 이념형으로서의 능동적·자율적 주체의 신화를 함축하는 '개인individual'에 다름 아니다. 즉 '자유'는 "소유권을 의미"했고, 그렇기에 소유권의 반대 개념은 탈소유/무소유가 아니라 "타인의 의지에 대한 종속"[31]으로 간주되었다. '의존'을 죄악시하고 기피하며 자립한 개인의 능력을 상찬하는 오늘날 지배적 심상이 어디에서 기인했을지 잠시 떠올려두는 것도 무용치 않다.

요컨대 소유적 개인주의에서 '소유적'이라는 말은 상품과의 관계 이전에 우선은 우리 신체, 나아가 우리 자신의 노동과의 관계에 대한 소유를 의미했다. 우리의 신체란 비유적인 의미에서가 아니라 "본질적으로 재산"이었고 "완전한 자유의 기준은 자기 노동에 대한 소유권의 보유이며, 그 보유의 조건은 곧 물질적 재산의 소유"[32]였던 것이다. 이는 달리 말해 '소유'가 곧 내가 나 스스로와 맺는 관계까지 기초 지었음을 의미한다. 이때 '자아' 역시 나의 신체에 준거한 획정이 필요해진다. 즉, 자아 역시 소유의 대상으로 간주되기 위해서는 그것이 구획된 신체에 근거한다고 여겨져야 하고, 일종의 객체가 될 수밖에 없었다. 요컨대 신체를 누가 소유하느냐의 문제 앞에서 '자아'는 하나의 구획된 것으로, 그리고 관리 가능한 일종의 통합된 것으로 간주되었다. 소유적 개인주의는 '자아'를 둘러싼 모순이나 모호함을 봉합하는 기술이기도 했던 것이다. 이때 적절한 자아 또는 주체란 재산의

---

31.   C. B. 맥퍼슨, 『소유적 개인주의의 정치이론』, 이유동 옮김, 인간사랑, 1991, pp. 25~26, 206.

32.   같은 책, p. 212.

소유자로서 행동할 자격과 능력이 있는 사람, 즉 통상 남성·이성애자·백인·비장애인 등으로 간주되었음은 말할 것도 없다.

　　오늘날 다양한 분과에서 자아(자기)가 '내적 표상'의 일종이자 구성되는 것이라는 측면이 부각되고 있지만, 바깥 세계와 구획되어 내가 가지고 있는 내 안의 어떤 객체라는 이미지는 완전히 불식되지 않는 듯하다. 소유에 기반한 이런 자아 인식이 바로, 개인을 자산으로 강조하는 오늘날 통치술의 전제이기도 하다. 이런 사정은 특히 2010년대 이후 세계의 여러 곤경 속에서 다시 환기되기도 했다.[33] 이 세계의 인종, 성, 장애 여부 등을 둘러싼 정상성 각본에 대해서는 이제 많은 이가 알고 있지만, 이것이 '소유'를 매개로 한 각본이라는 점에 대해 더 말해지지 않는 것은 그만큼 개인·소유 등의 관념이 제2의 자연처럼 여겨지는 탓일 것이고, 그에 근거하는 오늘날의 통치 권력과 우리 삶이 맺는 복잡한 공모에 기인할 것이다. 그러나 우리가 '가진 것'에 따라 온전한 인간인지 아닌지를 셈한다는 것, 그리고 이것이 곧 오늘날 지배적인 '주권적인 자아' 개념을 구성하고 있다는 비판적 문제의식은 이미 소수자의 정치적 수행성 논의에서 강하게 지지되어온 것들이었다.

　　예컨대 2010년대 이후 퀴어 이론비평가에서 마이너리티 정치철학자로서의 행보가 좀더 뚜렷해진 주디스 버틀러의 문제의식에서, '소유적 개인주의' 이데올로기에 대한 비판적 관점이 특히 주목된다. 그녀는 소유적 개인주의적 관념에 근거해온 자아 개념을 비판하고 그 너머에 대한 상상 가능성을 자주 강조해왔다. "주권적이며 유아독존적인 자아라는 개념은 애초부터 문제적일 수밖에 없"으며 "자아

33.　　특히 영어권에서, 2010년대 이후 신자유주의 지배 구조 분석과 관련하여 '소유적 개인주의 50년 후'의 문제의식이 널리 공유된 분위기도 떠올려본다.

란 이미 관계적인 개념"이라는 그녀의 주장은 오늘날 상호의존적 관계나 타자 윤리가 요청되는 자리에서 간혹 환기되는 것 같다. 하지만 "소유 개인주의에 가치를 부여하지 않"으면서 "소유의 논리 바깥"[34]을 고민하며 제출되어온 그녀의 급진성은, 우리를 별로 불편케 하지 않는 윤리적 관계성의 맥락에서 안전한 방식으로 수용된 측면도 부정할 수 없을 것 같다.

여전히 좁힐 수 없는 구획이나 차이만 전제되곤 하는 자기/당사자 논의의 곤경도 근본적으로는 다른 방식의 소유 혹은 개인의 바깥을 상상하지 못하는 분위기와 무관치 않을 것이다. 또한 오늘날의 무해함에 대한 강박, 불쾌를 제거하거나 관리하는 통치술 속 우리 감각은[35] 내가 독점적으로 소유한다고 여기는 것에 타자의 침범을 봉쇄하는 안전security에의 강박과 크게 다르지 않을 것이다. 이런 맥락에서, 오늘날 동일성이나 정체성으로부터 출발하여 궁극적으로는 차이의 연대로 이어져야 할 모든 자리에서 "서로가 서로에게 현전하기 위해서는 자의적이든 타의적이든 **자기 박탈**"을 감수해야 한다는 것, 또는 "자아를 상대에게 **넘겨주는 행위**"[36] 같은 대목이 좀더 강조될 필요가 있다. 나(라고 여겨지는 것)를 내어주는 일 없이 타자를 상상할 수 없다. 이는 우리의 본성을 제어하도록 하는 도덕이나 의무가 아니다. 우리는 본래 소유 이전의 존재다. 오늘날 제2의 자연이 된 소유의 관념보다 더 오래된 관계적 존재 양태가 있는 것이다.[37]

34.	주디스 버틀러·아테나 아타나시오우, 같은 책, p. 26~27, 338.

35.	예컨대 오늘날 우리의 전일적인 미디어 상황이 단적으로 그러한데, 사용자 스스로의 불쾌를 관리하고 쾌적함을 최대한 조성하는 조밀한 장치들 속에서 타자에 대한 감각은 어떻게 달라지는지에 대해서는 김미정, 「다른 회로 만들기 —— 탈근대 문화·예술의 조건과 OTT에 대한 메모」(『뉴래디컬리뷰』 2022년 봄호) 참조.

36.	주디스 버틀러·아테나 아타나시오우, 같은 책, p. 337. 강조는 인용자.

37.	예컨대 여기에서 커먼즈로서의 존재 양태를 상상하며 현실 개입과 관련하여 좀더 적극적 논의를 전개시킬 수도 있을 텐데, 이에 대해서는 앞서 언급한 필자의 글 「나를 쓰는 일은

물론 이런 관점은 오늘날 세계의 역학과 실제를 없는 것처럼 여기며, 소유로부터의 이탈을 낭만적으로 예찬하는 것과는 거리가 멀다. 탈소유, 무화된 경계 등에 대한 논의는 자칫 누군가의 땅을 무주지나 황무지로 간주하여 점유해온 정착민 식민주의 역사의 논리와도 의도치 않게 가까워진다. 또한 이는 무엇이든 가능한 자아를 낭만화하는 자유주의적 모토로 전유되기도 쉽다. 게다가 오늘날 세계 각지와 우리의 일상에서는, 앞서 버틀러의 논의에서처럼 탈소유라는 말이 동시에 품고 있는 폭력적 '박탈'이 끊임없이 진행 중이다. 예컨대 이 글이 씌어지는 2025년 내내 팔레스타인에서 벌어진 정착민 식민주의의 현장이야말로 이러한 '탈소유'를 함의한 폭력적 '박탈'의 현장이었음을 잊어서는 안 된다. 그럼에도 '소유'와 '개인'의 관념이 오늘날 세계의 많은 곤경의 근간에 놓인 것이라면, 그것을 근본적으로 질문하는 일이 필요치 않을 수 없다. 모든 사물에 소유의 권리가 부여되어온 역사에도 불구하고, 본래 경계를 획정할 수도 독점할 수도 없는 '나'가 있다는 것. 이러한 주권적 자기 너머를 상상하는 자리에서, 예컨대 오늘날 근대적 비판 이론의 개념이나 문제의식이 잘 작동하지 않는 장면들에 어떤 실마리가 생길지도 모른다.

지금까지의 이야기는 곧 오늘날 '자기'의 개념이 근거하고 있는 '소유적 개인주의'적 이념 및 '주권적 자기'에 대한 존재론적(정치철학적) 비판인 셈이다. 하지만 이 글은 앞서 적었듯 현재의 문제적 장소를 재전유할 가능성과 그 조건 탐색에 관심이 있다. 그리고 지금 이 글이 대상으로 하는 한국문학에서 이러한 곤경은 이미 나름의 맥락을 가지고 내파되고 있는 듯하다.[38] 이어지는 절에서는, 이주혜의 장

어떻게 너를 쓰는 일이 되는가」 참조.

38.   더불어 최근 정동·신유물론 등의 21세기적 전환turn은 특히 근대적 자아 개념을 근본적으로 질문하고 재구성하는 것에 큰 이론적 기반을 제공하고 있다. 물론 이러한 최근의 새로운

편소설『계절은 짧고 기억은 영영』 속 일기라는 장치와 그것의 서사적 의미를 통해 확인되는 자기 표상 및 그 구성 방법에 대해 읽어보려 한다.

5. 취약한 존재들의 자기 서사 속 '자기'
―이주혜,『계절은 짧고 기억은 영영』 속 '일기'에 대해

이주혜의『계절은 짧고 기억은 영영』은 상처 입은 한 인물의 자기 회복을 위한 지난한 과정과 고투가 서사화된 소설이다. 주인공 '나'는 불안·공황 등으로 고통받는 오십대 여성이다. 그녀는 성폭력 가해자로 지목받은 남편으로 인해 가족의 해체에 직면하여 고통스러워하는 중, 치료의 한 방편으로 일기 쓰기를 권장받는다. 소설은 주인공이 글쓰기 교습소의 수업에 참여해 일기를 써나가며 그것을 타인들과 공유하는 설정 속에서 '일기로 회고된 유년'과 '현재 시간'을 교차시키고 있다. 이때 일기는 소설 속 자기 고백 장치이자 서사를 이끌어 가는 중심축이다.

소설의 내부를 좀더 살펴본다. 우선 일기 속 시간은 주인공의 초등학생 시절, 즉 1979년 겨울부터 1980년 초여름이다. 한국 현대사 격변의 시간을 정면에서 다루고 있지만, 그 의미를 전하는 것이 소설의 핵심은 아니다. 일기 속 사건이나 존재는 명료하게 요약할 수 없다. 어린 주인공의 시점을 통해 사회적인 것과 사적인 것이 썩 구별되지

존재론 계열의 논의들이 (기존 젠더 문제의식도 포함하여) 비판적 사회과학의 전제 및 인식틀과 가지는 긴장 관계 등에 대해서도 질문·해명해야 할 것이 많지만, 최근 다양한 현실적 맥락에서도 (예컨대 오늘날 테크놀로지 과정에서 '자기/자아'의 신화를 해체하고 재구성하는 논의 등) 근대적 자기/자아에 대한 논의가 새롭게 점화되어야 할 이유와 필요는 충분하다.

않게 그려진다. 예컨대 한국 현대사의 격변은 그저 암시만 되는데, 아이들을 재우고 어른끼리 주고받는 비밀스러운 분위기, 그리고 정체를 알 수 없는 모호함과 불안으로만 묘사된다. 비상계엄령·데모 등과 같은 시대어가 등장하지만 그것은 주인공의 사사로운 일상 너머 배경으로만 놓여 있다. 하지만 동시에 사소한 일상 속 여자들과 아이들의 역사가 그 시대적 격변 속 그물을 촘촘하게 메우고 있다.

　한편 현재 시점에서의 회고는 일기 바깥에서 기술되는데, 주인공의 이십대는 1987년 이후 한국 사회의 국면과 나란히 전개된다. 젊은 시절 동지였던 남편은 세월이 지난 지금 성폭력 가해 혐의를 받고 있다. 또한 그와의 사이에서 태어난 딸(1990년대생)은 현재 광장의 젊은 세대를 형상화하는 인물이자 기성세대가 된 부모와 불화하고 있다. 즉, 현재 주인공의 고통은 직접적으로는 남편과의 관계 및 가족의 붕괴에서 기인한다. 하지만 그것에는 1979년부터 현재에 이르는 한국 현대사의 격동이 함축되어 있다. 그 시간 속 구체적 젠더나 세대의 문제들도 그녀의 몸을 관통하여 흔적을 남긴다. 마침 이러한 주제를 공표라도 하듯 소설에는 "개인적인 것이 정치적인 것이다"[39]라는 말이 적혀 있기도 하다. 아주 사사롭고 내밀한 자기의 감각으로부터 시대를 귀납하고 추적하는 이야기를 이 소설에서 읽을 수 있는 것이다.

　그런데 사실 여기까지는 이 소설에 대한 절반의 혹은 표면적 독해다. 지금부터는 이 소설이 자기에 대한 픽션의 평면적·상식적인 이해를 어떻게 뒤집는지 좀더 이야기해보려 한다. 우선 소설은 '나'라는 일인칭으로 느슨하게 자기를 이야기하지만 소설 속 일기는 삼인

39.　이주혜, 『계절은 짧고 기억은 영영』, 창비, 2023, p. 12. 이하 이 작품의 인용은 본문의 괄호 안에 쪽수만 표기한다.

칭으로 기술된다. 주인공은 일기 속 자신을 내내 '시옷'이라는 기호로 표기한다. 이에 대해 "'나는'이라고 시작했더니 한줄도 쓸 수 없었"(p. 32)다는 이유에서 다른 이름을 선택했으며, '시옷'은 "어쩐지 넘어지지 않고 걸어가는 사람처럼 생"(p. 33)겼다는 이유로 골랐다고 말한다. 이러한 인칭 설정은 일기 속 자기와 현재 자기 사이의 거리를 뚜렷이 드러낸다. 아마도 '사람 인(人)'의 형상을 염두에 둔 작명이었을 것이다. '시옷(人)'은 나와 타자 사이의 관계를 암시하기도 한다. 이것이 통상 일인칭 개인으로 상정되어온 '자기' '나'의 표상을 비트는 기호로 채택된 것은 분명하다.

또한 일기 속의 사건과 사건, 장면과 장면 사이는 환유적으로 연결될 뿐 궁극적 의미는 자꾸 미끄러진다. 일기 속 회고되는 기억과 그 주체가 불안정하기 때문이다. 아빠의 실종, 낯선 남자의 등장 및 그의 느닷없는 추방 등은 파편적 이미지로만 암시될 뿐 어떤 특정한 의미에 도달하지는 않는다. 이런 서사적 파편과 공백은 얼핏 소설적 개연성의 결함으로 보이기도 한다. 통상 회고에 기반한 익숙한 성장·기억 서사로부터 '의미'를 찾는 일은, 현재 시점에서 임의로 과거가 재구성·편집되는 과정이 노련하게 감추어질 때 가능하다. 하지만 이 소설 속 일기는 그러한 과정을 최대한 회피하고 기억의 파편을 그대로 노출한다. 그리하여 소설 속 일기에서 부상하는 것은 오히려 부정교합하는 기억들이다. 또한 그러한 기억 주체로서의 자기의 불안정함이다. 이때 불안정하다는 것은 윤곽이 불분명하다는 의미다. 개체적 식별·구획이 어려운 '관계적' 상황이 전경화한다는 말이다.

이것은 '자기'를 이미 스스로가 늘 소유하고 관리할 수 있는 객체라고 간주해온 우리 시대의 전제(이념)를 질문한다. 이 소설 속 일기는 그 핵심인 '자기'를 오히려 문제의 장소로 삼는다. 자기는 애초에 불안정하고 픽션적일 수 있음을 소설은 암시한다. 소설 속 일기는 처음에 분명 자기 치유와 회복의 의미를 부여받았다. 하지만 예컨대 "그곳이 어딘지 몰라도 자꾸 말을 달리자고 외치며 노래하는 저 김수현은 감정의 동요 없이 담백하게 써 내려간 일기 속 고슴과 같은 사람일까. 두 사람은 어느 문장에서 비로소 마주치고 헤어졌을까. 아니, 애초에 만나기는 했을까"(p. 218)라는 주인공의 말처럼, 자기의 실체는 오히려 질문의 대상이 되어간다. 소설이 전개되면서(나를 만나러 가면서) 점점, 연루된 존재와 사건과 세계가 부조된다.

　　이런 서술의 와중에 홀연 인지되는, 주인공의 몸이 변용하는 순간도 흥미롭다. 소설에서 유독 강렬한 정서를 노출하는 대목이다. 주인공은 글쓰기 교실에서 1980년 '5월의 한복판'(p. 212)에 있었던 일을 낭독한다. 이는 유년 시절의 폭력과 상처에 대한 이야기다. 주인공이 수강생들 앞에서 그 대목을 읽으며 격렬한 울음을 터뜨릴 때, 서사 속 긴장은 순간 파열한다. 독자는 이 장면을 심리적 문제가 해결되는 단계로 읽고 싶은 강한 유혹을 느낄 것이다. 하지만 소설에서 이것은 심리적·정서적 문제 극복의 과정으로만 놓이지 않는다. 이것은 이질적 시공간이 서로 경합하다가 동시적으로 마주치며 폭발하는 순간에 가깝다. 그녀의 뒤늦은 울음에는 바로 이 무관해 보이지만 구조를 공유하는 여러 시공간의 폭력이 가로지른다. 이 장면은 어떤 존재(몸)가 독자적인 개체이기 이전에 이미 늘 연루되어 있던 세계와의 교섭 현장이자 그 효과임을 증거한다. '나' '자기'는 선행되어 있다기보다 사건적으로 출현하고 이내 다른 양태로 이행한다. 이 장면 이후 주인공의 이야기가 후경화하고 타인들의 이야기가 본격 부상하는 서사 진행이야말로 이를 뒷받침한다.

　　마지막 4부는 어린 시절 주인공이 이사한 곳에서 만난 이들, 특히 이웃집 윤수와 그 가족 이야기이다. 윤수와의 우정, 이웃집과의 친교는 1980년대 이른바 기층민의 삶을 엿보게 하는 바가 있다. 그리고 소설은 명백한 자기의 안녕으로부터 점점 그들의 안부를 묻는 이야기로 이행한다. 일인칭(나)의 시선이 독점해온 세계를 내어주고 제3자를 전경화한다. 소설의 끄트머리는, 어린 시절 기억 속 윤수의 삶을 애도하며 현재형으로 의미화하는 이야기로 거듭난다. "왜 나만 개인적인 일로 상처받고 분노하는지"(p. 120) 절규하던 '나'는 희미해진다. 특정한 이미지 속 '나'의 개념 및 윤곽은 주인공의 일기뿐 아니라 소설 전체에서 점점 흐려진다. 고통을 치유하고 자기를 찾기 위한 일기 쓰기는, 궁극적으로 타자를 기억하고 그 관계들을 확인하는 글쓰기로 변모하고 환유적으로 연결된다. 자기 이야기로 시작하여 타인들의 이야기로 끝나는 서사의 흐름은 결코 전통적 의미의 웰메이드 소설은 아니다. 하지만 이 불연속 혹은 이질감은 픽션적 결함이 아니라 오히려 소설의 제재와 주제에 정합적이다.

그렇다면 앞서 언급한 소설 속의 말 "개인적인 것이 곧 정치적인 것이니까요"도 다시 읽어야 한다. 그 장면을 다시 찬찬히 살펴본다. 이 말은 의사 앞에서 주인공이 직접 발화하지 않고 머릿속으로만 떠올린 것이다. 주인공은 의사의 질문 앞에서 "개인적인 것이 곧 정치적인 것이니까요"라는 말을 삼키고 "수세적"인 태도를 취한다. 그리고 "[이 말을] 예전이었다면 단호하게 대답했을 것이다"(p. 12)라고 덧붙인다. 즉, 이 시차에 대한 주인공의 언급은 중요하다. 현재 시점의 주인공에게 이 말은 일종의 '과거의 말'이다. 현재 시점에서 주인공이 저 말을 삼키는 이유는 (진료) 상황에 어울리지 않는 말이라는 자각 때문이다. 하지만 "예전이었다면"이라는 말이 암시하듯 주인공에게 '개인적인 것=정치적인 것'에 대한 믿음은 확실히 '지금 이곳'의 것은 아니다.

'개인적인 것이 정치적인 것이다'라는 구호가 1970년대 서구 제2의 페미니즘의 물결로부터 유래하여 1990년대 한국 독자들에게

도래했고, 2010년대 중반 이래 한국의 광장과 페미니즘 리부트의 시간 속에서 다시 소환된 것은 주지의 사실이다. 하지만 지금 이 소설 속 주인공은 그것을 '다시 정확히' 소환하려 하지 않는다. 그 시차를 알고 있다. 이 소설은 '개인적인 것이 정치적인 것이다'라는 슬로건을 동일하게 반복하는 것이 아니라, 개인의 핵심처럼 간주되는 '자기'라는 내적 표상이 구축되는 과정이자 '개인적인 것'의 의미와 방법을 재구축하는 과정을 서사화하며 그 정치성을 발화하고 있는 것이다.

6. 말하는 입에서 듣는 귀까지

소설에서 두 번 반복되는 "당신의 삶을 써보세요. 쓰면 만나고 만나면 비로소 헤어질 수 있습니다"(pp. 16, 22)라는 말도 마찬가지로 다시 읽어본다. 이것은 그저 주인공이 매료된 글쓰기 교실의 광고 문구였다. 주인공은 이 문구에 이끌려 글쓰기를 시작했다. 하지만 도달한 곳은 앞서 말했듯 단지 자기 상처의 치유가 아니라, 나·자기에 대한 어떤 익숙한 이미지 도식으로 환원할 수 없는 존재나 관계의 윤곽이었다. 반복하지만, 소설 속 자기 서사 장치(일기)가 의도한 치유란 결국 결핍을 회복하는 것이 아니라 늘 이미 연루되어 있는 존재와 사건들을 환기하고 안부를 묻는 일이었다. 어린 시절의 나, 윤수 등 취약하고 상처받은 존재들의 서로 연루된 이야기 앞에서 임의로 '우리' 같은 말이 떠오르기도 한다. 하지만 이때의 '우리'는 개체의 총합이 아닌 얽힘entanglement의 이미지에 가깝다. 이것은 과거 '나/우리' '개인/집단' 식의 도식과 그 전제로 환원될 수 없는 임의적 명칭이고, 자명한 개체 단위로 셈하기 어려운 존재의 비밀을 환기하는 말이다.

　　일기 속 인물들, 사적인 것과 사회적인 것 등은 명료하게 구분되지 않는다. 불안과 같은 정서는 주인공이 몸으로 느끼는 분명한 고통으로 발현되지만, 그 느낌은 누군가의 것(소유)이라기보다 모두를 관통하고 아우르는 것으로 혼연해 있다. 할머니-어머니-아이 '시옷' 등으로 이어지는 여자들의 시간은, 남자들 혹은 공적인 것의 시간과 달리 결코 분리될 수 없는 연속선상에서 의미를 확보한다. 이것은 문장 차원의 묘사에서도 빈번하게 발견된다. 예컨대 "시옷에게 비는 살이 부러진 우산과 젖은 신발을 의미했다. 그 축축함과 막막함은 군모를 깊숙이 눌러쓴 어느 군인이 국방색 우비 위로 길쭉한 소총을 끌어안고 집요하게 비를 맞고 있던 장면을 자연스럽게 머릿속에 끌어들이기도 했다"(p. 26)라는 대목을 보자. 지금 이 대목에서, 어린 시절 주인공이 싫어했던 비의 경험은 '젖은 신발'과 '소총을 든 어느 군인'을 매개로 겹쳐지면서 그녀가 가진 '비'의 기억을 이미지화한다. 이것은 그녀의 지극히 내밀한 몸의 감각에 대한 기억이지만 동시에 한 시대의 폭력이 단번에 서사적으로 환기되는 대목이기도 하다. 사사롭다고 여겨지는 어린아이의 경험이지만, 거기에는 개체적 몸을 단번에 관통하는 세계가 있다.

　　　이런 이야기 속에서 '여성은 근대적 개인이었던 적도 없다'는 사실이 문득 떠오를지도 모르겠다. 실제 이 세계 구조 속 동등한 인간으로서의 자신을 주장하기 위해 통과해야 할 근대적 개인과 같은 말에 도달하기까지 여성이 넘어야 할 난관은 무수했고, 그러한 '개인'을 향한 무수한 여성의 고투가 엄존해왔다. 하지만 앞서 『페넬로피아드』에서 『계절은 짧고 기억은 영영』에 이르기까지를 생각하면, 어쩌면 그러한 '개인(개체)' '역사 발전 법칙'에 근거하는 진보적 역사관 자체가 질문의 대상이어야 할지 모른다. 여성의 해방을 '근대적 개인'의 성취와 등치시키는 관념이 배제하는 또 다른 구성적 외부, 예컨대 비인간으로 간주되는 모든 존재 양태를 동시에 사유하기 위해서라도 그렇다. 능동적이고 자율적인 개인의 신화와 그 원리를 질문하지 않는 여성의 목소리는, 특히 오늘날 생물학적 본질로서의 여성을 지지하는 관념의 대중적 부상과 더불어 좀더 근본적인 질문에 봉착하기도 한다. 여성의 말, 자기 목소리는 이제까지의 작품들에서 엿보았듯 이 세계(근대)를 정초해온, 자명한 듯 놓여 있는 원리나 구도를 무화시키는 데에서부터 의미를 찾아야 할지 모른다.

　　이 글이 '소유적 개인'의 이데올로기를 질문하고자 했던 것도, 오늘날 개인(개체)과 관련되는 법적·제도적 권리의 기반을 지우고자 했다기보다, 근대 이래 자명한 사유에 근거해온 자기 인식과는 다른, 더 오래된 방식의 존재의 원리를 상상하기 위해서였다. '나'를 비롯하여 어떤 존재가 '소유'의 관념으로만 상상되는 사유의 틀은, 자기 동일성에 특권을 부여하고 대표 장치와 결합되면서 '말할 수 있는 하나의 주체'를 과도하게 전면화한다. 그리고 그런 전면화는 예컨대 돌봄과 재생산, 발신/수신의 조건처럼 관계에 기초한 영역을 부수적인 것으로 밀어낸다. '여성'을 말하는 방식은 근대적 '인간'을 백인·(시스)남성·이성애자·비장애인 등으로 상정해온 규범을 지속하지 않기 위해, 인종, 계급, 장애, 섹슈얼리티, 국적 등 교차하는 축 위에서 다시 상상할 수 있어야 하지 않을까. 2010년대 이후 만개한 자기 서사의 장은 바로 이러한 말하기와 듣기를 다시 설계할 수 있는 장이다. 반복컨대, 여성의 해방이 '소유 가능한 개인'의 완성으로 귀결될 필요는 없다고 생각한다.

　　마지막으로 누군가의 말을 읽고 듣는 '나'에 대해서도 생각해본다. 『계절은 짧고 기억은 영영』의 뒤표지에는 소설가 하성란의 이런 감상이 적혀 있다. "누구 한명의 것일 수 없는 그들의 이야기는 결국 이주혜의 이야기이자 책을 읽는 '나'들의 이야기가 된다." 여기에서 소설 속 그들의 이야기가 곧 "이주혜의 이야기이자 책을 읽는 '나'

들의 이야기가 된다"는 대목을 정확히 이해하기 위해, 앞서 강조한 '자기 박탈' '자기를 내어주는 일'을 겹쳐 생각하고 싶다. 예를 들어 우리는 허구의 이야기에서 나에 가까운 무언가를 만나고 공감한다. 하지만 때로는 그 이야기 속에서 자기를 잃고 헤매기도 한다. 이야기 속에서 나는 이미 가지고 있다고 여겨지는 것—예컨대 경험이나 정체성—에 대해 응답받기도 하지만, 반대로 나를 내어주는 장소가 곧 이야기이기도 하다. 앞서 이주혜 소설 속 주인공이 일기라는 형식 속에서 일인칭(나)을 내어주면서 자기를 쓰는 일이 곧 타인을 쓰는 일이 되었음을 떠올려보자. 동시에 그때, 일기와 픽션을 구별할 수 없게 된 것을 떠올려보자(소설 속 한 인물은 그녀의 일기가 소설 같다고 말하고, 그녀는 자신의 글이 픽션이 아니라고 말한다). 일기가 타인들의 세계로 이행하는 서사 속에서, 소유에 기반하는 주권적 자기의 형상은 교란된다. 그리고 픽션과 일기라는 형식과 관련해서도 장르적 구획 이전의 불명료한 지대가 부상한다.

　　강조하건대 소유를 질문할 때, 경험으로 환원될 수 없는 잠재성의 지대가 열린다. 잠재성 자체가 중요한 것은 아니다. 하지만 그 잠재성은 지금 우리에게 자명한 이것이 왜 하필 이것이 되었는지, 이것이 아닌 다른 것이 될 수도 있었을 조건은 무엇인지 상상할 수 있게 해준다. 그 점을 생각할 때, '소유'에 정초되지 않은 '나'에 대한 상상은 지금 이 세계가 아니었을 세계에 대한 상상도 가능케 한다. 예컨대 그것은 폭력적 주체/대상 구도로 환원될 수 없는, 주권적 자기 너머의 연루됨으로 우리를 데려간다. 말하고 쓰는 이만 자기를 내어주는 것이 아니다. 어떤 정체성의 이름으로 규정되기 이전의 나의 몸들이 거기에서 스스로를 잃고/잊고/헤매도록dispossession 초대받는다. 익숙한 회로 속에서 쉽게 공감하는 것만 연루됨과 연대가 아니라는 사실을 새삼 생각하게 된다. 이미 우리의 몸은 낯섦과 이물감의 통로

이자 그 자체다. 존재의 이러한 원리는 부정한다고 부정되는 것이 아니다. 말하는 입이 있다면 듣는/들으려는 귀가 그 장을 만들어간다. 어쩌면 우리는 지금, 스스로(라고 여겨지는 것)를 내어주는 일에 초대받고, 그 낯섦에 기꺼이 응하는 것이 중요한 시대의 한복판을 지나고 있는지 모른다. 그리고 이러한 원리를 근본적으로 사유하는 일과, 현실 속 구체적 젠더 역학을 사유하는 일이 결코 다르지 않음에 대해 덧붙이는 것은 오히려 사족이리라.

돌아오는 목소리

— 여성시와 정치성

조연정

1. 잃어버린 여성의 목소리

한국문학사의 여러 장면을 되돌아볼 때 여성의 작품은 스캔들로 폄하되고 남성의 작품은 문제작으로 고평되는 경우가 빈번하다. 여성의 말은 대개 개인적인 것으로 과소평가되고 남성의 말은 작품 외적인 상황과 더불어 과잉 대표 된다고 말해야 더 적당할까. 1994년에 출간된 최영미의 『서른, 잔치는 끝났다』(창작과비평사)는 출간 6개월 만에 35만여 부가 팔려 "'황금알'을 낳는 베스트셀러"로 화제가 되었으나, "아마추어의 자기고백 습작"이라는 냉소와 "석사학위를 가진 매춘부의 언어"[1]라는 모욕적 평가를 감내해야 했다.[2] 반면 1998년 출간되어 한 달 만에 2만 5천 부가 팔리며 역시 화제가 되었던 황지우의 『어느 날 나는 흐린 酒店에 앉아 있을 거다』(문학과지성사)는, 책을 읽을 여유가 없었던 중년의 남성 독자들을 독서 시장으로 소환하

1. 　장정현 기자, 「짧은 잔치 긴 가난…'구호대상'이 된 최영미」, 『경향신문』 2016년 6월 7일 자.
2. 　『문학과사회』 1994년 여름호의 문학 총평 코너에서는 최영미의 첫 시집을 "신세대 문학의 새로운 가능성을 보여준" 시집으로 평가하며 "새로운 좋은 시인을 만나는 일은 즐거운 일"이라고 긍정적으로 언급하지만, 가을호의 같은 코너에서는 시장 경제 체제로 인해 잘 팔리는 작품만이 좋은 작품으로 평가되는 당대의 문단 상황을 신랄하게 비판한다. 「문학공간 ─ 1994년 여름」, 『문학과사회』 1994년 여름호 ; 「문학공간 ─ 1994년 가을」, 『문학과사회』 1994년 가을호. 예상치 못한 높은 판매고로 인해 시집에 대한 평가가 달라진 것이 아닌가 추측된다.

여 여성 독자 중심으로 재편되었던 1990년대의 한국 문단에 새로운 활력과 문학적 깊이를 더해줄 시집으로 기대를 모으기도 했다.[3] 당시 파격적인 언어로 주목을 모은 신세대 여성 시인 최영미의 첫 시집과, 1980년대 해체시 혹은 정치시의 시대를 주도한 황지우가 8년 만에 출간한 다섯번째 시집을 단순히 비교할 수는 없다. 나아가 다른 세대에 속한 이들이 1980년대를 다른 경험 속에서 건너온 것도 분명한 사실이다. 그럼에도 불구하고 1990년대의 전반기와 후반기에 이른바 후일담 작품으로서 나란히 화제가 된 두 시집에 대한 각기 다른 평가는 흥미롭게 회고된다.

이 두 시집이 화제가 되었던 1990년대의 문단은 이전과 달리 많은 것이 변화했던 시기이다. 최근의 여러 연구가 확인하고 있듯 제도권 문단을 중심으로 한국문학이 재편되는 과정에서 그 바깥의 다양한 가능성이 소거되기 시작한 시기이기도 하다.[4] 민주주의 실현과 열악한 노동 현실 극복이라는 한국 사회의 당면한 현실적 과제가 문학 행위의 정당성과 사회적 가치를 보증해주던 1980년대로부터, 문학의 이 같은 사회적 효능이 이른바 '위기'에 처한 1990년대로 건너오

---

3.   정은령 기자, 「[화제의 책]요즘 30,40대 남자 황지우 시집 읽고 있을거다」, 『동아일보』 1999년 1월 26일 자. 1990년대 후반 남성 중심의 젠더화된 문단에서 황지우의 시집이 의미화된 방식을 비판적으로 고찰한 논의로는 조연정의 글 「포스트 사회주의 시대 남성 지식인의 자기 재현 ── 황지우의 시를 중심으로」(『인문과학연구』 제86집, 강원대학교 인문과학연구소, 2025, pp. 117~47) 참조.

4.   2010년대 이후 본격화된 1980~90년대 문학 연구는, 기존의 문학사적 평가와는 달리 1980년대를 '아래로부터의 글쓰기'의 시대로, 1990년대를 '여성문학의 시대'로 규정하는 등 해당 시기 한국문학장의 역동적 성격을 다채롭게 규명하고 있다. 2010년대 이후 한국 문단이 표절 사태와 '#문단_내_성폭력' 말하기 운동 등 일련의 사태를 거치며 문학의 윤리에 대해 근본적으로 재사유하게 된 사정이 이와 관련되기도 한다. 이에 대한 자세한 논의는 배하은의 글 「혁명성과 진정성의 탈신비화 ── 1980~90년대 문학 연구의 동향과 과제」(『상허학보』 제66집, 상허학회, 2022, pp. 151~92) 참조. 해당 논문의 성실하고 치밀한 자료 제시를 통해 1980년대와 1990년대에 대한 최근의 주요한 연구사들도 대부분 확인할 수 있다.

는 과정에서, 한국 문단은 다양한 비평적 개념을 고안하며 문학 고유의 가치를 증명하고자 고투했다. 87년 체제와 더불어 한국 사회가 민주화 시대로 돌입한 상황에서 현실 사회주의의 몰락은 이념의 진공 상태를 초래했으며, 상업주의의 만연과 영상 매체의 발달로 문자 텍스트로서 문학의 입지가 흔들리게 되었다는 것이 1990년대를 관통한 문학 위기론의 요체로 정리된다. 이러한 상황에서 '문학 본연의 가치'를 강조하기 위해 당대의 문단은 정치적 책무와 공동체의 윤리보다는 일상의 욕망과 개인의 내면에 더 큰 관심을 두기 시작한다. 단순화하자면 공적인 영역보다는 사적인 영역의 가치들이 중요하게 부각되기 시작했다고 할 수 있을 텐데, 이 과정에서 숱하게 호출된 개인·일상·내면·욕망 등의 개념이 특히나 '여성적'인 것으로 의미화되었다는 점은 여전히 특별한 주목을 요한다.

　'여성문학의 시대'로 조명된 1990년대 문단이 실상 이전과 다름없이 편향적으로 젠더화되어 있었다는 점에 대해서는 최근 의미 있는 문제 제기와 해석 들이 제출되고 있다. 1990년대 여성문학이 구현한 여성성이 엄밀히 말해 남성성을 내면화한 여성성이거나 남성성을 대타적으로 설정한 여성성이었다는 점과, "재현의 정치학으로서의 여성문학의 가능성"을 치열하게 고민하지 못한 결과로 1990년대 이후의 여성문학이 게토화할 수밖에 없었다는 점에 대해서, 오래전 심진경의 지적이 있기도 했다.[5] 1990년대 이후 2000년대까지의 한국 문단에서 여성문학에 관한 논의가 여성들의 실제 삶과 접목되지 못한 채 담론화되어온 사정에 대해서도 세심한 비판들이 이루어졌다.[6] 요컨

5.　심진경, 『여성과 문학의 탄생』, 자음과모음, 2015, pp. 17~18.

6.　서영인, 「1990년대 문학 지형과 여성문학 담론」, 소영현 외, 『#문학은_위험하다——지금 여기의 페미니즘과 독자 시대의 한국문학』, 민음사, 2019; 백지은, 「전진(하지 못)했던 페미니즘」, 소영현 외, 같은 책; 조연정, 「1990년대 젠더화된 문단에서 페미니즘하기—— 김정란과 허수경을 읽으며」, 『여성 시학, 1980~1990——'여성'을 다시 읽고 쓰는 일』,

대 1990년대 문단에서 집중적으로 논의된 개인·일상·내면·욕망에 관한 담론은 물론, 2000년대 이후의 문단에서 여러 논쟁을 통해 활발히 논의된 '타자성의 윤리' 혹은 '미학의 정치'에 관한 담론들도 공통적으로 '여성성'이라는 대타적 인식틀을 긍정적으로 전유했다. 이에 대한 비판적 검토는 문제의식을 세분화하는 형태로 앞으로도 지속적으로 이루어질 필요가 있다.

여성문학 담론을 통해 강조된 '여성적 글쓰기'는 "'여성'이라는 자기동일적이지 않은 분열된 주체"에 의해 씌어진, "기존 질서의 바깥을 상상하거나 향유할 수 있"는 언어로서 의미화되었으며 "이때 '여성'은 성별 이분법에 근거해 여성을 타자화하여 구축된 정체성으로, 실제 현실의 여성들과는 무관한 것이었다."[7] '여성' '여성성' '여성적 글쓰기'는, 그것이 기존의 정치·사회 질서에 관한 것이든 문단의 관행이나 문학적 관습에 관한 것이든, 이전의 것을 전복하기 위한 가능성으로 그 의미가 강조되었다. 2000년대 중반 이후 새로운 상상력으로 무장한 젊은 시인들이 대거 등장하면서 미학적 해체와 실험적 경향이 대세가 된 이른바 '미래파'의 시단에서는 더 이상 '전복'을 위한 '여성성'은 필요하지 않게 되었다고도 말할 수 있다. 물론 미래파 시단의 표면적 젠더는 무성 혹은 혼성에 가까웠지만 이 역시 남성으로 보편화된 것에 다름 아니었다는 사후적 지적들도 있었다. 그러니, 여성문학의 시대였던 1990년대 이후로부터 '페미니즘 리부트' 이전까지 약 10여 년의 시기 동안 한국문학이, 아니 정확히 말해 비평적 담론이

문학과지성사, 2021 등 참조.

7.   한경희, 「여성과 경험의 괴리——1990년대 문학장에서 '여성적 글쓰기' 비평 담론의 형성 및 전개」, 『구보학보』 제35집, 구보학회, 2023, p. 106. 이와 관련하여 한경희는 1990년대 문학장에서 '여성문학' 담론이 문학장의 주변부와 중심부에 의해 동시에 강조되었다는 점에 특히 주목한다. 문학장의 주변부는 "'문단권력'을 비판할 수 있는 근거로", 문학장의 중심부는 "문학의 고유성을 보수적으로 옹호하는 근거로" '여성문학'을 동시에 전유하였다는 것이다.

여성의 현실적 삶에 각별히 주목한 적은 거의 없다고 해도 과언이 아니다.

이처럼 한국 문단에서 오랫동안 '여성'이 기존의 것에 대한 전복의 의미로서 대타적인 것으로 담론화되어왔다는 반복되는 지적은 우리에게 무엇을 말해주는가. 이러한 사정이 여성들이 쓴 작품의 실상과 밀접하게 관련되기보다는 대개는 남성 중심 평단의 한계로 인한 것이라는 점을 확인하기 위해, 필자는 『여성 시학, 1980~1990』 등의 논저에서 1980년대 이후 여성 시인들의 작품을 당시 여성들의 실제 현실과 연동시켜 읽어보려는 시도를 지속해왔다. 김혜순이나 최승자의 1980년대 시를 절망적 시대를 부정적으로 환기하는 은유 정도로 읽은 남성 평론가들의 관점을 비판하면서, 그녀들의 시를 현실에 만연했던 '젠더 폭력'의 사회·구조적 문제를 환기하는 시로, '독신자 여성'의 곤궁한 생존과 실존의 문제를 폭로하는 시로 읽어보기도 했다. '여성적 글쓰기'의 의미를 이론적으로 확장하기보다는 실제 문단 내 '여성의 글쓰기'로 한정해 이해해보면서 1990년대 젠더화된 문단에서 여성의 글쓰기가 어떤 방식으로 폄하되었는지를 살펴보기도 하였으며, 2000년대 미래파 시의 젠더가 무성이 아닌 남성에 가까웠음을 확인하기 위해 김민정, 이민하, 김행숙 등의 시를 '여자아이'의 관점에서 다시 읽어보기도 하였다. 요컨대 '여성적 글쓰기'에 부여된 정치적 의미가 오히려 담론적으로만 한정되었던 한국 문단에서 실제 '여성의 글쓰기' 혹은 '글쓰는 여성'의 행위가 충분히 이해되거나 온전히 인정되지 못했던 문제적 실상을 노출시키고자 했다.

1990년대 이후의 한국 문단에서 '여성'이 늘 대타적인 것으로 관념화되는 과정에서 어떤 문제들이 생겨났을까. 현재의 문단과 밀접하게 관련이 있는 근과거의 한국문학사를 젠더의 관점에서 다시 살피기 위해 우리가 지속적으로 고민해야 하는 것 중 하나가 바로 이러한 문제들을 세분화하는 일이라고 생각한다. 실제 여성의 현실이 간과되는 동안 텍스트의 안팎에서는 남성 중심의 관행들이 공고해졌는바 2016년의 '#문단_내_성폭력' 말하기 운동은 한국 문단의 수치스러운 민낯을 여실히 드러낸 계기로서 기억된다. 문단 권력이 오랫동안 남성을 중심으로 행사되어왔다는 사실은 물론, 글쓰기를 통해 안정된 지위를 더 많이 더 빨리 얻고 그에 따르는 상징 권력을 더 많이 누린 쪽이 어김없이 남성 작가 혹은 평론가들이었다는 사실에 대해서도, 우리는 더 해야 할 말이 많지 않을까.

2025년의 시점에서 한국 문단 내 여성 작가의 비중이 높아졌고 1990년대 이래로 한국문학의 독자는 대체로 여성이었으며 여성·퀴어 등 이제껏 문학적 성원권을 제대로 누리지 못한 인물들의 목소리가 무성해졌다는 사실은, 문단 안팎에서 젠더 차별이 해소되었다는 착시를 불러일으킨다.[8] 그러나 비로소 "한국문학은 여성의 것이 되었나"라는 질문과 관련된 논쟁은 생산자로서든 소비자로서든 한국문학장에 유입되는 남성들의 수가 현저히 줄어들었다는 사회·구조적 현상과 더불어, 여성의 수적 우세에도 불구하고 텍스트 밖의 문단 현실 속에서는 남성적 권력이 꾸준히 유의미한 영향력을 행사하고 있다는 사실과 관련해 논해져야 한다. 문학을 하는 일이 결국 우리를 억압하는 것과 싸우는 일이라면 나 자신의 구차와 수치를 무릅쓰는 이 같은 말하기는 계속될 필요가 있다.

해체되어야 할 중심과 그것의 전복, 말해진 것과 말해지지 못한 것, 합리적 주체의 이성적 언어와 비합리적 주체의 충동적 목소리,

---

8.   이에 대해 논한 좌담은 다음을 참조. 노태훈·심진경·이현석·하재연·황인찬 좌담, 「한국
       문학은 여성의 것이 되었나」, 『자음과모음』 2023년 가을호; 조연정·김보경·백지은·소영현·
       홍성희 좌담, 「서로의 목격자가 되어주는 우리 '실종'당하지 않도록 사라지지 않는, 우리」,
       『문학과사회 하이픈』 2023년 겨울호 등.

현실의 가시적 권력과 그에 대한 비가시적 저항, 공적 영역과 사적 영역 등 다양한 층위의 이분법과 관련하여 후자의 의미가 문학의 가능성과 함께 강조되는 과정에서, 즉 한국문학장에서 후자를 떠맡은 '여성성'이 긍정되고 이와 더불어 '여성적 글쓰기'의 의미가 담론화되는 과정에서 생겨난 문제 중의 하나는, 반복해 말하듯 '여성성'과 관련하여 실제 여성의 자리는 없었다는 점이다. 나아가 이 글에서 특별히 강조하고 싶은 것은 이 과정에서 현실에서의 실제 여성의 글쓰기나 여성의 언어가 대개 충동적이고 비합리적이며 개별적인 것으로 여겨지며 공중의 의견을 대리할 만큼의 공신력을 갖춘 것으로는 인정받지 못하기도 했다는 사실이다. 한국 사회의 많은 영역에서 남성의 언어는 자신이 속한 집단의 의견을 대변할 수 있는 대표성을 띠지만 여성의 언어는 개인적이고 사적인 것으로 폄하된다. 문학의 언어와 관련해서는 현실에서와 달리 남성적 보편 언어와 여성적 전복의 언어 사이 위계가 역전된다 하더라도 그 여성적 언어가 온전히 여성의 것이 될 수도 없다. 한국문학사를 되돌아볼 때 담론적·윤리적 우월성을 내장한 문학적 여성의 자리도 많은 경우 남성들이 전유해왔다.

결국 여성의 언어를 억압하는 가장 치명적인 분할은 여전히 공적 남성과 사적 여성이라는 위계에 있는 것이 아닐까. 여성의 언어는 왜 공적인 것으로, 혹은 집단을 대표하는 것으로서 인정받지 못하는가? 여성의 언어는 왜 직접적으로 정치적이 되지 못하는가? 여성의 언어는 왜 대개는 내밀한 고백이나 이기적인 폭로라는 틀 속에서만 읽히는가? 여성의 글은 왜 여성에게 문화적 상징 권력을 주지 못하는가? 왜 종종 남성 작가의 문제작은 생산적 논쟁을 촉발하고 여성 작가의 문제작은 추문이 되어 사라지는가? 여성의 언어가 공적 담론을 생산하게 될 때 왜 항상 그로부터 여성의 표지는 삭제되는가? 마지막 질문과 관련해서는 2000년대 후반의 문단에서 미학의 정치 혹은 문학의 공적 역능에 관한 논의가 활발해지면서 거의 동시에 '여성성'에 관한 논의가 사라지다시피 했던 사실을 환기해야 한다.

그러니까, '여성'은 왜 늘 사라지는 것일까? 이 글은 이러한 고민들 속에서 씌어지는바, 1980년대 이래로 여성시의 목소리가 이른바 공적 담론을 생산하고자 했던 장면들, 달리 말해 여성시의 목소리가 공적 말하기와 사적 말하기의 관계를 새롭게 재편하고자 했던 장면들에 주목하면서, 공동체와 접속하는 여성시의 전략을 짚어보고자 한다. 우선 이 글에서는 1980년대 여성해방문학을 적극적으로 수행했던 고정희와 2000년대 미학의 정치에 관한 담론을 주도한 진은영을 겹쳐 읽어볼 것이다. 이 둘을 교차시키며, 이 글은 '문학적 여성의 자리' 혹은 '여성적 글쓰기'와 거리를 두면서 문학의 정치성을 공적으로 수행한 여성시의 사례를 확인하고자 한다. 여성의 공적 목소리를 되찾고자 하는 시도로서 이 글은, "여성의 글쓰기를 회복시키려는 페미니즘적 욕망은 여성의 목소리가 필연적으로 진리를 말한다는 인식론적 주장이 아니라 그 잃어버린 여성의 목소리를 되찾으려는 정치적 실천 속에서만 분명히 실현될 수 있다"[9]는 리타 펠스키의 오래전 주장을 음미하며 씌어진다.

2. '몸 바쳐' 쓴 시 — 고정희 시의 정치성

1990년대 이후의 한국 문단에서 확인되는 담론의 젠더화를 문제 삼는 일이 오히려 성별 이분법 자체를 강화하며, 그 이면에 은폐된 차

9.		리타 펠스키, 『근대성과 페미니즘 — 페미니즘으로 다시 읽는 근대』, 김영찬·심진경 옮김, 거름, 1998, p. 67.

별적 위계 구조의 중첩성과 역사성을 간과하게 한다는 비판도 있어
왔다. '페미니즘 리부트'의 문단에서 소영현은 "여성혐오로 표출된 사
회문제는 젠더적 차원의 문제만이 아니며, 따라서 그에 대한 해법 혹
은 대처는, 그 내부에 중층적으로 은폐되어 있는 계급적-인종적 위
계구조에 대한 비판적 검토 없이 마련되기 어렵다"[10]고 말하기도 한
다. 여성주의에 관한 문제의식이 뚜렷하게 가시화된 2010년대 중반
이후의 시점부터 정체성 정치의 한계에 관한 날카로운 비판과 교차성
이론에 대한 활발한 논의가 동시에 이루어진 점은, 위와 같은 문제 제
기의 타당성을 확인시켜준다.

그즈음부터 지금까지 한국 문단에서 꾸준히 논의되어오고 있
는 주제는 다름 아닌 '나'를 쓰는 일에 관한 것이다.[11] 이때의 '나'들은
주로 기존의 재현 체계 안에서 이른바 보편의 자리에 함께하지 못했
던, 즉 제대로 대리되거나 재현된 적이 없는 타자적 존재들이다. 주로
에세이를 중심으로 논의되기는 했지만 그와 연동된 일인칭 서사, 자
기 서사 등에 관한 논의는 한국문학의 현장에서 비로소 발화의 주체
가 다변화되고 있다는 점을 확인시켜준다. 문학적 재현이 불가피하
게 '대상화'의 과정을 거칠 수밖에 없다면, 이제껏 한국문학장에서 재
현의 제한적 주권을 누린 주체가 누구였는지는 중요하게 점검되어야
한다. 이와 더불어 '대상화'의 여러 양태에 대한 비판적 논의도 가능해
지기 때문이다. 최근 부상한 '자기이론autotheory'[12] 개념은, 이 이론을
번역하여 소개한 양효실에 따르면 "추상, 객관, 보편의 지위를 구가

---

10.   소영현, 『광장과 젠더——집합감정의 행방과 새로운 공동체의 구상』, 갈무리, 2022, p. 393.
11.   특히 문학사로 시선을 돌리자면, 근대 여성 지식인의 자기 서사를 분석함으로써 여성에게
       글쓰기가 갖는 의미를 탐색한 선구적인 연구로 장영은의 『변신하는 여자들——한국 근대 여성
       지식인의 자기 서사』(오월의봄, 2022)를 꼽을 수 있다.
12.   로런 포니에, 『자기이론——자기의 삶으로 작업하기』, 양효실·김수영·김미라·문예지·최민지
       옮김, 마티, 2025.

해온 이론을 젠더의 인종, 계급 등등의 맥락에서 소수자화된 위치에서 오염시키는, 그러니까 삼인칭 말하기에 진입하는 데 어려움을 겪는 소수자들의 일인칭 말하기가 어떻게 이론의 헤게모니를 해체하면서 이론도 자서전도 아닌 혼종적 텍스트를 제시하는지를 보여주는"[13] 이론이라고 정리된다. 이를 참조하자면 이제껏 문학적 성원권을 제대로 누리지 못했던 타자적 주체들의 '일인칭의 말하기'는, '남성·이성애자·지식인·비장애인'을 중심으로 보편화된 한국문학의 재현 문법, 즉 '문학적 삼인칭의 말하기'에 복속되지 않고자 하는 시도로 이해될 수 있다. 중요한 것은 이러한 '나'들의 말하기가 서로의 삶에 어떤 방식으로 연루될 수 있는가의 문제이다.

　　최근 김미정의 글은 '나'를 쓰는 일과 관련하여 중요한 논점을 제안한다. '페미니즘 리부트' 이후 활성화된 자기 서사는 여성을 비롯한 다양한 소수자의 존재와 글쓰기를 가시화함으로써 우리를 둘러싼 세계의 견고한 위계 구조를 환기하고, 각자가 서 있는 위치에 대한 감각을 정치화하고, 이로써 결국 자기 삶의 주권을 표명하는 중요한 수단이 되었던 것은 분명하다.[14] 김미정은 이러한 점을 확인하면서 그러나 현재 우리에게 필요한 것은 '소유'라는 개념에 근거한 '주권적 자아'에 대한 주장이기보다는 오히려 '차이의 연대'로 나아가기 위한 '자기 박탈'의 감수가 되어야 한다고 말한다. 주디스 버틀러의 표현을 따라 말해지듯 "자아를 상대에게 넘겨주는 행위"[15]가 필요한 것이다. 일기 쓰기를 통해 삶의 위기를 극복하고자 하는 이주혜 소설 속 인물을 분석하며 김미정은 "주권적 자기 너머를 상상한다는 일은 어떤 구획

13.　　서보경·양효실·오은교 좌담, 「자기 이론 시대의 인류학적 성찰」, 『문학동네』 2025년 여름호, p. 83.

14.　　김미정, 「나를 쓰는 일은 어떻게 너를 쓰는 일이 되는가」, 『창작과비평』 2025년 봄호, pp. 306~307.

15.　　같은 글, p. 309.

과 소유와 권리 이전의 지대, 일종의 잠재성을 사유하는 일과 관련된
다"고 결론을 내린다. "어떤 존재가 배타적으로 점유한 '정체성'을 본
질처럼 인종화하는 통치술과 겨룰 방법에 대해"[16] 고민하면서 누군가
에게 독점될 수 없는 세계의 속성을 생각해야 한다는 것이다.

　　주지하듯 주디스 버틀러가 말하는 '자아를 상대에게 넘겨주
는 행위'는 바로 우리가 몸을 지닌 존재이기 때문에 필요하고 또 가능
해진다. 『젠더 허물기』에서 그는 "어떤 몸이 우리가 자율권을 주장해
야 하는 단연코 '그 사람만의' 것일지라도, 어떤 의미에서는 몸이 된
다는 것은 타인에게 주어진다는 것"[17]이라고 말한다. 우리는 몸의 필
멸성, 취약성, 매개성과 더불어 '공적 존재'가 된다. 몸은 접촉과 폭력
의 매개이자 도구이며 "'행하기'와 '당하기'가 모호해지는 장소"인데,
이처럼 우리가 "몸의 존재인 까닭에 이미 우리 외부에 놓여 있는 우
리만의 것이 아닌 삶에 연루되는 방식을 이해할 가능성을 안고 있다".
우리는 자신의 몸에 대한 권리를 위해 투쟁하지만 결국 우리가 투쟁
하는 몸 자체는 온전히 우리만의 것이 아니다. 몸은 이처럼 "다양한
공적 차원을 가지고 있"[18]다. 이러한 사유를 참조하여 여성시의 목소
리가 남성적 보편 언어의 삼인칭 말하기가 되지 않는 방식으로, 동시
에 일인칭의 발화이기도 거절하는 방식으로, 공적 발화로 전환되는
장면을 포착해볼 수 있지 않을까.

　　여성의 시가 직접적으로 정치적이고자 했으며, 특히 계급과
젠더를 교차시키면서 '차이에 기반한 연대'를 말 그대로 "몸바쳐"[19] 실
천하고자 했던 선구적인 사례로 주저 없이 고정희를 꼽을 수 있다. 정

16.　　같은 글, p. 315.

17.　　주디스 버틀러, 『젠더 허물기』, 조현준 옮김, 문학과지성사, 2015, p. 40.

18.　　같은 책, pp. 41~42.

19.　　고정희, 「밥과 자본주의──몸바쳐 밥을 사는 사람 내력 한마당」, 『모든 사라지는 것들은 뒤에
　　　　여백을 남긴다』, 창작과비평사, 1992.

치성 혹은 공공성의 관점에서 한국 여성시의 계보를 그린다고 할 때 고정희는 마땅히 기원의 자리에서 논해질 만하다. 고정희는 한국 시사에서 여성주의적 비전을 구체화한 인물로 각인되어 있다. '여성' '민중'의 목소리를 적극적으로 발화한 그녀의 시는 1970~80년대의 젠더화된 민중문학 담론에 균열을 일으키는 역할을 수행했다. '또하나의문화'에 적극 참여한 특별한 문인 동인이자 한국 최초의 여성 정론지 『여성신문』의 초대 편집장으로 활약한 고정희는 1980년대 여성주의 운동을 능동적으로 이끌어간 페미니스트이기도 했다. 1991년 갑작스러운 죽음으로 고정희의 생전 작업은 중단되었지만, 사후에도 그녀를 기리는 다양한 문화운동이 이어지면서 고정희는 여성주의 문화운동의 산실이자 일종의 상징으로서 꾸준히 영향력을 발휘하고 있다.[20] 특히 '페미니즘 리부트' 이후 여성 연구자들을 중심으로 고정희에 대한 관심이 폭발적으로 늘어난 현상은, 고정희의 삶과 글을 읽는 것 자체가 후대의 여성들에게는 일종의 문학적 실천 행위가 되었다는 것을 의미한다.[21] 그녀가 생전 수행했던 문학적 실천이 그러하듯 사후의 고정희 역시 텍스트의 한계를 넘어 영향력을 발휘하고 있는 것이다.

그렇다면 고정희는 어떤 방식으로 문학의 정치를 수행했다고 말할 수 있을까. 우선 신과 인간, 역사와 현재, 일상과 정치, 정치와 문학, 젠더와 계급 등 다양한 경계를 아우르는 고정희 텍스트 내의 방대한 언술들을 짚어볼 수 있다. 여성학 연구자와 여성 문인, 여성 예술가 들의 작업을 매개했던 그녀의 텍스트 바깥에서의 다양한

---

20.   이에 대한 상세한 소개 및 분석은 이소희의 글 「"고정희"를 둘러싼 페미니즘 문화정치학」(『여성주의 문학의 선구자 고정희의 삶과 문학』, 국학자료원, 2018) 참조.

21.   고정희 추모 20주기 및 30주기 학술대회에서 발표된 논문들을 모은 이소희·이경수 외 공저자의 『페미니즘 리부트 시대, 다시, 고정희』(소명출판, 2022)에서 이러한 연구 성과들의 일부를 확인할 수 있다.

활동 역시 그 자체로 '차이의 연대'를 몸소 실천한 것으로 평가될 수 있다.[22] 이처럼 그녀는 시인·기획자·편집자·연구자 등 연대를 실천하는 '네트워크 행위자'로서 꾸준히 작업해왔음은 물론, 시작 활동을 했던 10여 년의 기간 동안 열 권의 시집을 출간하면서 문필 노동자로서도 지속적인 생산력을 보여주었다. 고정희가 실천한 문학의 정치는 작품 내적인 발화를 초과하여, 그리고 문학이라는 장르를 초월하여 수행되었다.[23] 사라 아메드는 오드리 로드의 시 쓰기를 "공개적으로 말하기speaking out"이자 "토해 내는 말하기speaking from"[24]로 명명한 바 있는데 이를 참조하여 필자는 기존의 연구에서 고정희의 시 쓰기를 당대 현실에 대한 즉각적인 비판으로서의 '공개적 말하기'로 의미화한 바 있다. 1990년에 출간된 『광주의 눈물비』(동아)는 오월 광주에 대한 뒤늦은 애도의 시라기보다는 1988년 진행된 '오공비리 청문회'를 목격한 뒤의 분노를 즉각적으로 토해내다시피 써 내려간 정치시라고 볼 수 있으며, 같은 해에 출간된 『여성해방출사표』(동광출판사)는 1980년대 후반 '또하나의문화'를 통해 여성학자들과 교류하며 여성주의적 문제의식을 본격적으로 축적한 그녀가 일종의 사명감으로 써낸 시들이라고 볼 수 있다.

　　1990년에 이 두 권의 시집이 동시에 출간되었다는 사실은 여

22.　이와 관련된 연구로 김정은, 「1980년대 여성주의 출판문화운동의 네트워킹 행위자로서
　　　고정희의 문화적 실천」, 『아시아여성연구』 제60권 제2호, 숙명여자대학교 아시아여성연구원,
　　　pp. 37~77; 정혜진, 「고정희 여성해방시의 집합적 형식 연구」, 성균관대학교 박사학위논문,
　　　2025 참조.

23.　이와 관련하여 양경언은 "고정희의 시는 시대적 고통을 나누고 연대를 실천하는 방향을
　　　마련하는 시적 언어의 구현으로 독자로 하여금 스스로를 '우리'가 출현하는 장면을
　　　활성화하게끔 만든다"고 그녀 시의 수행성을 설명한 바 있다. 양경언, 「1980년대 한국
　　　시에 나타난 '샤먼 – 시인'의 수행성 연구——김남주, 고정희 시를 중심으로」, 서강대학교
　　　박사학위논문, 2020, p. 188.

24.　오드리 로드, 『시스터 아웃사이더』, 주해연·박미선 옮김, 후마니타스, 2018, p. 20.

러모로 의미심장하다. 1980년대 문단에서 여성주의 문학이 개화하기 시작했다는 사실이 이미 여러 연구를 통해 확인된 바 있지만, 1980년대는 여전히 시대의 당면 과제로서 계급 운동의 보편성과 남성적 형식으로서의 민중 개념이 대세를 이룬 시기로 기억된다. 시인이자 여성해방운동가로서의 고정희가 1980년대를 '여성'과 '민중' 사이 긴장 속에서 건너왔으며, 이러한 고민의 해결로서 '여성'을 그 자체로 '민중'으로 개념화하거나, '여성 문화'의 최종 목표로 '인간 해방'을 설정했다는 사실을 환기할 때[25] 1990년에 출간된 두 권의 시집은 고정희가 줄곧 독재 권력이 행한 인간 억압에 분노하는 시와 가부장제에 의한 여성 억압을 폭로하는 시를 동시적으로 써왔다는 사실을 상징적으로 보여준다.

이와 관련하여 고정희를 '광장에 선 여성'의 형상으로 분석한 김정은의 연구는 여성해방의 시보다 오히려 사회성이 강한 정치시에 주목함으로써, 고정희의 이러한 '남성적' 시적 발화가 당대의 차별적인 젠더 체계를 어떻게 교란시키는지 입증해본다. 역사·사회·정치의 모순된 구조에 대해 합리적으로 비판할 수 있는 지성을 지닌 존재도, 더불어 이에 대해 공적으로 발화할 수 있는 시민의 권리를 지닌 주체도 모두 남성으로 상정되어 있던 당대의 상황에서 고정희가 사회성이 강한 시를 쓰며 투사의 목소리를 내고자 한 것은, 시대의 억압에 저항하려는 가시적 실천으로서보다는 오히려 "'여성성'을 거부하려는 몸짓임과 동시에 여성에게 허락되지 않았던 연단을 마련하려는 수행적 몸짓"[26]으로 읽혀야 한다는 것이 김정은의 주장이다. 즉, 고정희의 시적 발화는 젠더 위계에 대한 전복적 실천으로 해석된다는 것이다.

25. 　　조연정, 같은 책, pp. 89~99.

26. 　　김정은, 「'광장에 선 여성'과 말할 권리──1980년대 고정희의 글쓰기에 나타난 '젠더'와 '정치'」, 『여성문학연구』 제44집, 한국여성문학학회, 2018, p. 280.

여성에게 한 줌의 '특수한' 자리만을 허락해온 남성 중심의 젠더화된 사회, 좁게는 문학장 안에서 여성들이 그 주어진 자리를 거절하면서, 즉 여성이지 않고자 하는 형태로 자신들의 권리를 주장해온 역사는 길고 지난하다. 여성문학의 시대였던 1990년대를 지나 2000년대의 시단에서 점차 시인의 성별과 시적 화자의 성별이 서로 무관하게 되어가며 무성화되었던 사정은 실상 이러한 맥락에서 이해될 수도 있다. 그러나 '여성이지 않고자 하는' 형태로 여성의 권리를 되찾고자 했던 전략이 결국 기존의 젠더 배치와 그에 따른 젠더 위계를 강화하는 데 기여했다는 사실도 자명하다. 이러한 사후적 맥락들도 고려하며 고정희의 시적 전략을 검토할 필요가 있다.

노동 해방의 문학이 대세를 이루었던 1980년대의 한국 문단에서 고정희가 "남성 언어를 수행함으로써 인정과 동시에 전복을 꾀"[27] 했다는 위와 같은 분석은 매우 설득력이 있다. 나아가 이러한 관점은 여성해방과 인간 해방이라는 목표를 우선시했던 고정희 시가 내장한 어떤 투박함, 즉 그녀 시의 미학적 한계를 달리 평가할 기회를 마련해준다는 점에서도 유의미하다. 그런데 1980년대가 정치적 실천과 공적 발화를 중심으로 한 '투사적 남성성'이 강조된 시기임은 분명하지만 이러한 남성성이 문학장의 헤게모니를 늘 점유해왔던 것은 아니라는 점도 기억되어야 한다. 한국문학사를 좀더 거시적인 관점에서 살필 때, 오히려 이 같은 '투사적 남성성'에 반하는 경향들이 더 많이 반복되며 긍정되었다는 점을 감안해야 하는 것이다. 이를테면 현실의 권력과 거리를 둔 사회적 약자로서의 모습, 부조리한 현실에 무력감을 느끼며 괴로워하는 윤리적 주체, 그리고 현실에서 패배한 자신을 애증하는 나르시시즘적 시선 등, 이른바 '헤게모니적 남성성he-

---

27.   같은 글, pp. 289~90.

gemonic masculinity'에 반하는 '주변적 남성성marginalized masculinity' 혹은 '종속적 남성성subordinate masculinity'의 모습을 우리는 한국문학사의 정전 속에서 더 자주 발견하게 된다. 이러한 형상은 한국문학사의 전 시기를 통틀어 남성 지식인의 문학 행위가 '도덕적 우월감'을 확보해온 정동적 전략과 연관되기도 한다.

가령 1980년대를 대표하는 노동자 시인 박노해의 『노동의 새벽』(풀빛, 1984) 같은 시집도 "말하려는 바에 비해 말의 형식은 대체로 온건했다"[28]라고 평가되거나, "민중시이면서도 여성에 대한 인식이 상당히 새로운 모습으로 나타"[29]난 작품으로, 즉 자신의 구체적 생활 체험을 시화하면서도 타자로서의 여성에 관심을 보인 작품으로 고평되었으며[30] 나아가 박노해가 김수영과 김지하를 잇는 '서정 시인'의 계보 속에서 이해되었다는[31] 점을 참조해보자. 단적인 사례이기는 하지만 한국문학사에서 정전이 되기 위한 요건이 오히려 '비-남성적' 형태의 발화일지 모른다는 사실을 환기한다. 고정희 시의 여성주의적 전략을 '남성 언어의 수행'과 관련한 것으로만 읽는다면 문학작품의 평가와 관련된 이 같은 역전된 젠더 위계를 충분히 반영하지 못하게 된다. 요컨대 '광장에 선 여성'으로서 고정희의 시는 문학이라는 복잡한 텍스트 장 안에서 이른바 '남성적 언어'와 '여성적 언어'의 위계가 오히려 전복되어 있다는 사정과 함께 읽혀야 한다. 고정희는 '여류시'의 자리를 거절했음은 물론, 한국문학사에서 담론적 우위를 차지했던 '비-남성적' 형태의 발화로부터도 거리를 둔 여성시를 썼다고

---

28. 김형중, 「응답하라, 1983 — 박노해, 황지우, 백낙청의 시대」, 『문학과사회』 2017년 봄호, p. 167.

29. 조형 외 좌담, 「페미니즘 문학과 여성 운동」, 『또 하나의 문화 — 여성 해방의 문학』 제3호, 1987, pp. 289~90.

30. 구명숙, 「박노해 시에 나타난 여성상 연구」, 『여성문학연구』 제12집, 한국여성문학학회, 2004, pp. 163~88 참조.

31. 정남영, 「박노해의 시세계」, 『사상문예운동』 1991년 여름호(김형중, 같은 글에서 재인용).

이해해볼 수 있다.

자신이 참여한 좌담에서 고평되었던 박노해의 「이불을 꿰매면서」라는 작품에 대해, 고정희는 『여성해방출사표』에 수록된 시 「사임당이 허난설헌에게— 이야기 여성사·3」에서 "최근에 박노해라는 노동시인이/이불을 꿰매며, 라는 여자해방시를 썼다고 하나/찬찬히 뜯어보건대/나도 내 아내를 압제자처럼 지배하고 있었다……이런 고백에 지나지 않아요"라며 유보적인 평가를 내린다. 공장 노동자이자 집안의 노동자로서 이중의 노동에 노출된 아내를 보며 자신을 '가정의 독재자'로 자각하는 시적 화자의 태도에서 고정희는 어떤 불편함을 느낀 것일까. 자신의 위선과 내적 모순을 직시하는 남성 노동자의 신랄한 각성은, 정확히 말해 이러한 각성이 공적으로 발화된 것은 결국 남성 화자 자신의 예리한 상황 인식과 도덕적 우월감을 확인시켜줄 뿐이라는 불만이 있었던 것이 아닐까. 한국문학사가 대개는 현실에서 패배한 남성들의 윤리적 승인을 위해 존재하기도 했다는 사실을 불편하게 재확인했던 것이 아닐까.

다시 고정희의 시로 돌아와보자. 고정희가 시에서 비판하고 있는 대상은 다양하지만 그녀의 발화는 한결같이 꾸밈없고 직설적이다. 방대한 양의 시 중에서 몇 개의 사례를 들기가 어려울 정도로 고정희 시의 대부분은, 특히 후기 시로 갈수록, 반복과 병렬을 통해 씌어진다. 이러한 특징이 미학적 평가를 유보하게 만드는 이유가 될 정도로 고정희의 시는 거의 의도적이라 할 만큼 매번 강박적으로 특정 문구를 반복하거나 집착적으로 많은 대상을 나열한다. 역사 속에서 수난당한 여성들을 호출할 때도, 현재의 억압적 현실을 만들어낸 부정하고 부패한 세력을 나열할 때도, 고정희의 시는 특정한 대상에 집중하기보다는 자신의 시적 무대에 온갖 사람을 호출해낸다. 이처럼 다양한 인물을 등장시키는 과정에서 고정희의 시적 화자는 '육성'이라는 육체성 혹은 물질성으로만 존재하는 상태가 되는 듯도 하다. 고정희 시의 목소리는 억압적 현실에 대한 시적 화자의 비판적 자의식을 위해 존재한다기보다는 오로지 집합적 주체를 선동하기 위해 존재하는 듯 여겨지는 것이다. 버틀러의 표현을 따르자면 이러한 고정희 시의 목소리는 '타인에게 주어지는 몸' 그 자체라고 할 수 있지 않을까. 사회 비판적 인식을 드러내는 시와 여성해방을 주장하는 시를 한 편씩 뽑아 읽어보자.

> 죽음의 팔십년대가 지나고
> 희년을 기다리는 구십년대의 첫 사월
> 첫 부활절을 맞이했습니다
> 우리의 육신은 아직
> 자기껍질의 두터운 오버를 벗지 못했습니까?
> 우리의 영혼은 아직
> 우리 마음의 빙벽을 녹이지 못했습니까?
> 〔……〕
>
> 구십년대의 그리스도는
> 우리의 밥그릇에
> 우리의 월급봉투에
> 우리의 찻잔 속에
> 우리의 보수대연합 행진 속에
> 고요히 엎드려 죽으신 채
> 우리더러 죽음을 생명으로 바꾸라 하십니다
> 우리더러 총칼을 꽃으로 바꾸라 하십니다
> 우리더러 서로에게 불이 되라 하십니다

우리더러 서로에게 강물이 되라 하십니다
우리더러 서로에게 혁명, 피가 되고 살이 되는 혁명을 이루라 하십니다
거기 바로 부활 있다! 귀띔하십니다

약속의 땅에 죽어계신 그리스도
군몰장병 묘지에 죽어계신 그리스도
휴전선 철조망에 죽어계신 그리스도
사일구 묘역에 죽어계신 그리스도
망월동 묘지에 죽어계신 그리스도
그리고 이웃의 신음 속에 죽어가는 그리스도는
베를린 장벽이 무너지듯
우리더러 서로에게 무너지라 하십니다
우리더러 서로를 적시라 하십니다
우리더러 무덤을 파헤치라 하십니다
침묵의 세월, 복종의 세월을 끝장내라 하십니다
분단의 빙벽을 녹이라 하십니다
지역 갈등의 벽, 차별의 벽
분당 파당의 벽을 허물라 하십니다
통일의 꽃씨를 심으라 하십니다
해방의 꽃길을 예비하라 하십니다
거기 바로 희년 있다! 흐느끼십니다
아아 거짓말 홍수 속에 익사하신 그리스도는
죽어도 죽지 않으신 채
우리더러 죽음을 살림으로 바꿔달라 바꿔달라 바꿔달라 메아리치십니다
아아 교회의 첨탑 속에 매장당한 그리스도는
부활절에도 부활하지 않으신 채

> 우리더러 미사일을 비둘기로 살려내라, 살려내라, 모스부호로 외치
> 십니다
> ─「베를린 장벽이 무너지듯 ─ 부활절에」부분, 『광주의 눈물비』[32]

1980년대에서 1990년대로 이어지는 시기에 씌어진 위 시에서 고정희가 말하고자 하는 바는 매우 명료하다. 1980년대를 "죽음"의 시대로 정의하는 고정희는 1990년대를 맞이하는 시점에서 마치 예수의 부활처럼 '죽음'의 시대를 "생명"과 "살림"의 시대로 만드는 기적을 실천해보자고 역설한다. 이 시의 두드러진 구성 원리 역시 반복과 병렬이다. 반복되는 구절의 의미를 압축한다면 이 시의 메시지는 "우리더러 서로에게 혁명, 피가 되고 살이 되는 혁명을 이루라 하십니다" "우리더러 서로에게 무너지라 하십니다"라는 예수의 전언으로 요약될 수 있다. 오월 광주가 남긴 끔찍한 상흔은 여전하고, 한반도는 아직 분단의 상황에 놓여 있으며, 민중의 희생으로 성취한 민주주의는 "보수대연합"이라는 환멸의 결과를 가져왔고, "지역"과 계급 간 "차별의 벽"은 여전하며, "밥그릇"과 "월급봉투"의 사정도 나아지지 않은 상황 속에서, "죽음을 살림으로 바꿔"낼 "희년"을 맞이할 가능성은 '우리가 서로에게' 자신을 내어주는 방법뿐이라고, 이 시는 예수의 말을 전하는 화자의 목소리로 말하고 있다. 시적 화자가 마치 성직자처럼 일종의 메신저가 되어 있는 것이다.

　위의 시에서 '부활'은 1990년대가 1980년대와는 다른 시대가 되기를 바라는 희망과 염원을 의미한다. 여러 문제가 겹쳐 일어난 '죽음'의 과거를 건너 '살림'의 시대로 간다는 것은, 죽은 자를 다시 '살리는' 기적처럼 어려운 일이기도 하다. 그런데 이 시에서의 '부활'은 이

32.　고정희, 『고정희 시전집』 2, 또하나의문화, 2011, pp. 221~23. 강조는 인용자.

전과는 완전히 달라진 새로운 시대를 요청한다는 비유적 의미로만 단순히 해석될 수는 없다. '희년'을 바라는 시적 화자의 염원이 '부활한 예수'의 전언으로 드러난다는 점에 주목해보자. '요한복음'에 등장하는 예수의 부활 장면에서 죽은 예수의 '몸'을 가장 먼저 발견한 자는 막달라 마리아이다. 마리아에게 예수는 "나를 만지지 마라"라는 말을 남겼고 마리아는 그 말의 의미를 다른 사람들에게 전하는 메신저가 된다. 예수는 인간을 대신한 속죄양으로서 죽었고 다시 살아났지만 그 부활은 몸의 '되살림', 즉 소생을 의미하지는 않았다. 부활과 함께 예수는 몸을 가진 인간이기를 넘어 결국 영생의 신이 된다. 이러한 예수의 부활 장면을 사유하는 글에서 장-뤽 낭시는, 비어 있는 예수의 무덤을 발견한 막달라 마리아 앞에 정원지기의 모습으로 나타난 예수가 "나를 만지지 마라"라고 말한 것의 의미를 해석하며 다음과 같은 결론을 내린다. '부활'을 단순히 정신적 차원의 것으로만 이해할 수는 없다는 것이다.

> 대관절 왜 몸인가? 왜냐하면 몸만이 쓰러지고 일어설 수 있기 때문이다. 왜냐하면 몸만이 만지거나 만지지 않을 수 있기 때문이다. 정신은 그 자체로 아무것도 할 수 없다. "순수한 정신"은 단지 완전히 그 자신에게 닫힌 현존의 형식적이고 공허한 지표들만을 제공한다. 몸은 이 현존을 개방한다. 그것은 이 현존을 현재화하고 바깥에 내놓는다. 몸은 그것을 그 자신으로부터 떼내고, 그 사실을 통해서 다른 몸들과 함께 그것을 끌고 간다. 그렇게 해서 막달라 마리아는 사라진 이의 진정한 몸이 된다.[33]

---

33. 장-뤽 낭시, 『나를 만지지 마라 — 몸의 들림에 관한 에세이』, 이만형·정과리 옮김, 문학과지성사, 2015, p. 86.

'내 몸을 만지지 말라'는 말은 '만질 수 있는 몸'과 '만질 수 없는 몸'을, 즉 타인에게 내어줄 수 있는 몸과 그 몸의 신성함을 동시에 의미한다. 이것을 낭시는 '들림'이라는 용어로 설명한다. 번역자 정과리의 해제를 참조하자면, 몸으로 인해 우리는 타인과 구분되지만 몸이 있기 때문에 타인에게 무너질 수 있다. 예수는 인간을 위해 자신의 몸을 희생했지만, 희생자로서 영원한 죽음의 침묵 속으로 사라진 것이 아니라 마리아의 몸을 빌려 목소리로 다시 현존하게 되었다. 위의 시에서도 '그리스도'는 군몰 장병들 사이에, 4·19와 5·18의 억울한 죽음들 사이에, "죽음을 살림으로 바꿔달라 바꿔달라 바꿔달라 메아리치"는 목소리가 되어 있다. "죽어도 죽지 않으신 채" "부활절에도 부활하지 않으신 채", 즉 죽어 사라진 몸으로 관념화되어 잊히거나 부활한 몸으로 이상화되어 기억되는 것이 아니라, 마치 '산 죽음'처럼 우리와 함께 이 고통의 시대를 함께하고 있다. 이 시는 수많은 역사적 희생자의 현존 역시 이러한 방식이 되어야 한다고 말하는 듯하다. 고정희가 자신의 시적 무대를 통해 역사적 인물을 다양하게 호출하여 그들의 목소리를 생생히 되살리며 서로 대화하게 만드는 것은 아마 이러한 이유 때문일 것이다. 요컨대 「베를린 장벽이 무너지듯 —부활절에」라는 시는, 고통과 억압의 시대를 넘어 새로운 시대로 나아가기 위해서는 역사적 희생자들의 '죽음'이 아니라 차라리 그들의 '몸'을 기억해야 함을, 더불어 우리도 서로에게 '무너지고' 서로를 '적시는' 몸의 실천을 실행해야 함을 강조한다. '나'에게 속한 자신의 몸을 타인에게 내어주는 실천이 필요하다는 것이다.

　　그러한 실천을 고정희의 시적 화자가, 아니 글 쓰는 여성으로서 고정희가 직접 수행하고 있기도 하다. 이 시가 '우리'라는 집합적 주체를 주어로 설정하고 있다는 점은 메시지의 측면에서뿐만 아니라 시적 발화의 구성적 측면에서도 의미가 크다. 시적 화자는 예수와 동일시되기보다는 차라리 예수의 말을 전하는 마리아와 동일시된다. 위의 시를 비롯하여 고정희의 많은 시는 이른바 사회 비판적 성격을 띠는 공적 발화를 수행하고 있지만, 이를 당시의 여성시 혹은 여류시에 허락되지 않은 투사적 남성성의 목소리를 체현한 것으로만 의미화하기는 어렵다. 시적 화자가 지닌 선동가로서의 우월한 역사의식이나 희생자로서의 고귀한 윤리의식이 강화되는 형태로 발화가 구성되는 것은 아니기 때문이다. 쉽게 말해 고정희의 시적 발언들은 화자의 나르시시즘적 내면을 강화하기보다는 밖으로 향하는 메시지를 강조하기 위해 유사한 구조의 발언들을 중첩시킨다. 메시지 뒤의 얼굴보다는 메시지를 전하는 목소리의 물질성 그 자체가 중요해진다.

해방전선 여자들 일어설 때입니다

이제는 우리가
우리의 삶과 운명을 결정하기 위하여
해방전선 여자들 일어설 때입니다
이제는 우리가
우리의 자유와 평등을 결정하기 위하여
부엌데기 여자들 일어설 때입니다
베를린 장벽이 와르르 무너지듯
내 속의 적을 무너뜨리고
그대 속의 적을 무너뜨리고
여자와 여자 사이 적을 무너뜨리고
가족과 가족 사이 적을 무너뜨리고
남자와 여자 사이 적을 무너뜨리고
딸과 아들 사이 적을 무너뜨리고

며느리와 시어머니 사이

올케와 시누 사이 적을 무너뜨리고

부엌과 정치 사이 적을 무너뜨리고

남편과 아내 사이 적을 무너뜨리고

자본과 노동 사이 적을 무너뜨리고

이제는 우리가

우리의 평화와 해방의 주인이기 위하여

살림의 여자들 일어설 때입니다

분단이라는 벽을 넘어

지역이라는 벽을 넘어

계층이라는 갈등의 벽

신분이라는 우열의 벽을 넘어

지연이라는 분열의 벽

학연이라는 자만의 벽을 넘어

혈연이라는 종속의 벽을 넘어

이제는 우리가

우리의 땅과 흙에 씨 뿌리기 위하여

대지의 여자들 일어설 때입니다

죽음의 밥상을 거부하기 위하여

증오와 차별을 끝장내기 위하여

핵무기의 위협과 전쟁의 공포를 몰아내기 위하여

인신매매와 강간의 세월을 박살내기 위하여

복종과 침묵의 말뚝을 뿌리뽑기 위하여

아아 그리고

서로 다른 상처를 싸매 주기 위하여

서로 다른 고통에 입맞추기 위하여

서로 다른 눈물을 닦아 주기 위하여

서로 다른 체험을 나누고

서로 다른 희망이 하나 되기 위하여

생명의 여자들 일어설 때입니다

억울한 여자들 일어설 때입니다

귀머거리 여자들 일어설 때입니다

벙어리 여자들 일어설 때입니다

눈뜬장님 여자들 일어설 때입니다

서러운 여자들 일어설 때입니다

버림받은 여자들 일어설 때입니다

낙인찍힌 여자들 일어설 때입니다

해방전선 여자들 일어설 때입니다.

　　　　—「여자가 하나 되는 세상을 위하여— 이야기 여성사·6」 부분,

　　　　　　　　　　　　　　　　　　　　　　　『여성해방출사표』[34]

위 시에서도 여성 억압의 과거와 현재가 같은 구문의 반복을 통해 드
러난다. 이 시는 온갖 "증오와 차별" "복종과 침묵" 속에서 고통받고
상처받아온 여성들, 이를테면 "귀머거리 여자들" "벙어리 여자들" "눈
뜬장님 여자들" "서러운 여자들" "버림받은 여자들" "낙인찍힌 여자
들"이 되어 있었던 여성들이, 자신들의 "삶과 운명을 결정하"는 실천
속에서 이제는 "해방"을 맞아야 할 때가 되었다고 힘주어 말한다. "우
리가/우리의 삶과 운명을 결정"하고 "우리가/우리의 평화와 해방의

34.　　　고정희, 같은 책, pp. 295~97.

주인”이 되는 실천은 어떻게 가능할까. 앞서 인용한 시에서처럼 이 시에서도 이념·지역·계층·신분 등 인간을 둘러싼 각종 차별의 벽을 허무는 일이 중요하게 강조된다. 그런데 고정희가 말하는 “여자가 하나 되는 세상”은 단지 성차로 인한 억압과 차별을 해결하는 것만으로 실현되는 것은 아니다. “여자”라는 시어를 ‘인간’이라는 말로 대체해도 전혀 어색하지 않을 정도로, 이 시는 여성을 넘어 인간을 억압하는 무수한 차별의 표지를 빠짐없이 나열하고자 애쓴다. 남성적 권력을 적대시하기 위한 여성 간 연대와 단결만을 주장하는 시는 아닌 것이다.

　　“여자들”을 억압하는 대립은 “남자와 여자 사이”“딸과 아들 사이”“남편과 아내 사이”에만 있는 것은 아니다. “자본과 노동 사이”“부엌과 정치 사이”에서도 “여자”는 고통받아왔으며, “여자와 여자 사이”“가족과 가족 사이”에서 혹은 “내 속의 적”과 더불어 상처받아왔다. 여성의 몸은 “서로 다른” 젠더·계급·지역·이념 등으로 인한 고통과 상처들이 무수히 ‘교차’하는 장소가 되는 것이다. “서로 다른 고통”을 이해하며 “서로 다른 체험을 나누”며 하나가 되어야 한다고 말하는 이 시를 ‘교차성intersectionality’의 이론을 선취한 시로 읽는 것도 전혀 어색하지 않다. 나아가 이 글의 논지와 관련하여 특히 주목할 점은, 이 같은 고정희의 시에서는 시적 화자에 대한 나르시시즘적 재현이 거의 이루어지지 않는다는 사실이다. 앞서 언급했듯 불행한 시대에 대한 시적 화자의 고뇌와 죄책감을 진실하게 드러내며 야만적 현실과 대비되는 시인의 연약하고도 고귀한 내면을 증명해내는 것이, 한국 문학사에서 익숙하게 보아온 윤리적 남성 주체의 모습이었다는 점을 환기해보자.[35] 고정희 시의 정치성 혹은 공공성은 이와 달리 시적 화자

35.　　한국문학사에서 남성 인물들이 여성을 대상화하는 방식으로 나르시시즘적 주체가 된다는 점은 여러 사례를 통해 확인된 바이다. 필자는 김수영, 황지우, 기형도 등의 남성 시인들을 대상으로 위와 같은 관점의 연구를 진행하기도 했다. 특히 한국 문단의 대표적 전위 시인인

자신에 대한 재현에 집중하지 않는다는 점과 더불어 이해될 수 있다.

요컨대 고정희의 문학 행위를 통해 우리가 여성시의 정치성에 대해 말할 수 있다면, 그녀가 자신의 시에서 역사적 수난자이자 가부장제의 피해자로서 여성의 억압을 끊임없이 고발함으로써 1980년대 남성 중심의 민중문학 시대에 여성주의적 목소리를 선명히 각인해놓았다는 점을 우선적으로 음미해야 한다. 뿐만 아니라 문학의 정치적 실천을 위해 시적 화자의 목소리를 오로지 메신저의 그것으로 사용하고, 시인의 목소리, 결국 시인의 몸 자체를 타자를 향한 증언의 자리로 내맡겼다는 점 또한 중요하게 고려해야 한다. 랑시에르의 익숙한 주장을 따라 정치적 수행을 '몫 없는 자'들이 자신의 몫을 찾는 과정으로 이해한다면, 고정희 시의 정치성은 역사적으로 고통받아온 여성들의 시민적 권리를 되찾아주기 위해 자신의 목소리를 내어주며 공적 발화자로서의 권리와 의무를 새롭게 재편한 것으로 의미화될 수 있다. 진정한 공적 발화란 발화자의 자리를 사유화하지 않는 것에서 시작한다. 문학이, 특히 여성시가 공적 발화로 기능하는 것은, 때로는 '여성성'의 담론적 우위를 포기하는 방식으로, '나'의 경계를 '우리'를 향해 열어젖히면서 가능해진다는 점을 우리는 고정희의 사례를 통해 확인할 수 있다.

3. 가장 슬픈 자리에서 쓰는 시 — 진은영 시의 정치성

한국문학사에서 1980년대는 조직적인 여성해방운동과 더불어 여성

김수영의 자기 혐오가 왜 필연적으로 여성 혐오를 경유해야만 하는가에 대해 문제적으로 고찰하기도 했다. 조연정, 「'무능한 남성'과 '불온한 예술가', 그리고 '여성혐오'—여성주의 시각으로 김수영 문학을 '다시' 읽는 일」, 『한국시학연구』 제57호, 한국시학회, 2019 참조.

주의 문학이 개화하기 시작한 시기로 이해된다. 1980년대 중반 이후 본격화된 한국문학사의 여성주의적 시각은 1990년대 들어 다양한 포스트 이론과 결합하며 주류 담론으로 활발히 논의되었다. 그러나 이 시기 '여성' '여성성' '여성적 글쓰기'를 둘러싼 논의들은 과잉 담론화의 경향을 보이며 현실에서 멀어졌다는 평가가 지배적이다. 그리고 2000년대에 새로운 언어와 상상력으로 무장한 소위 '미래파' 시인들이 등장한 이후 2015년경의 '페미니즘 리부트' 이전 시기까지, 한국 시단에서 여성주의와 관련된 논의가 상당히 희미해졌다는 것도 주지의 사실이다. 이 글의 마지막 장에서 바로 이 시기에 주목해보고자 한다. '시와 정치'에 관한 논쟁이 활발히 이루어졌던 2000년대 후반의 문단으로 돌아가 문학의 정치성 혹은 공공성에 관한 당시의 논의를 '여성의 글쓰기' 혹은 '글 쓰는 여성'의 문제와 교차시켜 이해해보고자 한다.

2008년 이명박 정권의 출범 이후 한국 사회의 정치 현실이 여러모로 후퇴한 가운데, 결정적으로는 2009년 초에 일어난 '용산 사태'의 비극이 큰 충격으로 다가왔던 시기와 맞물려, 한국 문단에서는 문학의 정치성에 관한 논의가 새롭게 불거지기 시작했다. 2000년대 후반부터 2010년대 초반까지 지속되었던 '문학과 정치' 혹은 '시와 정치'에 관한 열띤 논쟁들은 한국 정치의 퇴행이라는 문학 밖 현실의 요청으로 이루어진 것이라 볼 수도 있지만, 엄밀히 말한다면 이 논쟁이 랑시에르를 읽은 시인 진은영의 사유와 그녀의 오랜 고민으로부터 촉발된 것이라 말해도 틀리지는 않다. 신형철의 표현대로 진은영의 「감각적인 것의 분배」는 "향후 논쟁 전체의 기조 발제문 역할을 했"[36]

---

36. 신형철 발문, 「어떤 가능성에 대한 끈질긴 사랑 ─ 2008년 이래의 진은영」, 진은영, 『문학의 아토포스』, 그린비, 2014, p. 307.

던 것으로 읽힐 수 있는데, 이 글에서 숱하게 인용된 익숙한 문장을
다시 환기해보자.

> 이주노동자와 비정규직 노동자들의 투쟁을 지지하며 성명서에 이름
> 을 올리거나 지지 방문을 하고 정치적 이슈를 다루는 논문을 쓸 수도
> 있지만, 이상하게도 그것을 시로 표현하는 것은 쉽지가 않다. 사회참
> 여와 참여시 사이에서의 분열, 이것은 창작과정에서 늘 나를 괴롭히
> 던 문제이다. 나는 이 난감함이 많은 시인들이 진실된 감정과 자신의
> 독특한 음조로 새로운 노래를 찾아가려고 할 때 겪는 필연적 과정일
> 거라고 믿고 싶다.[37]

"사회참여와 참여시 사이에서의 분열"이라는 시인의 고민으로부터
시작된 '시와 정치'에 관한 논쟁은 이후 다양한 구체적 질문으로 확장
되었으며 단기간 내 적지 않은 글을 축적시켰다. 논쟁의 핵심은 결국
'시의 미학적 실험이 어떻게 현실 정치에서 가시적인 효과를 발휘할
수 있는가'라는 물음으로 압축될 수 있다. 흥미로운 점은 이 논쟁이
시인의 고민에서 비롯되었음에도 불구하고 정작 이에 대한 답변은
대부분 평론가들의 몫으로 귀속된 듯 보였다는 사실이다. 마치 작품
의 미학적 효과나 정치적 효과가 여전히 비평적 담론을 통해서만 산
출되고 인증될 수 있다는 듯 말이다. 그러나 논쟁을 촉발한 「감각적
인 것의 분배」는 자문자답의 형태로 씌어져 있었던바, 랑시에르가 말
한 '감성적 불일치' 혹은 '감각적인 것의 재분배'로서의 미학의 정치성
이론에 기대어, 예술가는 언제나 "문학 텍스트와 다른 사회적 텍스트
의 끊임없는 접합"의 가능성을 "자신의 삶 속에 마련해두"어야 한다

---

37.   진은영, 「감각적인 것의 분배 — 2000년대의 시에 대하여」, 『창작과비평』 2008년 겨울호, p. 69.

는 당부와 "삶과 정치가 실험되지 않는 한 문학은 실험될 수 없다"[38]
라는 다짐을 고민에 대한 대답으로 마련해두고 있었다.

　　동료 시인 정한아는 이 시기의 시와 정치에 관한 논쟁이 결국
"퇴행적인 정치 현실 속에서 절실하게 요구되고 있는 정치적 진보주
의(정치적 아방가르드)를, 이미 자생적으로 군락을 이루고 있는 미학
적 진보주의(미학적 아방가르드)로 하여금 어떻게 (재현하도록 하는
것이 아니라) '발생시킬 것인가' 하는 문제"[39]였다고 정리한다. 이에 덧
붙여 그는 '운동과 캠페인'에 관한 리처드 로티의 개념을 차용하여 해
당 논쟁을 다음과 같은 흥미로운 시각으로 정리해본다. "이 논쟁은 결
국 '하나의 숭엄을 다른 숭엄으로 대체하는 운동'의 시대가 가고 '각
삶과 작품이 생애와 역사의 특정 국면에서 스스로 존중하는 가치를
위해 헌신하는 캠페인'의 시대에 이미 돌입해 있음을 보여주었다"[40]
는 것이다. 다소 원론적으로 읽힐 수도 있지만 사실은 매우 현실적이
고 구체적인 대안으로서 "지금 우리에게 필요한 미학적 실험은 예술
과 정치라는 서로 이종적인 것들을 결합하는 다양한 방식에 대한 상
상"[41]이라는 적실한 대안이 진은영의 글에 이미 마련되어 있었음에도
불구하고, 논쟁에 참여한 논자들은 대체로 '하나의 숭엄'을 '다른 숭엄'
으로, 즉 '문학'을 '정치'로 어떻게 온전히 대체할 수 있는지에 관한 이
론적인 고민에 빠져 있었다고도 볼 수 있다. 요컨대 당대의 논의들은
대개 문학의 자율성을 포기하지 않는 형태로 문학 안에서 이루어지
는 위반과 실험이라는 '정치적 재현'들을 최대치로 의미화하는 일에
몰두해 있었던 것인지도 모른다.

38.　　　같은 글, pp. 83~84.

39.　　　정한아, 「운동의 윤리와 캠페인의 모럴——'시와 정치' 논쟁에 대한 프래그머틱한 부기(附記)」,
　　　　　『상허학보』 제35집, 상허학회, 2012, p. 182.

40.　　　같은 글, p. 184.

41.　　　진은영, 같은 글, p. 80.

 '문학은 애초에 정치적'이라는 대동소이한 결론에 이르고 말았던 다수의 글이 문학의 사회적 효용과 문학 행위 자체의 윤리성에 대한 절대적 신뢰를 기반으로 하고 있었다는 점은 자명하다. 그러나 불과 몇 년 뒤 문학이 텍스트 밖의 현실에 가한 폭력들이 차례로 폭로되며 이 같은 오래된 믿음은 산산조각 난다. 결정적으로는 2016년 '#문단_내_성폭력' 말하기 운동을 계기로, 이후 몇몇 작가의 '사적 대화의 작품 내 무단 인용' 사태를 거치며, 문학의 자율성 신화는 설득력을 잃어간다. 오로지 미학적인 방식으로 텍스트 밖의 현실에 정치적 효과를 발생시키고 싶었던 시인의 치열한 고민을 경청했던 한국 문단이, '문학이라는 이름'으로 현실에 가해진 명백한 폭력의 양상들을 마주해야 했던 상황은 고통 그 자체였다. 현실에 대한 문학의 부정적 침입이 이토록 손쉽게 가능했다는 사실도 실로 충격적이었다. 부정적인 방식을 통해서였기는 하지만, 한국 문단은 2016년 이후로 '문학의 자율성'을 전면적으로 주장할 수는 없게 된다. 그 이후 최근에 이르기까지 한국 문단이 가장 열심히 고민한 것은 문학과 현실의 관계에 관한 것, 문학의 장에서 사적인 것과 공적인 것이 접속하는 방식, 그리고 '나'를 쓰는 일과 '우리'를 말하는 일의 연결 같은 것이 된다.

 이 글의 서두에서도 말했듯 최근 10년간 한국 문단에서 가장 중요한 화두가 된 것은 바로 '나'를 쓰는 일, 즉 일인칭의 말하기에 관한 것이었다. 여기에는 여러 맥락이 겹쳐 있다. '페미니즘 리부트' 이후 기존의 남성·지식인·이성애자·비장애인 중심의 문학사를 해체하는 과정에서 여성 서사, 퀴어 서사 등이 주목받고 이와 더불어 '당사자성에 입각한 글쓰기'에 관한 논의가 활성화되었다는 문단의 상황이 이와 관련된다. 근본적으로는 '문학의 자율성'을 전제로 하는 재현의 체계가, 나아가 공동체를 대리하는 자리에서 이루어지는 글쓰기가 그 시효를 다했다는 사정도 결부된다. 지금-여기의 한국문학은 더 이상 현실과 무관한 무중력의 공간에서 정치성을 주장할 수 없으며, 작품을 쓰고 있는 작가·시인의 현실적 존재가 작품과 전혀 무관해질 수도 없으며, 글쓰기라는 행위를 통해 개인의 이름으로 다수의 공중을 대리하는 일도 쉽지 않게 되었다. '나'를 쓰는 일은 '재현'과 '대리'의 위험으로부터 가장 안전하게 문학적 윤리를 수행하는 방식이 되기도 한 것이다. 그렇다면 이러한 상황에서 문학의 정치적 수행성을, 나아가 여성의 글쓰기와 관련된 문학의 공공성을 우리는 어떤 방식으로 확인할 수 있을까.

앞서 인용한 버틀러의 말을 다시 환기하자면, '몸―주체'로서의 인간은 오로지 자신에게만 귀속된 존재가 아니며, 필멸성·취약성·매개성을 지닌 몸과 함께 우리는 모두 '공적 존재'가 된다. 그렇다면 '나'를 쓰는 일도 필연적으로 '나'와 연루된 '너'를 쓰는 일이 될 수밖에 없으며, '내'가 온전히 '나'를 쓰고 있다고 안심할 때도 그 '나'는 구체적인 상황과 맥락 속에서 타자에게 내어진, 즉 대상화된 존재일 수밖에 없다. 문학의 이러한 아이러니가 동시에 문학의 공공성이자 가능성이라고 말할 수 있지 않을까. 온전히 '나'를 쓰는 일도 이처럼 완벽하게 가능한 것이 아니라면, 타인의 자리에서 타인의 목소리가 되어 시를 쓴다는 것은 과연 몇 겹의 가능과 불가능을 내포한 행위가 될까. 고정희의 시가 차별받고 고통받은 이들의 연약한 목소리를 한데 모아 그들을 대신해 큰 소리로 말해보는 메신저의 역할을 자처하며 여성시의 정치성 혹은 공공성을 수행했다면, 1980년대에 비해 한없이 하찮아진 시인의 자리에서 진은영은 어떤 방식으로 시의 공공성이라는 책무를 감당하고자 했던 것일까. "죽은 사람을 살릴 수 있다"라고 쓰는 동시에 "한 발짝도//움직일 수가 없다"(「내가 할 수 있는 것과 할 수 없는 것에 대하여」)[42]라고 쓸 수밖에 없는 "무기력의 종이 위에"(「나는 도망 중」)서, 실천적 시민이자 상담가이자 미학자로서의 진은영은 누구의 목소리가 되어 어떤 문장을 쓰고자 했을까. 진은영의 시 중에서 가장 슬프지만 한없이 "따듯한" 시 한 편을 세심하게 읽어보자.

아빠 미안

2킬로그램 조금 넘게, 너무 조그맣게 태어나서 미안

스무 살도 못 되게, 너무 조금 곁에 머물러서 미안

엄마 미안

밤에 학원 갈 때 휴대폰 충전 안 해놓고 걱정시켜 미안

이번에 배에서 돌아올 때도 일주일이나 연락 못 해서 미안

할머니, 지나간 세월의 눈물을 합한 것보다 더 많은 눈물을 흘리게

해서 미안

할머니랑 함께 부침개를 부치며

나의 삶이 노릇노릇 따듯하게 익어가는 걸 보여주지 못해서 미안

아빠 엄마 미안

아빠의 지친 머리 위로 비가 눈물처럼 내리게 해서 미안

아빠, 자꾸만 바람이 서글픈 속삭임으로 불게 해서 미안

엄마, 가을의 모든 빛깔이 어울리는 엄마에게 검은 셔츠만 입게 해서

미안

〔……〕

42.　　진은영, 『나는 오래된 거리처럼 너를 사랑하고』, 문학과지성사, 2022. 이하 이 글에서
　　　인용되는 진은영의 시는 이 시집에 수록되어 있다.

아빠, 내가 애들과 노느라 꿈에 자주 못 가도 슬퍼하지 마

아빠, 새벽 세 시에 안 자고 일어나 내 사진 자꾸 보지 마

아빠, 내가 친구들이 더 좋아져도 삐치지 마

엄마, 아빠 삐치면 나 대신 꼭 안아줘

하은 언니, 엄마 슬퍼하면 나 대신 꼭 안아줘

성은아, 언니 슬퍼하면 네가 좋아하는 레모네이드를 타줘

지은아, 성은이가 슬퍼하면 나 대신 노래 불러줘

아빠, 지은이가 슬퍼하면 나 대신 두둥실 업어줘

이모, 엄마 아빠의 지친 어깨를 꼭 감싸줘

친구들아, 우리 가족의 눈물을 닦아줘

나의 쌍둥이, 하은 언니 고마워

나와 손잡고 세상에 와줘서 정말 고마워

나는 여기서, 언니는 거기서 엄마 아빠 동생들을 지키자

나는 언니가 행복한 시간만큼 똑같이 행복하고

나는 언니가 사랑받는 시간만큼 똑같이 사랑받을 거야

그니까 언니, 알지?

아빠 아빠

나는 슬픔의 큰 홍수 뒤에 뜨는 무지개 같은 아이

하늘에서 제일 멋진 이름을 가진 아이로 만들어줘 고마워

엄마 엄마

내가 부르고 싶은 노래들 중 가장 맑은 노래

진실을 밝히는 노래를 함께 불러줘 고마워

엄마 아빠, 그날 이후에도 더 많이 사랑해줘 고마워

엄마 아빠, 아프게 사랑해줘 고마워

엄마 아빠, 나를 위해 걷고, 나를 위해 굶고, 나를 위해 외치고 싸우고

나는 세상에서 가장 성실하고 정직한 엄마 아빠로 살려는 두 사람의

아이 예은이야

나는 그날 이후에도 영원히 사랑받는 아이, 우리 모두의 예은이

오늘은 나의 생일이야

—「그날 이후」 부분

「그날 이후」는 세월호 참사에서 희생된 안산 단원고 학생 유예은의 육성으로 씌어진 시이다. 이 시집의 끝에 달린 주석에 따르자면, 2014년 10월 15일 안산의 치유공간 '이웃'에서 예은이와 쌍둥이 언니 하은의 생일 모임이 열렸고 "생일 모임에 참석하지 못한 예은이를 대신하여 시인 진은영이 예은이의 이야기를 전"해본 것이 이 시가 되었다. 열일곱 살의 딸이자 손녀, 그리고 언니이자 동생을 잃은 남은 가족들의 헤아릴 수 없는 슬픔을 죽은 예은이의 목소리를 대신해서 위로해보는 것, 이것이 시 쓰는 진은영이 택한 애도의 방식이라고 할 수 있다. 물론 이렇게 말해보는 것은 이 시가 한 일을 절반도 말하지 못한 것이 될지 모른다.

　죽은 예은이의 목소리로 말해보고자 한 것은 시인 진은영이 선택한 것이라기보다는 '생일시 프로젝트'에 참여할 것을 요청받은 그가 '감당하기로 결심한' 것이었다 말해야 맞다. 시집의 해설에서 신형철은 "예은이 없는 이곳에서, 예은 대신 그의 권한을 행사하거나 그의 목소리를 빌릴 수 있는 사람은 제 안에 예은을 가진 사람뿐"일 것이라 말하며 시인이 "예은을 그 일부라도 자기 안에 들여놓기 위해

〔……〕 끈질기게 기다렸"[43]을 시간을 가늠해본다. 이러한 해설을 참조하며 김보경은 "진은영의 시에서 타자가 되는 일은 단순히 감정이입을 가리키는 것이 아니라 함부로 타자의 목소리를 전유해서는 안 된다는 윤리적 경계에서 비롯하는 지적인 통제와 그가 나의 일부가 되도록 그의 일부를 직접 살아가는 시간의 경험과 더불어 이루어진다"[44]라고 분석해본다. 그것이 아무리 남은 가족들이 간절히 원했던 말일지언정 어느 누구도 망자의 목소리를 대신할 권리를 가질 수 없다는 점은 분명하다. 그러나 우리에게는 시인이 예은의 목소리가 되기 위해 고통과 슬픔 속에서 보냈을 그 시간의 진정성을 판단할 권리가 없다. 한 번도 실제로 만난 적 없는 예은이의 생전 모습과 볼 수 없는 미래의 모습, 아빠, 엄마, 할머니, 언니, 동생들과 나누었던 예은이의 '따듯한' 몸, 그리고 지금은 만질 수 없는 그 취약한 몸을 생각하며 시를 쓰기 위해 자신의 서툰 손가락을 한없이 움직였을 시인의 시간들을 똑같이 경험할 능력마저도 없다. 독자로서의 우리가 할 수 있는 일은 예은이의 목소리를 감당하기로 결심한 시인의 문장들을 좇아가며 지금–여기에 없는 예은과 남은 가족들의 마음을 헤아리는 시간 속에 침잠해보는 일, 그것뿐이다.

세월호 참사 10주기가 되는 2024년에 쓴 글 「이토록 보잘것없는 사랑」에서 진은영은 "슬퍼할 권리"[45]를 빼앗긴 유가족들에 대해 말한다. 이와 더불어 애도 전문가 데이비스 케슬러가 소개하는 호주 북부 지역 토착민들의 인상적인 애도 풍습의 내용을 전한다. 간밤에 누군가 세상을 떠났다는 소식이 전해지면 그 고통을 함께하기 위해 마을 사람들은 자기 집의 세간을 바꾸어놓는다고 한다. 사랑하는 사

---

43.   신형철 해설, 「사랑과 하나인 것들 ── 저항, 치유, 예술」, 진은영, 같은 책, p. 129.
44.   김보경, 「문학적 민주주의와 시의 살갗 ── 진은영론」, 『문학과사회』 2022년 겨울호, p. 324.
45.   진은영, 「이토록 보잘것없는 사랑」, 『문학동네』 2024년 봄호, p. 112.

람을 잃은 사람에게는 세상이 완전히 달라 보이기 때문에 자신들도
그들처럼 세상을 달리 보기 위한 노력 속에서 타인의 슬픔에 동참하
고자 한다는 것이다. 세월호 참사 이후 우리 공동체가 고통을 나누는
방식은 어떠했는가. 자식을 잃은 헤아릴 수 없는 고통 속에서 다른 세
상을 살게 된 사람들에게 왜 우리는 기어이 '불행의 낙인'까지 새겨넣
으려 했을까. 위의 글에서 진은영은 상실의 고통pain과 괴로움suffer-
ing을 구분하면서 "고통은 해결이 아니라 지지가 필요하지만, 괴로움
은 해결되거나 완화되어야 한다"[46]는 말도 적고 있다. 슬픔이 견딜 만
한 것이 되기 위해서는 사랑하는 사람을 상실한 이가 자신을 원망하
거나 세상을 원망하는 괴로움에서 벗어날 수 있도록 돕는 일이 필요
하다는 것이다. 또 이런 말도 해볼 수 있다. 자식이 커가는 모습을, 한
날한시에 태어난 쌍둥이 동생의 몸을 더 이상 보고 만질 수 없는 남
은 가족의 삶이 매 순간 고통일 수밖에 없다는 점은 자명한 사실이지
만, 이후의 삶이 가질 수 있는 모든 가능성을 차단하는 시선 역시 남
은 자들의 존엄을 지우고 이들의 삶을 끔찍한 외로움 속에 방치하는
것과도 같다. 애도 연구자이기도 한 진은영이 죽은 예은이의 목소리
를 빌려 윤리적으로 아슬아슬한 시 쓰기를 감당해보기로 작정한 것
은 진실한 애도보다도 이처럼 정확한 애도를 위해 필요한 일이었다
고 생각된다.

　　이 시는 예은이를 기어코 "영원히 사랑받는 아이, 우리 모두의
예은이"로 만들어 유가족에게 드리운 '불행의 낙인'을 지우고자 한다.
예은이의 목소리로 말하는 이 시는 죽은 예은이를 되살려 기억하도
록 만드는 일을 넘어, 남은 가족들을 숨 막히는 고통 속에서 구원해
주는 일을 하고자 한다. '미안'을 말하는 예은이는 가족을 자책의 괴로

46.　　같은 글, p. 113.

움으로부터 구한다. "그날 이후에도 더 많이 사랑해줘 고마워"라고 말하는 예은이는, 많은 사람들의 무관심과 몰이해의 시선 속에서 외롭게 "외치고 싸우"기를 반복했던 유가족들의 진실 규명을 위한 투쟁을 고귀한 저항이자 "성실하고 정직한" 이타적 행위로 만들어준다. 우리 공동체가 하지 못한 바로 그 일을 취약한 몸의 예은이가 하도록 만든 것은 바로 진은영의 문장들이다. 죽은 자를 애도하는 행위는 그를 오랫동안 기억하는 행위이기를 넘어, 결국 남은 자를 사랑하는 일이 되어야 함을 「그날 이후」가 말해주고 있는 것이다. 문학의 정치를 보이지 않는 존재를 보이게 만들고 목소리가 없는 존재에게 목소리를 돌려주는 행위로 이해할 수 있다면, 달리 말해 우리가 영원히 알 수 없는 것을 가까스로 알게끔 하고 알면서도 행하지 못한 것을 결국 하도록 이끄는 것이 문학의 정치라면, 진은영의 시의 정치적 역량은 충분히 뚜렷하다 할 것이다.

세상에서 가장 슬픈 자리에 함께 모여 서로가 따뜻해지는 것이 문학이 할 수 있는 최대치의 정치적 수행일지 모른다. 그리고 그러한 실천은 결국 '나'의 일부를 기어코 '너'에게 내어주는 용기로부터 시작될 것이다. '시의 정치성'에 관한 질문의 구도 자체를 바꾸어놓았던 진은영의 사례에서 보듯, 세상을 향한 여성 시인들의 성실한 공부와 진실한 고민을 거쳐 우리가 이러한 결론에 이르게 되었다는 점은 더 많이 음미되어야 한다. 여성시의 정치성 혹은 공공성을 우리는 이렇게 이해해볼 수 있다.

4. 불가능을 감당하는 문학의 자리

고정희의 시가 역사적 수난자들의 몸과 목소리를 대신하는 메신저의 발화를 수행함으로써 '몫 없는 자'의 공적 자리를 확인하고자 했다면, 진은영의 시는 단 한 명의 '부재하는 목소리'를 대신하는 불가능한 시도를 통해 시적 애도를 수행하고자 했다. 고정희가 가능한 한 많은 사람의 목소리를 자신의 시 안에 담고자 '몸 바쳐' 시를 쓴 장면도, 진은영이 단 한 사람의 목소리와 자신을 가까스로 일치시키고자 애쓰고 고민한 장면도 모두 소중하다. 30여 년의 시차를 둔 이 두 명의 여성 시인이, '여성적 글쓰기'라는 담론화된 실천을 거절하고 여성시가 어떤 방식으로 '대신 말하기'라는 공적 발화를 수행할 수 있는지 고심한 모습은 특별히 주목해볼 만하다.

 '페미니즘 리부트' 이후의 한국 문단에서 문학의 재현 혹은 대의 불가능성이 첨예하게 사유되면서 이에 대한 가장 안전한 대안으로서 자기 서사에 관한 논의가 부상했다는 점은 앞서 말한 대로이다. 그간 발화의 주체가 되지 못했던 여성, 퀴어, 장애인, 질병 경험자, 성폭력 피해자 등의 사회적 약자들이 스스로 자신을 말하면서 기존의 문학장에서 자명하게 보였던 '보편'의 자리를 끊임없이 허물고 오염시키며 공적 말하기와 사적 말하기의 분할선을 흐려놓고 있다. 이러한 상황에서, 공적 발화가 되고자 한 여성의 글쓰기를 중심으로 문학사를 검토하는 일은 오히려 시대착오적인 접근이 되는 것일까. 게다가 최근의 한국 사회는 12·3 내란 사태와 탄핵 정국을 거치며 한국 사회의 '광장'을 메우고 있는 담론적·실천적 주체가 젊은 여성으로 재편되었다는 사실을 뚜렷하게 확인하기도 했다. 오랫동안 공적 영역에서 말할 권리를 부여받지 못했던 여성들은 현재 한국 사회의 여러 분야에서 진보적 담론을 주도하는 집합 주체가 되어 있기도 하다. 이러한 맥락에서 공적 발화로서 여성시의 정치성을 살피는 이 글의 논의는 과연 어떤 의미가 있는 것일까.

 말하는 주체의 자리도, 말해지는 대상의 자리도 매끄럽게 분

리되거나 고정될 수 없는 문학이라는 허구의 양식 속에서 공적 발화
를 수행한다는 것은 여러 불가능을 무릅쓰는 일이 될 수밖에 없다. 애
초에 말할 권리를 부여받지 못했던 여성들의 글쓰기는 이러한 불가
능을 내장한 채로 '몫 없는 자'들의 목소리를 대신하고자 했다. 기존의
남성적 보편의 자리를 거부하고 문학의 대의 불가능성을 기꺼이 감
당하는 방식으로 실천적이고자 했던 여성시의 사례는, 문학의 정치
적 역량이 필연적으로 현실에 영향을 끼칠 수밖에 없음을 증명한다.
이러한 문학적 실천이 오늘날 '광장의 여성'을 가능하게 한 힘의 원천
이었다고 할 수 있다.